KB132135

동아시아 이야기 보고의 탄생

태평광기

위대한
순 간
0 0 6

동아시아 이야기 보고의 탄생

태평광기

김장환 지음

문학동네

'위대한 순간' 총서를 펴내며

'위대한 순간'은 문학동네와 연세대학교 인문학연구원이 함께 펴내는 새로운 인문교양 총서다. 이 총서는 문학, 역사, 철학 분야에서 중요한 이정표가 되는 인물이나 사건을 현재적 관점에서 새롭게 조명해보자는 취지에서 출발했다. '지금 여기'의 생동하는 삶에 지혜가 되지 못하는 지식은 공허하다. 우리는 한 사회의 개인이나 사건의 특수성이 역사와 맞물려 보편성을 획득하는 의미 있는 정점을 '위대한 순간'이라 명하고, 그것이 과거의 유산에 머물지 않고 지금까지도 지대한 영향을 미치면서 여전히 '위대한 순간'으로 남을 수밖에 없는 이유를 면밀히 추적하고자 한다. 이를 통해 과거의 빛나던 순간들의 의미를 독자들과 함께 음미하고, 다가올 시간을 위대한 순간으로 빚을 수 있는 인문정신의 토양을 일구고자 한다.

오늘날 인문학은 스스로 자신의 존재이유를 입증하지 않는 한 도태와 쇠퇴로부터 자유로울 수 없다. 한국사회에 비판적 '교양'이 설 자리를 마련하고 이를 통해 인간다움을 복원시킬 문화적 자양분을 제공하지 않는다면 인문학뿐 아니라 우리의 사회 또한 척박한 내일과 조우하게 될 것이다. '위대한 순간'은 우리 모두가 이러한 위기를 슬기롭게 극복할 수 있도록 '즐거운 학문'의 장을 열고자 한다. 상아탑에 갇힌 학문이 모두를 이롭게 하는 복음이 될 때 '즐거운' 학문이 될 수 있다는 판단하에 전문성과 대중성의 조화로운 통합을 시도했다. 또한 연세대학교 인문학연구원의 풍부한 연구진과 국내 학계의 훌륭한 저자들을 두루 포섭하여 주제를 다양화하고 내용의 폭을 넓혔다.

인문학의 기초를 다지고 싶은 이들, 인문학에 관심은 있으나 입구를 찾지 못한 사람들에게 '위대한 순간'은 좋은 길잡이가 될 것이다. 각기 다른 위대한 순간들을 한 순간씩 맛보다 보면 어느 순간 인문학을 아는 것에서 한 걸음 더 나아가 인문학을 실천하는 자신을 발견하게 되리라 믿는다. '위대한 순간'들을 탐사하는 이 지적 여행에 많은 독자들이 함께하기를.

연세대학교 인문학연구원

차 례

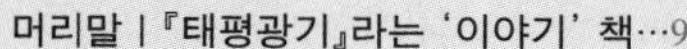

『태평광기』라는 '이야기' 책

인간은 누구나 자신이 듣고 보고 겪고 느끼고 생각하는 모든 것을 표현하고자 하는 욕구를 가지고 있다. '이야기'는 바로 이러한 개인적, 집단적 경험을 다양한 방식으로 전달하는 서사 담론의 모든 형태라 할 수 있다. 따라서 이야기는 말과 글을 비롯해 노래, 몸짓(춤), 그림, 연극, 영상 등 다양한 매체를 통해 전달될 수 있는데, 이 경우 이야기는 일반적으로 서사narrative를 의미하며 서사성narrativity이라고 하는 내재적 구조를 갖는다. 그중 말(구전)이나 글로 전달되는 이야기가 문학의 영역에 속하는데, 하나의 이야기로 간주할 때의 소설은 일정한 줄거리를 산문적 형식으로 표현하는 문학적 양식을 가리킨다.[1]

고대 중국의 이야기 모음집인 『태평광기太平廣記』는 송나라 이전까지 전해지던 각종 이야기를 방대하게 수록한 귀중한 자료로서 글로 전달되는 이야기의 전형적인 특성을 지니고 있다. 중국의 전통 시기에는 『태평광기』에 수록된 이러한 '이야기'를 '소설小說'이란 용어로 통칭했는데, 이때의 소설은 우리가 익히 아는 근대적 의미의 소설이 아니라 문자 그대로 '자질구레한 이야기'라는 뜻으로 이해되었다. 즉 '소설'이란 말에는 유가 경전이나 제자서諸子書에 근거한 철학적 글쓰기, 역사적 사실을 기록한 사학적 글쓰기, 문인학사文人學士들의 전아한 문학적 글쓰기가 아닌, 한가한 시간에 자신의 기호에 따라 보고 들은 이야기를 손 가는 대로 자유롭게 기술한 사소한 글쓰기라는 폄하의 의미가 담겨 있다. 이러한 가치 개념이 들어 있지 않은 용어로, '예로부터 전해오는 이야기'라는 뜻의 '고사故事'라는 말도 쓰였다. 이 책에서는 특별히 구분할 필요가 있는 경우를 제외하고 '이야기' '소설' '고사'를 같은 범주에서 문맥에 따라 적절히 사용했다.

『태평광기』는 '태평흥국太平興國(송나라 2대 황제 태종의 연호) 시대에 편찬된 광대한 이야기'라는 뜻으로, 송나라(북송) 초에 이방李昉 등이 태종의 명을 받들어 978년에 편찬하고 981년에 판각한 중국 고대 소설 모음집이다.

『태평광기』는 한나라(기원전 202~기원후 220)부터 송나라 초에 이르는 소설, 주제와 형식의 제약을 받지 않고 자유롭게 기록한 필기筆記, 야사野史 등 서적에 수록되어 있는 이야기들을 광범위하게 채록하여, 내용에 따라 92개의 큰 부류와 155개의 작은 부류로 세분했으며, 총 6965편에 달하는 이야기를 500권에 수록했다. 각 부류에 실린 이야기는 시대순으로 배열되어 있고, 대부분 인물명을 제목으로 삼았으며, 각 이야기 끝에는 채록 출

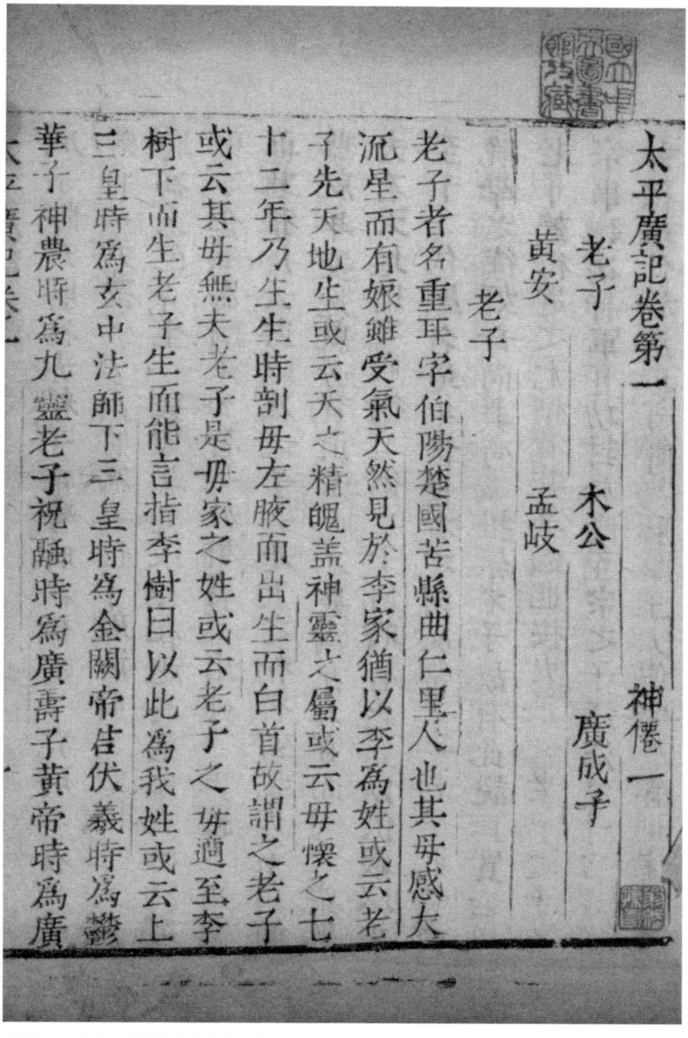

太平廣記卷第一　神僊一

老子　木公　廣成子

黄安　孟岐

老子

老子者名重耳字伯陽楚國苦縣曲仁里人也其母感大流星而有娠雖受氣天然見於李家猶以李爲姓或云老子先天地生或云天之精魄蓋神靈之屬或云母懷之七十二年乃生生時剖母左腋而出生而白首故謂之老子或云其母無夫老子是母家之姓或云老子之母適至李樹下而生老子生而能言指李樹曰以此爲我姓或云上三皇時爲玄中法師下三皇時爲金闕帝君伏羲時爲鬱華子神農時爲九靈老子祝融時爲廣壽子黄帝時爲廣

현존하는 가장 오래된 『태평광기』 판본인 16세기 명나라 담개 판각본 권1(대만국가도서관 소장)

처를 밝혀놓았다. 인용된 책은 거의 500종에 가까운데, 그중 절반가량은 이미 소실되었기에 『태평광기』를 통해 많은 이야기가 오늘날까지 전해지게 되었다. 현존하는 나머지 인용서도 『태평광기』에 채록된 이야기에 근거해 잘못된 부분을 고증하거나 교정할 수 있다. 따라서 소실된 고소설 작품을 보존하고 고소설의 변화와 발전을 연구한다는 측면에서 볼 때 『태평광기』의 문헌적 가치는 지대하다고 하겠다.

『태평광기』에 수록된 이야기는 신선, 귀신, 요괴와 인과응보에 관한 것이 비교적 큰 비중을 차지한다. 어떤 경우에는 한 부류가 한 권으로 되어 있고, 한 부류가 여러 권으로 되어 있는 경우도 많다. 불로장생하는 신선들의 이야기를 다룬 '신선神仙'류는 55권, 도깨비 이야기를 다룬 '귀鬼'류는 40권, 자신이 지은 선악의 행위에 따라 복과 화를 받는 이야기를 다룬 '보응報應'류는 33권, 주로 산천신山川神과 사당신의 이야기를 다룬 '신神'류는 25권, 여자 신선의 이야기를 다룬 '여선女仙'류는 15권, 요괴 이야기를 다룬 '요괴妖怪'류는 9권으로 다른 부류에 비해 상대적으로 권수가 많다. 이는 고대 민간풍속과 위진남북조 이래 괴이한 이야기를 기록한 지괴소설志怪小說의 흥성을 반영하고 있다. 또한 '잡전기雜傳記'류 9권은 모두 당나라 때의 전기소설 작품을 수록했는데, 이를 통해 당나라 전기소설에 주로 어떤 내용이 기록되었는지를 구체적으로 이해할 수 있다. '전기傳奇'는 기이한 일을 전한다는 뜻으로, 본래 당나라 때의 글말(문언文言, 서면어書面語)로 쓰인 문언소설의 형태를 말하는데, 나중에는 그 영향을 받아 창작된 모든 서사 양식을 가리키는 용어가 되었다. 『태평광기』는 중국의 『전등신화剪燈新話』를 비롯해 한국의 『금오신화金鰲新話』, 일본의 『가비자伽婢子』, 베트남의 『전기만록傳奇漫錄』 같은 일군의 동아시아 전기소설의 원류로 평가할 수 있다.

『태평광기』는 처음부터 끝까지 순서대로 읽어나가는 책이 아니다. 이는 『태평광기』가 전체 이야기를 세세히 분류하여 독자가 원하는 이야기만 골라 읽을 수 있게끔 백과사전식으로 구성되어 있기 때문이다. 말하자면 이야기의 백과사전인 셈이다. 중국에서는 이러한 체제로 편찬한 책을 '부류별로 분류한 책'이란 뜻에서 '유서類書'라고 한다. 이렇게 부류별로 이야기를 배열하는 체제 덕분에 송나라 이전 고소설의 변천과 발전 상황을 알고 싶으면 이 책을 바탕으로 탐색해나갈 수 있다. 청나라의 기윤紀昀이 이 책을 "소설가의 깊은 바다"라고 칭송한 것은 결코 과찬이 아니다. 『태평광기』는 갖가지 고소설을 방대하게 모아놓았을 뿐 아니라 역사, 지리, 종교, 민속, 명물名物(특정한 사물이나 동식물의 명칭), 전고典故(시문詩文을 지을 때 근거로 삼는 고사), 문장, 고증 등의 풍부한 내용을 담고 있어 다방면의 연구에 긴요한 참고자료가 된다.

『태평광기』에 수록된 이야기 중에서 줄거리의 완성도가 비교적 높고 대중적 통속성을 갖춘 이야기는 이후 명나라의 『전등신화』, 청나라의 『요재지이聊齋志異』 같은 문언소설에 소재를 제공했고, 남송에서 시작되어 명나라와 청나라 때 대표적인 통속문학으로 자리잡은 백화소설白話小說(백화, 즉 입말로 쓰인 구어체 소설)로 개작되었으며, 금·원·명·청 시대의 희곡작품으로 각색되었다. 현대에 들어와서도 영화나 만화, 애니메이션으로 만들어져 여전히 그 생명력을 유지하고 있다. 이처럼 『태평광기』가 시대를 초월하여 지금까지 존재할 수 있는 이유는 무엇보다도 『태평광기』만이 지닌 이야기의 보편성과 다양성 덕분이다.

중국 문언소설과 필기문헌을 연구하는 나에게 『태평광기』는 반드시 읽어야 할 필독서 가운데 하나였다. 30여 년 전 대학원에 입학해 처음 이 책을 접했는데, 그때는 개인적인 연구를 위해 백과사전을 찾아보듯 필요한 부류의 이야기를 골라 읽었다. 그런데 계속 읽다 보니 나중에 많은 궁금증이 생겨났다. 왜 이야기만 모아놓았을까? 도대체 전체적으로 어떤 내용의 이야기가 담겨 있을까? 이렇게 기이하고 환상적인 이야기를 잔뜩 모아놓은 방대한 책을 왜 국가 주도로 편찬했을까? 어떠한 기준에 따라 이야기를 분류하고 배치했을까? 어떤 매력이 있기에 천 년도 더 지난 지금까지도 인구에 회자되고 있을까? 우리나라에는 언제 전해졌을까? 왜 조선시대에 그토록 많은 문인이 애독했으며, 일부 이야기를 가려 뽑아 상절본詳節本(선본選本)을 편찬하고 한글로 번역한 언해본諺解本까지 나왔을까? 이런 궁금한 점들을 간직한 채 『태평광기』를 틈틈이 읽었는데, 원문으로 읽고 이해한다는 것이 전공자인 나에게도 그리 쉬운 일이 아니었다. 그러던 어느 날 『태평광기』 전체를 우리말로 번역한다면 중국 고전소설 연구자는 물론 많은 독자들이 중국 고전문학의 놀라운 상상력을 접할 수 있으리라는 생각이 들었다. 몇 년 동안 머릿속으로 구상만 하다가 1998년 드디어 번역에 착수했지만, 혼자 해내기에는 너무 버거운 작업이었다. 그래서 2000년 초에 중국 고전소설 연구자들을 중심으로 '중국필기문헌연구소'를 만들고 '태평광기 윤독회輪讀會'를 결성하면서 5년간 『태평광기』 완역과 역주 작업에 매진해 2005년에 비로소 마무리할 수 있었다. 이는 무엇보다 세계적으로도 유일한 완역이라는 데 큰 의의가 있다.

『태평광기』의 광대한 세계를 한 권으로 개관하는 이 책은 크게 세 부분으로 이루어진다. 1장에서는 『태평광기』의 편찬을 다루는데, 먼저 『태평광기』의 편찬 배경과 판각된 후에 널리 전승되어온 상황을 살펴보고, 이어 『태평광기』에서 촉발된 '소설' 관념의 인식 변화를 분석하고자 한다. 2장에서는 『태평광기』의 세계를 일별한다. 우선 『태평광기』의 분류 및 구성 체계를 정리하고 거기에 나타난 사회문화적 특징을 살펴보며, 특히 『태평광기』에 수록된 전체 이야기를 '기이하고 환상적'이라는 뜻의 '기환奇幻'이라는 키워드로 읽어내고자 한다. 『태평광기』가 표방하는 이야기의 세계는 익숙하기보다는 낯설고, 정상적이기보다는 비정상적이고, 평범하기보다는 특이하고, 사실적이기보다는 허구적이고, 실체적이기보다는 허상적이고, 현실적이기보다는 비현실적이거나 초현실적이고, 일상적이기보다는 일탈적이고, 중심적이기보다는 주변적이고, 설명 가능하기보다는 불가사의한 세계다. 이러한 『태평광기』의 세계는 '기奇'와 '환幻'의 개념으로 개괄할 수 있는데, 이는 이야기가 이야기답게 존재하는 근거이기도 하다. 3장에서는 『태평광기』의 전파를 다루며, 주로 한국과 일본에 전래된 시기, 수용 양상, 번역 상황 등을 알아본다. 마지막으로 결론에서는 동아시아 서사문학에서 『태평광기』가 갖는 시대적 의미를 가늠함으로써 동아시아의 이야기 보고寶庫로서 『태평광기』의 문헌적 가치를 조명해보고자 한다.

1장

동아시아 이야기 보고의 탄생

1. 『태평광기』의 편찬 배경

『태평광기』의 편찬 시기에 관한 최초의 기록이 실려 있는 『송회요宋會要』에 따르면, 『태평광기』는 태평흥국 2년(977년) 3월에 이방 등이 황제의 칙명을 받아 편찬에 착수하여 이듬해 8월에 완성했으며, 실제 판각은 981년에 이루어졌다. 이는 현존하는 가장 오래된 『태평광기』 판본인 16세기 명나라 때 담개談愷의 판각본에 수록된 「태평광기표太平廣記表」의 기록[2]과 일치한다. 아울러 「태평광기표」에서는 소설가小說家도 "성인의 도를 얻어 만물의 정을 다 표현한 것이니, 총명을 깨우치고 고금을 비춰보기에 충분하다"는 인식을 분명히 밝혔다.

중국의 대표적인 대형 백과사전식 유서의 하나인 『태평광기』가 북송 초에 편찬된 배경에 대해서는 여러 설이 존재하는데, 이는 대체로 다음 두 가지로 정리해볼 수 있다.

太平廣記目録卷第一

宋翰林學士中順大夫戶部尚書上柱國賜紫金魚袋李昉等編

明資善大夫都察院右都御史談愷校刊

姚安府知府秦汴德州知州強仕石東山人唐詩同校

第一 神仙一

老子 木公 廣成子

黃安 孟岐

第二 神仙二

周穆王 燕昭王 彭祖

魏伯陽

第三 神仙三

漢武帝

명나라 담개 판각본 목차(대만국가도서관 소장)

첫째는 송나라 태종이 이전 왕조를 따르던 신하들의 불만을 잠재우기 위해 그들에게 후한 봉록을 주고 대형 편찬사업을 맡겼다는 설이다. 907년에 당나라가 멸망하자 중국은 화북 지역을 중심으로 후량, 후당, 후진, 후한, 후주의 다섯 왕조가 차례로 들어섰고, 화남 지역을 중심으로 오, 남당, 오월, 민, 형남, 초, 남한, 전촉, 후촉, 북한의 열 개 지방정권이 할거했는데, 이를 오대십국五代十國 시대라 부른다. 결국 후주의 근위군 총사령관이던 조광윤이 일어나 960년 화북 지역을 통일하고 송나라를 세워 태조로 즉위했으며, 그 뒤를 이은 태종이 979년 화남 지역까지 정벌하여 중국을 통일했다. 『태평광기』 편찬에 관한 첫번째 설은 남송 왕명청王明清의 『휘주후록揮麈後錄』 권1에서 주희진朱希眞(주돈유朱敦儒)의 말을 인용하면서 맨 처음 언급된다.

> 태평흥국 연간(976~983)에 [오대십국의] 여러 항복한 왕들이 죽자, 그 옛 신하들 가운데 간혹 원망의 말을 퍼뜨리는 자들이 있었다. 그래서 태종은 이들을 모두 기용하여 관각館閣(한림원)에 배치하고, 『책부원귀冊府元龜』 『문원영화文苑英華』 『태평광기』같이 권질이 방대한 여러 책을 편찬하게 하면서, 봉록을 넉넉하게 지급하여 그 마음을 몰두하게 했는데, 그들은 대부분 글자 사이에서 늙어 죽었다고 한다.(주희진의 말)

이 설은 이후 송나라의 장단의張端義, 원나라의 유훈劉壎, 명나라의 담개, 청나라의 고종, 근대 루쉰魯迅 등의 지지를 받아 가장 널리 인정받고 있다.

하지만 이 설은 왕명청과 같은 시대 사람인 이심전李心傳에 의해 반박되었고 이후 녜충치聶崇岐, 궈보공郭伯恭, 청이중程毅中, 장궈펑張國風 등 현대의 학자들이 모두 『휘주후록』에서 언급한 내용에 대해 의문을 제기했는데, 그 주요 논점은 다음 두 가지다. 우선 『책부원귀』는 태종 때가 아니라 진종(재위 998~1022) 때 편찬되었다는 점이고, 다음으로는 "여러 항복한 왕들이 죽자"라는 언급에 대해 『태평광기』가 편찬될 당시 오월의 전숙錢俶과 북한의 유계원劉繼元은 아직 항복하지 않았고 후촉의 맹창孟昶과 남한의 유창劉鋹과 남당의 이욱李煜만 항복했는데, 이 세 '항복한 왕' 중에서 맹창은 이미 태조 때 죽었고 유창과 이욱은 『태평광기』를 편찬할 때까지도 살아 있었다는 점이다. 따라서 『휘주후록』에서 언급하듯 『태평광기』 같은 대형 유서의 편찬에 그렇게 깊은 정치적 의도가 담겨 있지는 않았다는 것이다.

그러나 『휘주후록』의 내용에 착오가 있는 것은 사실이지만 그렇다고 해서 『태평광기』의 편찬이 당시의 정치적 상황과 전혀 무관해 보이지는 않는다. 「태평광기표」에 의하면 『태평광기』의 편찬에 참여한 13명의 수찬관修纂官 중에서 송백宋白 한 사람만 제외하고 이방·호몽扈蒙·이목李穆·조린기趙隣幾는 후주 출신의 '항복한 신하'이고, 서현徐鉉·탕열湯悅·장계張洎·왕극정王克貞·오숙吳淑·여문중呂文仲은 남당 출신의 '항복한 신하'이며, 동순董淳·진악陳鄂은 후촉 출신의 '항복한 신하'인데, 이들 모두 당대의 저명한 문인학사들이었다. 태종의 입장에서 보면 이들은 껄끄러운 존재이면서 동시에 버리기 아까운 인재였으므로, 이들을 효과적으로 통제할 정치 책략이 필요했고 그중 하나가 바로 국가 주도의 대형 서적 편찬사업이었다. 이와 유사한 후대의 예는 명나라 영락제 때 편찬된 『영락대전永樂大典』과 청나라 건륭제 때 편찬된 『사고전서四庫全書』를 들 수 있다.

『태평광기』 편찬 배경에 관한 두번째 설은 태종의 문덕으로 치세를 이룬다는 '문덕치치文德致治'의 정치노선과 태종 자신의 문학 애호에서 비롯되었다는 것이다. 이 설은 궈보공이 부분적으로 주장한 이후 자오웨이궈趙維國와 뉴징리牛景麗 등이 확대 보충했다.

태조의 친동생인 태종은 태조의 적장자를 대신해 제위에 올라 중국 전역을 통일한 뒤, 재정의 중앙집권화를 실현하고 향촌제도의 확립 및 과거제도의 확대 실시로 이른바 '문치주의'를 완성함으로써 송나라의 기초를 확립했다고 알려져 있다. 하지만 적장자로서 제위를 계승하지 않은 탓에 재위 기간 내내 정통성에 대한 의문이 제기되었다. 태종은 이러한 상황을 타개하기 위해 즉위 초부터 문덕을 닦고 무력武力을 멈추는 '수문언무修文偃武' 정책을 표방했고, 당나라 말과 오대십국의 분쟁 시기에 망실된 도서를 대대적으로 수집하여 이를 집대성한 대형 서적을 편찬함으로써, 문치를 숭상하고 학자를 존숭하는 면모를 부각시키려 했다. 태종은 다음과 같이 말했다.

> 왕인 자가 비록 힘으로 천하를 평정한다 하더라도 종국에는 반드시 문덕文德으로 치세를 이루어야 한다. 짐은 매번 퇴조退朝하고 나서 책 보는 일을 그만둔 적이 없으니, 마음속으로 전대의 성패를 헤아려 이를 시행함으로써 그 손익을 모두 파악하고자 한다.[3]

> 대저 교화의 근본과 치란治亂(치세와 난세)의 근원에 대해 만약 서적이 없다면 어디에서 법도를 취할 수 있겠는가?[4]

사실 이러한 시책은 태종만 시행했던 것은 아니고 중국의 역대 개국 초기 제왕들이 즐겨 사용하곤 했다. 나아가 이러한 시책은 현대 중국에서도 여전히 유용한 가치를 지닌다. 이에 대해 중국의 저명한 철학자이자 종교학자인 런지위任繼愈는 『도장제요道藏提要』의 서문에서 다음과 같이 말했다.

> 신중국이 건립된 이래 전국적으로 상하 모두 기본적 건설을 진행하고 있는데, 문화와 학술의 기본적 건설은 자료의 수집과 정리에서 벗어날 수 없으며, 또한 자료에 관한 작업이 반드시 선행되어야 한다. 중국은 역대로 개국을 하면 초기부터 무력에 의한 통일을 중지하고 문화를 통한 통합에 착수했으며, 반드시 먼저 자료의 수집과 정리 작업에 종사했다. 명나라 초에는 『영락대전』이 있었고, 청나라 초에는 『고금도서집성』과 『사고전서』를 편찬했다. 프랑스의 자산계급이 부상한 시기에는 백과전서파가 있었다. 자료가 충실하고 정비되어야만 새로 건설되는 국가의 문화적 수준을 고양시킬 수 있다. 충분한 자료를 근거로 하지 않으면 학술과 문화에 대한 논의는 반드시 공론에 빠지게 될 것이다.[5]

아울러 태종은 남달리 독서를 좋아하고 문학을 애호하여 자신이 직접 많은 문학작품을 지었는데, 대표적으로 『어집御集』 40권, 『주저집朱邸集』 10권, 『소요영逍遙詠』 10권, 『회문시回文詩』 4권,

『군신갱재집君臣賡載集』 30권 등이 있다. 다음의 기록을 통해 태종의 문학적 면모를 잘 살펴볼 수 있다.

[태평흥국] 8년(983) 11월 경진일에 사관史館에 조서를 내려 수찬한 『태평총류太平總類』 1000권을 "날마다 세 권씩 바치면 짐이 직접 읽어보겠다"고 했다. 그래서 12월 1일부터 시작했는데, 재상 송기宋琪 등이 아뢰길, "날씨가 춥고 해가 짧은데 하루에 세 권씩 열람하시면 성체聖體가 피곤해지실까 걱정되옵니다"라고 하자, 황상이 말하길, "짐은 천성이 책 읽기를 좋아하여 그 즐거움을 자못 터득한지라 책을 펼치면 유익함이 있으니 어찌 헛된 일이겠는가!"라고 했다. 이로써 배우기를 좋아하는 자가 만 권의 책을 읽는다는 것이 허튼 말이 아님을 알 수 있다.[6]

태종은 학문을 독실하게 좋아했는데, 일찍이 전대의 『수문전어람修文殿御覽』과 『예문유취藝文類聚』를 살펴보고 나서 그 편성이 번잡하고 차례가 어긋나 있자, 곧 한림학사 이방과 호몽, 지제고知制誥 이목, 우습유右拾遺 송백 등에게 조서를 내려 그 분류와 차례를 상세히 살피고 편성을 분명하게 정하여 『태평총류』 1000권을 편찬하게 했다가, 얼마 후에 책 제목을 『태평어람록太平御覽錄』으로 바꾸었다. 또한 패관稗官(풍속이나 정사를 살피기 위해 민간의 이야기를 모아 기록하던 관리)의 언설 중에도 간혹 취할 만한 것이 있다고 생각하여 야사·전기·고사·소설을 취하여 500권으로 편찬하게 하고 『태평광기』라는 제목을 하사했다.[7]

이상에서 살펴보았듯 『태평광기』의 편찬은 우선 송나라 초의 정치적 상황과 밀접한 관련이 있음을 알 수 있다. 당시 '천하의 명사'로 인정받고 있던 오대십국의 '항복한 신하들'을 적절히 통제할 필요를 느꼈던 태종은 대형 서적 편찬을 통해 이들을 합법적으로 포섭하면서 동시에 망실된 도서를 대대적으로 수집·정리하여 '문덕치치'의 정책을 성공적으로 수행했다. 여기에 태종 자신의 학문과 문학에 대한 애착이 더해져 중국 역사상 주목할 만한 문화 사업을 완수할 수 있었다. 『태평광기』는 바로 이러한 정치·사회·문화의 복합적 배경하에서 편찬되었던 것이다.

2. 출판과 전승을 둘러싼 진실

『태평광기』의 판각에 대해서는 왕응린王應麟의 『옥해玉海』 권54에 다음과 같은 기록이 있다. "『태평광기』를 판각하여 천하에 반포하려 했으나 논자들이 학자들의 시급한 것이 아니라고 여기자 묵판墨板을 거두어 태청루太清樓에 보관했다." 이 기록을 근거로, 『태평광기』는 인쇄용으로 판각된 후 곧바로 수거되어 세상에 유포되지 못한 것으로 알려졌다. 루쉰의 『중국소설사략中國小說史略』을 비롯해 중국 문학사와 소설사는 대부분 이 견해를 따르고 있다. 하지만 실제로는 북송 때부터 이미 많은 문인 학자들이 『태평광기』를 읽었던 것으로 보인다.

우선 인종 천성天聖 5년(1027)에 조형晁迥이 지은 『법장쇄금록法藏碎金錄』에서 『태평광기』의 고사를 인용하며 그 권수와 부류 및 출처를 밝혔는데, 모두 현재 전해지는 『태평광기』 판본의

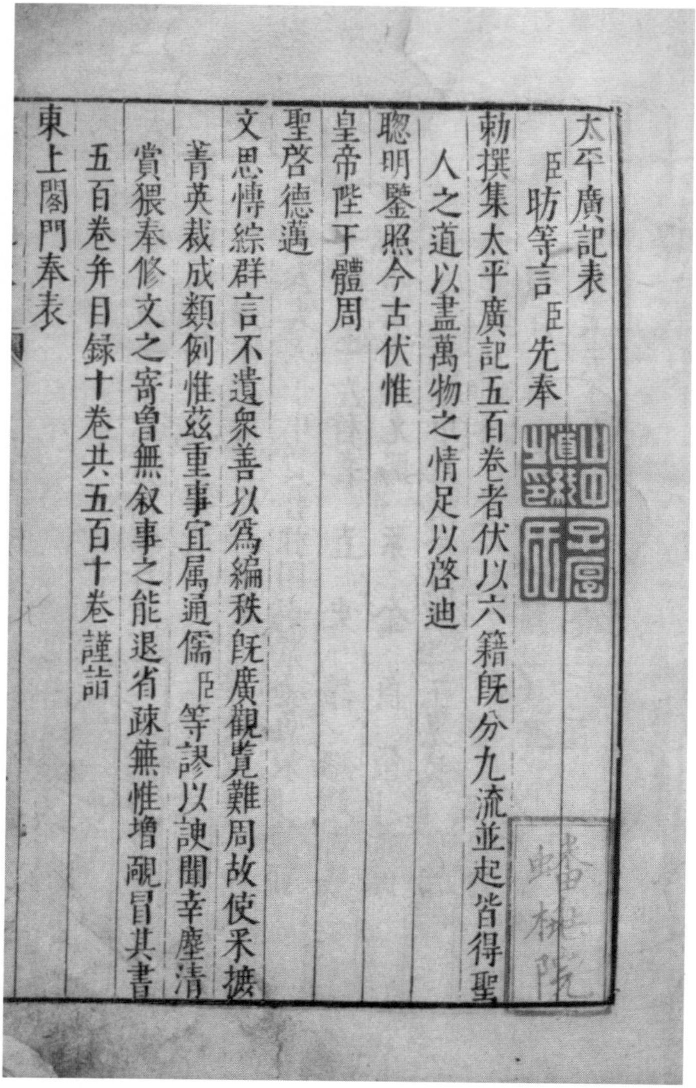

太平廣記表
臣昉等言臣先奉
勑撰集太平廣記五百卷者伏以六籍既分九流並起皆得聖
人之道以盡萬物之情足以啓迪
聰明鑒照今古伏惟
皇帝陛下體周
聖啓德邁
文思博綜群言不遺衆善以爲編秩既廣觀覽難周故使采擷
菁英裁成類例惟茲重事宜屬通儒臣等謬以諛聞幸塵清
賞猥奉修文之寄曾無叙事之能退省疎蕪惟增靦冒其書
五百卷并目錄十卷共五百十卷謹詣
東上閤門奉表

명나라 허자창 교간본 표문(대만국가도서관 소장)

太平廣記卷第一 神僊一
老子 木公 廣成子
黃安 孟岐
老子
老子者名重耳字伯陽楚國苦縣曲仁里人也其母感大流
星而有娠雖受氣天然見於李家猶以李為姓或云老子
先天地生或云天之精魄蓋神靈之屬或云母懷之七十
二年乃生生時剖母左腋而出生而白首故謂之老子或
云其母無夫老子是母家之姓或云老子之母適至李
樹下而生老子生而能言指李樹曰以此為我姓或云上
三皇時為玄中法師下三皇時為金闕帝君伏羲時為鬱
華子神農時為九靈老子祝融時為廣壽子黃帝時為

명나라 심여문 야죽재 필사본 권1(중국국가도서관 소장)

고사와 완전히 일치한다. 이는 『태평광기』의 독서에 관해 현재 문헌상으로 확인할 수 있는 최초의 기록이라 할 수 있다. 이어서 『숭문총목崇文總目』 『통지通志』 『군재독서지郡齋讀書志』 같은 목록학 저작이나 왕벽지王闢之·소식蘇軾·조보지晁補之·이신李新·당신미唐愼微·완열阮閱·오견吳幵 같은 문인 학자들의 저작에서 『태평광기』에 대한 기록을 쉽게 찾아볼 수 있다. 북송 말년에는 채번蔡蕃이 『태평광기』에 수록된 고사와 시문 중에서 일부분을 취해 『녹혁사류鹿革事類』와 『녹혁문류鹿革文類』 각 30권을 편찬한 바 있다. 이런 사실들을 통해 『태평광기』는 북송 때 단절되어 전해지지 못한 것이 아니라 단지 볼 수 있는 사람이 한정되어 있었음을 알 수 있다. 하지만 당시 문인 학자들이 보았던 『태평광기』가 판각본이었는지 필사본이었는지는 명확히 알기 어렵다.

남송 초에는 『태평광기』의 판각본이 분명히 간행되었음을 확인할 수 있다. 이런 송나라 판본에 근거한 것으로 현존하는 자료는 명나라 심여문沈與文의 야죽재野竹齋 필사본, 청나라 진전陳鱣이 교감한 명나라 허자창許自昌 판각본, 청나라 손잠孫潛이 교감한 명나라 담개 판각본 3종이 있는데, 이들 판본에서는 '구構'자와 '구搆'자가 '어명御名' 또는 다른 글자로 대체되어 있음이 발견된다. 이는 바로 남송 고종(본명 조구趙構)의 이름을 피휘避諱(왕의 이름에 쓰인 글자를 사용하지 않는 관습)한 것으로, 송나라 판본이 고종 때 간행되었음을 증명해주는 사례다. 남송 초중기에는 『태평광기』에 관한 기록이 더욱 많아졌는데, 『직재서록해제直齋書錄解題』와 『수초당서목遂初堂書目』 같은 목록학 저작을 비롯해 장방기張邦基·장얼張嵲·강특립姜特立·오증吳曾·소박邵博·

갈립방葛立方·주필대周必大·홍괄洪适·홍매洪邁·육유陸游·여조겸呂祖謙·조여시趙與時·유극장劉克莊 같은 문인 사대부들의 저작에 폭넓게 기재되어 있다. 남송 중후기에는 『태평광기』가 하층 문인과 백화소설에 비교적 광범위하게 영향을 미친 것으로 보이는데, 대표적인 예는 나엽羅燁의 『취옹담록醉翁談錄』이다. 『태평광기』는 당시 전문적인 이야기꾼이던 설화인說話人(또는 설서인說書人)들이 어려서부터 반드시 익혀야 하는 필독서이자 교과서였던 것이다.

이렇듯 『태평광기』는 남송 중기 이전까지만 해도 기본적으로 문인 사대부들 사이에 퍼져 주로 그들의 시문집과 필기집에 영향을 미쳤지만, 남송 중후기에 이르러서는 『태평광기』의 판각본과 필사본이 대량으로 출현하여 설화인을 포함한 하층 문인과 일반 대중도 이 책을 접할 수 있게 되었다. 이는 '이야깃감'으로서의 『태평광기』가 한정된 지식인들이 독점하던 '제한된 텍스트'에서 사회 모든 계층이 다양한 방법으로 함께 즐길 수 있는 '개방된 텍스트'로 발전했음을 의미한다.

남송 이후 『태평광기』는 이른바 고급독자와 대중독자가 함께 감상하는 '아속공상雅俗共賞'의 텍스트가 되어 후대 중국문학 전반에 걸쳐 지대한 영향을 미쳤다. 우선 송나라 이후 전통적인 문언소설과 설화인의 대본인 화본소설話本小說 및 이를 모방한 의화본소설擬話本小說은 물론이고, 금나라의 희곡인 원본院本, 원나라의 희곡인 잡극雜劇, 명나라와 청나라의 희곡인 전기傳奇(희곡 장르 명칭) 같은 희곡 작품에서도 『태평광기』의 고사를 활용한 예를 쉽게 찾아볼 수 있다. 또한 현재 망실되어 전해지지 않는 작품이 『태평광기』에는 수록되어 있는 경우가 많으므로, 이를 바탕으로 원작의 자료를 모아 기록하거나 선본選本을 편집할 때 아주 중요한 문헌적 가치가 있다. 그밖에 『태평광기』는 문인들이 반드시 구비해야 할 참고서로서, 시문에 주를 달거나 유서를 편찬하거나, 옛 전적을 교정하거나, 견문을 넓히고 고증의 자료로 삼을 때 널리 애용되었다.

3. '소설' 관념의 인식 변화

『태평광기』는 『태평어람』 『문원영화』와 거의 같은 시기에 편찬되었는데, 이 저작들은 모두 전대의 문헌을 대규모로 정리하고 모아서 기록한 것이지만 그 편찬 목적과 대상 문헌은 판연히 다르다. 『태평광기』는 '소설', 『태평어람』은 '백가百家의 학설', 『문원영화』는 '문장文章'을 위주로 했다. 이 세 저작의 편찬에 참여한 학자들은 전대의 문헌 중에서 어떤 것이 '소설'이고 어떤 것이 '백가의 학설'이며 어떤 것이 '문장'인지 판단하여 구별했으며, 그 과정에서 자연히 '소설'이라는 문체 관념을 분명히 인식하게 되었다. 아울러 국가 주도의 대형 편찬사업이 진행되는 과정에서 '소설'은 '문장'과 동등하게 취급되어 결과적으로 '소설'의 지위가 자연스럽게 제고되는 효과도 얻었다.

『태평광기』에 인용된 도서목록을 분석해보면, 대개 『사기史記』

와 『대당신어大唐新語』 같은 정사·야사·잡전雜傳류, 『유명록幽明錄』과 『선실지宣室志』 같은 위진남북조의 지괴소설 및 당나라의 지괴·전기소설류, 『흡주도경歙州圖經』과 『계림풍토기桂林風土記』 같은 지리지地理志·도경·풍토기류, 『신선전神仙傳』과 『고승전高僧傳』 같은 도교·불교류, 『세설신어世說新語』와 『운계우의雲溪友議』 같은 일화·필기류, 『장자莊子』와 『묵자墨子』 같은 제자諸子·잡가雜家류, 『백거이집白居易集』과 『피일휴집皮日休集』 같은 문집류 등으로 나누어볼 수 있다. 이는 기본적으로 중국의 전통적인 도서 분류체계인 경부經部(유가 경전), 사부史部(역사서), 자부子部(제자백가서), 집부集部(문집)의 모든 방면을 포괄하는데, 『태평광기』의 편찬자들은 선진 시대부터 송나라 초까지의 문헌을 모아 정리하면서 '소설'이 무엇인지에 대한 공통 관념을 분명히 지니고 있었을 것이다. 그들이 인식하고 있던 '소설' 관념은 지괴와 전기 같은 기이한 이야기를 중심으로 하면서 역사서, 지리서, 필기, 불교와 도교 관련 서적, 그리고 심지어 문집 중에서 '이야기'의 속성, 즉 '기이함'을 특징으로 하는 '서사'를 모두 포괄하는 것으로 파악된다. 이러한 인식은 한나라 환담桓譚의 『신론新論』 이후 대부분 짤막한 이야기로서 고사나 우언·전설 등에 빗대 어떤 이치를 설명하는 문체로 여겨지던 기존의 '소설' 관념에 비해 그 외연이 크게 확장된 것이며, '소설' 관념에 대한 송나라 사람들의 인식 변화 지점에 『태평광기』가 자리잡고 있음을 알 수 있다.

또한 『태평광기』에는 나중에 '당전기唐傳奇'라 불리는 「이와전李娃傳」 「앵앵전鶯鶯傳」 「사소아전謝小娥傳」 등의 작품이 '잡전기雜傳記' 부류에 수록되어 있는데, 명칭은 '잡전기'지만 실제로는

'전기傳奇'라는 의미로 사용한 것이다. 이는 『태평광기』의 편찬자들이 이러한 작품들을 하나의 부류로 설정할 필요성을 의식하고 있었음을 말해준다. 사실 '잡전기' 또는 '잡전'이라는 명칭은 이전 목록학상에서 줄곧 사부史部, 즉 역사서에 귀속되는 분류 개념으로 사용되었는데, 『태평광기』에 이르러 '잡전기'는 더 이상 역사서가 아닌 '소설'에 귀속되었다. 이를 통해 송나라 초 지식인들의 '소설' 관념이 크게 진보했음을 엿볼 수 있다.

『태평광기』에서 드러난 '소설' 관념은 이후 정사正史의 도서분류 변화를 촉발시키는 계기가 되었다. 『태평광기』의 편찬 목적이 시문이나 전고典故의 참고용이든, 소일을 할 화젯거리 제공용이든 간에 '이야기'만 내용별로 모아놓았다는 것은 역으로 '이야기', 즉 '서사'에 대한 새로운 분류화나 개념화를 가능케 하면서 이전에는 주로 역사서나 제자백가서에 무분별하게 뒤섞여 있던 '서사'라는 관념을 분명히 인식하게 만들었다. 이러한 인식의 변화는 『태평광기』(978) 이전에 기록되었던 『수서隋書』「경적지經籍志」(당나라 태종 때인 636년 완성)와 『구당서舊唐書』「경적지」(오대십국 시대 후진 출제出帝 때인 945년 완성)의 목록, 그리고 『태평광기』 이후에 기록된 『신당서』「예문지藝文志」(북송 인종 때인 1060년 완성)의 목록을 비교해보면 분명히 드러난다. 『수서』「경적지」와 『구당서』「경적지」의 사부 '잡전'류에 기록되어 있던 작품이 『신당서』「예문지」에서는 모두 자부 '소설가'류로 옮겨진 것을 알 수 있는데, 그 대부분이 『태평광기』에 수록되어 있다. 이를 통해 『태평광기』가 『신당서』「예문지」의 목록 변화에 직간접으로 영향을 미쳤음을 짐작할 수 있다. 이러한 변화의 요인에 대해서는 크게 두 가지 설이 있는데, 하나는 당나라 때부터 형성되기 시작한 역사 관념의 강화와 역사 서술의 엄격화로 인해 역사서의 기준에 부적합한 저작들이 대거 사부史部에서 밀려나 자부子部로 이동하게 되었다는 것이며, 다른 하나는 『태평광기』로 인해 촉발된 '소설' 관념의 변화가 『신당서』「예문지」에 영향을 미쳤다는 것이다.

여기서 엄격한 역사 관념의 확립이라는 측면도 충분히 고려해야 하지만, 이런 '소설' 관념의 인식 변화에 바탕을 둔 『태평광기』의 영향성에 더 주목할 필요가 있다. 사실 송나라 초에 이르러 역사 서술의 규범이 한층 엄격해짐에 따라 상대적으로 '소설' 관념의 외연이 확장되었는데, 이 확장된 '소설' 관념이 바로 『태평광기』에 반영되어 있으며, 이로 인해 『태평광기』보다 80여 년 뒤에 편찬된 『신당서』「예문지」 '소설가'류의 목록에 변화가 일어날 수 있었던 것이다.

2장

『태평광기』의 세계

1. 세계관과 분류체계

『태평광기』의 세계를 이해하기 위해서는 우선 책 전체가 어떻게 구성되어 있는지 살펴보는 것이 중요하다. 이를 일목요연하게 표로 정리해보았다.[8] 여기서 '이야기 분류' 항목은 내가 『태평광기』 이야기의 내용에 따라 24범주로 다시 나눈 것이며, '분류사상'은 천天·지地·인人의 삼재三才 사상을 바탕으로 『태평광기』의 전체 구도를 개괄한 것이다. 이에 대해서는 뒤에서 다시 설명하도록 하겠다.

『태평광기』의 분류체계

<table>
<tr><th></th><th>권차</th><th>권수</th><th>이야기 수</th><th>큰 부류</th><th>작은 부류</th><th>이야기 분류</th><th>분류 사상</th></tr>
<tr><td>1</td><td>001~055</td><td>55</td><td>258</td><td>신선神仙</td><td></td><td rowspan="5">도교道教</td><td rowspan="8">천天</td></tr>
<tr><td>2</td><td>056~070</td><td>15</td><td>86</td><td>여선女仙</td><td></td></tr>
<tr><td>3</td><td>071~075</td><td>5</td><td>38</td><td>도술道術</td><td></td></tr>
<tr><td>4</td><td>076~080</td><td>5</td><td>61</td><td>방사方士</td><td></td></tr>
<tr><td>5</td><td>081~086</td><td>6</td><td>64</td><td>이인異人</td><td></td></tr>
<tr><td>6</td><td>087~098</td><td>12</td><td>71</td><td>이승異僧</td><td></td><td rowspan="3">불교佛教</td></tr>
<tr><td>7</td><td>099~101</td><td>3</td><td>37</td><td>석증釋證</td><td></td></tr>
<tr><td>8</td><td>102~134</td><td>33</td><td>514</td><td>보응報應</td><td>금강경金剛經
법화경法華經
관음경觀音經
숭경상崇經像
음덕陰德
이류異類
원보冤報
비첩婢妾
살생殺生
숙업축생宿業畜生</td></tr>
<tr><td>9</td><td>135~145</td><td>11</td><td>218</td><td>징응徵應</td><td>제왕휴징帝王休徵
인신휴징人臣休徵
방국구징邦國咎徵
인신구징人臣咎徵</td><td rowspan="4">정명定命</td><td rowspan="10"></td></tr>
<tr><td>10</td><td>146~160</td><td>15</td><td>151</td><td>정수定數</td><td>혼인婚姻</td></tr>
<tr><td>11</td><td>161~162</td><td>2</td><td>54</td><td>감응感應</td><td></td></tr>
<tr><td>12</td><td>163</td><td>1</td><td>39</td><td>참응讖應</td><td></td></tr>
<tr><td>13</td><td>164</td><td>1</td><td>28</td><td>명현名賢</td><td>풍간諷諫</td><td rowspan="6">현능賢能</td></tr>
<tr><td>14</td><td>165</td><td>1</td><td>33</td><td>염검廉儉</td><td>인색吝嗇</td></tr>
<tr><td>15</td><td>166~168</td><td>3</td><td>25</td><td>기의氣義</td><td></td></tr>
<tr><td>16</td><td>169~170</td><td>2</td><td>54</td><td>지인知人</td><td></td></tr>
<tr><td>17</td><td>171~172</td><td>2</td><td>31</td><td>정찰精察</td><td></td></tr>
<tr><td>18</td><td>173~174</td><td>2</td><td>60</td><td>준변俊辯</td><td>유민幼敏</td></tr>
</table>

19	175	1	16	유민幼敏			
20	176~177	2	21	기량器量			
21	178~184	7	137	공거貢擧	씨족氏族	관직官職	
22	185~186	2	44	전선銓選			
23	187	1	29	직관職官			
24	188	1	12	권행權倖			
25	189~190	2	22	장수將帥	잡휼지雜譎智	무용武勇	
26	191~192	2	38	효용驍勇			
27	193~196	4	25	호협豪俠			
28	197	1	14	박물博物		문재文才	인人
29	198~200	3	51	문장文章	무신유문武臣有文		
30	201	1	18	재명才名	호상好尙		
31	202	1	26	유행儒行	연재憐才 고일高逸		
32	203~205	3	76	악樂	금琴 슬瑟 가歌 적笛 필률觱篥 갈고羯鼓 동고銅鼓 비파琵琶 오현五弦 공후箜篌	기예技藝	
33	206~209	4	70	서書	잡편雜編		
34	210~214	5	69	화畫			
35	215	1	10	산술算術			
36	216~217	2	23	복서卜筮			
37	218~220	3	59	의醫	이질異疾		
38	221~224	4	53	상相			
39	225~227	3	41	기교伎巧	절예絶藝		

<table>
<tr><td>40</td><td>228</td><td>1</td><td>12</td><td>박희博戱</td><td>혁기奕碁
탄기彈碁
장구藏鉤
잡희雜戱</td><td rowspan="2">오락娛樂</td><td rowspan="21">인人</td></tr>
<tr><td>41</td><td>229~232</td><td>4</td><td>45</td><td>기완器玩</td><td></td></tr>
<tr><td>42</td><td>233</td><td>1</td><td>22</td><td>주酒</td><td>주량酒量
기주嗜酒</td><td rowspan="2">음식飮食</td></tr>
<tr><td>43</td><td>234</td><td>1</td><td>17</td><td>식食</td><td>능식能食
비식菲食</td></tr>
<tr><td>44</td><td>235</td><td>1</td><td>22</td><td>교우交友</td><td></td><td rowspan="7">처세處世</td></tr>
<tr><td>45</td><td>236~237</td><td>2</td><td>36</td><td>사치奢侈</td><td></td></tr>
<tr><td>46</td><td>238</td><td>1</td><td>21</td><td>궤사詭詐</td><td></td></tr>
<tr><td>47</td><td>239~241</td><td>3</td><td>35</td><td>첨녕諂佞</td><td></td></tr>
<tr><td>48</td><td>242</td><td>1</td><td>18</td><td>유오謬誤</td><td>유망遺忘</td></tr>
<tr><td>49</td><td>243</td><td>1</td><td>23</td><td>치생治生</td><td>탐貪</td></tr>
<tr><td>50</td><td>244</td><td>1</td><td>16</td><td>편급褊急</td><td></td></tr>
<tr><td>51</td><td>245~252</td><td>8</td><td>156</td><td>회해詼諧</td><td></td><td rowspan="3">해학諧謔</td></tr>
<tr><td>52</td><td>253~257</td><td>5</td><td>103</td><td>조초嘲誚</td><td></td></tr>
<tr><td>53</td><td>258~262</td><td>5</td><td>110</td><td>치비嗤鄙</td><td></td></tr>
<tr><td>54</td><td>263~264</td><td>2</td><td>31</td><td>무뢰無賴</td><td></td><td rowspan="3">부덕不德</td></tr>
<tr><td>55</td><td>265~266</td><td>2</td><td>34</td><td>경박輕薄</td><td></td></tr>
<tr><td>56</td><td>267~269</td><td>3</td><td>43</td><td>혹포酷暴</td><td></td></tr>
<tr><td>57</td><td>270~273</td><td>4</td><td>75</td><td>부인婦人</td><td>현부賢婦
재부才婦
미부인美婦人
투부妬婦
기녀妓女</td><td rowspan="3">부녀婦女
노복奴僕</td></tr>
<tr><td>58</td><td>274</td><td>1</td><td>8</td><td>정감情感</td><td></td></tr>
<tr><td>59</td><td>275</td><td>1</td><td>13</td><td>동복童僕</td><td>노비奴婢</td></tr>
<tr><td>60</td><td>276~282</td><td>7</td><td>170</td><td>몽夢</td><td>몽휴징夢休徵
몽구징夢咎徵</td><td>몽夢</td></tr>
</table>

					귀신鬼神 몽유夢遊		
61	283	1	19	무巫	엽주厭呪		
62	284~287	4	44	환술幻術		무격巫覡	
63	288~290	3	38	요망妖妄			
64	291~315	25	266	신神	음사淫祀		
65	316~355	40	467	귀鬼			
66	356~357	2	14	야차夜叉			
67	358	1	13	신혼神魂			
68	359~367	9	186	요괴妖怪	인요人妖		
69	368~373	6	54	정괴精怪	잡기용雜器用 우상偶像 흉기凶器 화火 토土	귀신鬼神	
70	374	1	28	영이靈異			
71	375~386	12	128	재생再生			
72	387~388	2	21	오전생悟前生		생사生死	
73	389~390	2	53	총묘塚墓			
74	391~392	2	21	명기銘記			
75	393~395	3	57	뇌雷			
76	396	1	25	우雨	풍風 홍虹		
77	397	1	25	산山	계溪		
78	398	1	39	석石	파사坡沙		
79	399	1	38	수水	정井	자연自然	지地
80	400~405	6	108	보寶	금金 수은水銀 옥玉 잡보雜寶 전錢		

					기물奇物		
81	406~417	12	379	초목草木	목木 문리목文理木 이목異木 유만藟蔓 초草 초화草花 목화木花 과果 채菜 죽竹 오곡五穀 다천茶荈 지芝 균심菌蕈 태苔 향약香藥 복이服餌 목괴木怪 화훼괴花卉怪 약괴藥怪 균괴菌怪	식물植物	물物
82	418~425	8	94	용龍	교蛟	동물動物	
83	426~433	8	80	호虎			
84	434~446	13	236	축수畜獸	우牛 우배牛拜 우상채牛償債 우상인牛傷人 우이牛異 마馬 낙타駱駝		

					나騾 여驢 견犬 양羊 시豕 묘猫 서鼠 서랑鼠狼 사자獅子 서犀 상象 잡수雜獸 낭狼 웅熊 이狸 위蝟 주麈 장麞 녹鹿 토兎 원猿 미후獼猴 성성猩猩 과연猓然 융狨		
85	447~455	9	83	호狐			
86	456~459	4	100	사蛇			
87	460~463	4	138	금조禽鳥	봉鳳 난鸞 학鶴 응鷹		

					요鷂 골鶻 공작孔雀 연鳶 자고鷓鴣 작鵲 합鴿 계雞 아鵝 압鴨 노鷺 안雁 구욕鸜鵒 작雀 오烏 효梟 치鴟		
88	464~472	9	179	수족水族	수괴水怪 수족위인水族爲人 인화수족人化水族 귀龜		
89	473~479	7	122	곤충昆蟲			
90	480~483	4	80	만이蠻夷		이국異國	
91	484~492	9	14	잡전기雜傳記		전기傳奇	기타
92	493~500	8	130	잡록雜錄		잡록	
합계		500권	6965편	92개	155개		

이 표에서 보듯 『태평광기』는 총 6965편에 달하는 다양한 이야기를 92개의 큰 부류와 155개의 작은 부류로 나누어 500권에

수록해놓았다. 큰 부류를 기준으로 보면, 도교 이야기에 속하는 '신선'류가 55권으로 가장 많은데, 여기에 '여선'류 15권을 포함하면 모두 70권이나 되며, '귀'류가 40권으로 그다음을 차지한다. 이야기 수를 기준으로 보면, 불교 이야기에 속하는 '보응'류가 514편으로 가장 많고 '귀'류가 467편으로 그다음이다. 이는 『태평광기』의 전체 구성에서 '신선' '여선'류, '보응'류, '귀'류가 차지하는 중요성을 말해주는 것이기도 하다. 물론 각 이야기마다 분량이 다르므로 이러한 산술적 통계가 절대적이지는 않지만, 대체적인 경향성을 파악하는 데는 큰 무리가 없다.

『태평광기』의 전체 부류가 어떠한 기준에 따라 앞의 표처럼 구성되었는지 알 수 있는 명확한 근거 자료는 없지만, 다음 몇 가지 단서를 통해 추정해볼 수는 있다.

첫째, 『태평광기』는 송나라 초 황실의 도교 숭상 기풍을 반영하고 있다는 점이다.

당나라 때의 도교 숭상 열풍이 오대를 거치면서 잠시 주춤하긴 했지만, 송나라 초에는 이러한 기풍이 다시 성행했다. 송나라를 건국한 태조 조광윤은 후주에서 벼슬할 때부터 여러 도사들과 교류했으며, 황제로 등극한 이후에는 도교 사원인 궁관宮觀을 건축하고 도관道官을 선발하여 도사들의 기강을 바로잡는 등 일련의 도교 진흥 정책을 실시했다. 태조의 뒤를 이어 제위에 오른 태종은 자신의 등극이 천신天神의 계시에 의한 것임을 천명하고 천신을 '익성장군翊聖將軍'에 봉하여 황실을 보우하는 '가신家神'으로 여겼으며, 대규모의 도장道藏(도교 경전을 집대성한 일종의 대장경) 전적을 정리 편찬하고 도교 사원에 경제적 지원을 하면서 덕망 높은 도사를 극진히 예우하는 등 도교 진흥 정책을 확대 실시했다. 태종의 뒤를 이은 진종은 태종이 봉한 '익성장군'을 '익성보덕진군翊聖保德眞君'으로 높여 봉하고 도교의 시조인 노자를 '태상혼원황제太上混元黃帝'로 추존했으며, 상청소응궁上淸昭應宮을 비롯한 수많은 궁관을 건축하여 도교 숭상 기풍이 더욱 성행했다. 그 결과 전체 도사의 수가 2만 명에 이를 정도로 급증했다.

태종 때 편찬된 『태평광기』는 송나라 초의 이러한 도교 숭상 기풍을 그대로 반영하여 도교 이야기를 맨 앞부분에 배치했다. 아울러 도교와 밀접한 관계를 유지하면서 도교와 함께 발전해 온 불교 이야기가 도교 이야기 다음에 배치된 것은 자연스러운 일이라 하겠다.

둘째, 『태평광기』는 전통적인 유서의 분류체계를 반영하고 있다는 점이다.

『태평광기』의 성격 규명과 관련된 다양한 논의 가운데 하나는 『태평광기』를 백과사전식 유서로 간주하는 것이다. 유서는 각종 전적 중에서 필요한 자료를 가려 뽑아 찾아보기 쉽게 분야별로 편집·배열한 책으로, 오늘날의 백과사전처럼 필요한 정보를 검색하는 데 사용되었다. 『태평광기』를 유서로 규정하는 것에 대해 학자들 사이에 의견이 엇갈리는데, 장디화張滌華는 『태평광기』를 유서의 범주에서 제외했지만 류예츄劉葉秋를 비롯한 대부분의 학자는 유서의 범주에 포함시킨다. 특히 류예츄는 유서를 두 가지 큰 부류로 개괄하여, 각종 자료를 편집한 일반적인 유서를 유서의 '정종正宗'이라 하고, 단지 한 분야의 내용만을 전문적으로 편집한 유서를 '별체別體'라고 하면서 유서의 범위를 상당히 폭넓게 규정지었다. 따라서 류예츄의 규정에 따르면, 고금의 이야기만을 편집해 수록한 『태평광기』는 유서의 '별체'로서 당연히 유서의 범주에 들어가게 된다.

중국 최초의 유서는 삼국시대 위나라 문제의 명으로 편찬된 『황람皇覽』이며, 그후 양나라 때 『화림편략華林遍略』이, 북제 때 『수문전어람修文殿御覽』이 편찬되었지만, 지금은 모두 망실되었다. 당나라 때는 『북당서초北堂書鈔』 『예문유취』 『초학기初學記』 『백씨육첩白氏六帖』 등의 유서가 편찬되었고, 송나라 때는 『태평광기』 『태평어람』 『책부원귀』 등의 대형 유서가 편찬되었다. 이러한 유서의 편찬 목적은 대개 두 가지로 나눌 수 있다. 첫째는 황제에게 바쳐 국가의 흥망성쇠와 군신 간의 이해득실에 관한 일을 열람함으로써 나라를 다스리는 데 거울로 삼고자 한 것이고, 둘째는 시문을 지을 때 전고와 어구를 뽑아 참고하기 위해서다. 유서는 처음엔 첫번째 목적을 위해 편찬되었으나, 문인들이 점차 대우對偶(앞뒤 구절의 짝을 맞추어 문장을 아름답게 하는 일)를 숭상하고 전고의 사용을 중시하면서는 주로 두번째 목적을 위해 편찬되었다. 『태평광기』 역시 그 표문表文에서 언급하듯 황제가 "뭇 학설을 폭넓게 종합하여 여러 좋은 것을 버리지 않게 하기 위해" 편찬된 것이며, "편폭이 너무 광대하여 두루 살펴보기가 어렵기 때문에 정수만을 가려 뽑아 부류별로 다듬어 편성한" 것이므로, 일반 유서의 편찬 목적에서 벗어나지 않는다.

일반적으로 유서에서 표방하는 세계관은 그 분류체계에 잘 드러나 있다. 유서의 '정종'을 대표한다고 할 수 있는 『예문유취』와 『태평어람』의 분류체계를 보면 당시 유서에서 담아내고자 하던 세계관이 어떠했는지 엿볼 수 있다. 『예문유취』와 『태평어람』은 다양한 전적을 광범위하게 인용하면서 세계의 삼라만상을 분류하고 체계화했는데, 이러한 분류체계 속에서 당시의 가장 보편적이고 일반적인 세계관을 찾아볼 수 있다. 먼저 『예문유취』는 총 100권에 47개의 큰 부류와 727개의 작은 부류로 구성되어 있는데, 큰 부류는 다음과 같다.

천天, 세시歲時

지地, 주州, 군郡, 산山, 수水

부명符命, 제왕帝王, 후비后妃, 저궁儲宮, 인人, 예禮, 악樂, 직관職官, 봉작封爵, 치정治政, 형법刑法, 잡문雜文, 무武, 군기軍器, 거처居處, 산업産業, 의관衣冠, 의식儀飾, 복식服飾, 주거舟車, 식물食物, 잡기물雜器物, 교예巧藝, 방술方術, 내전內典, 영이靈異, 화火, 약향초藥香草, 초草, 보옥寶玉, 백곡百穀, 포백布帛, 과果, 목木, 조鳥, 수獸, 인개鱗介, 충치蟲豸, 상서祥瑞, 재이災異

다음으로 『태평어람』은 총 1000권에 55개의 큰 부류와 4558개의 작은 부류로 구성되어 있는데, 큰 부류는 다음과 같다.

천天, 시서時序

지地

황왕皇王, 편패偏霸, 황친皇親, 주군州郡, 거처居處, 봉건封建, 직관職官, 병兵, 인사人事, 일민逸民, 종친宗親, 예의禮儀, 악樂, 문文, 학學, 치도治道, 형법刑法, 석釋, 도道, 의식儀式, 복장服章, 복용服用, 방술方術, 질병疾病, 공예工藝, 기물器物, 잡물雜物, 주舟, 거車, 봉사奉使, 사이四夷, 진보珎寶, 포백布帛, 자산資産,

백곡百穀, 음식飮食, 화火, 휴징休徵, 구징咎徵, 귀신神鬼, 요이妖異, 수獸, 우족羽族, 인개鱗介, 충치蟲豸, 목木, 죽竹, 과果, 채菜, 향香, 약藥, 백훼百卉

『예문유취』와 『태평어람』은 거의 비슷한 분류체계를 보이는데, 천天-지地-인人-물物이라는 구도 속에서 세계를 범주화하여 각각의 조목으로 분류했음을 알 수 있다. 이는 우주와 인간 세계의 기본적인 구성요소이면서 그 변화의 동인으로 작용하는 천지인 '삼재三才' 사상을 바탕으로 한다. '천'(하늘)부와 '지'(땅)부 사이에 '세시'부나 '시서'부가 있는 것은 천체의 현상과 지리적 공간을 인간의 시간질서로 바꾸어 범주화한 것으로, 춘하추동과 각종 절기를 통해 인간이 시간을 순서대로 구획하여 구성하고 있는 것이다. 이렇게 '천지'와 '세시(시서)'로 상징되는 시공간 구조가 절대적 근거로서 확립된 그 기반 위에 등장하는 '인'(사람)은 천지의 가장 빼어난 기를 타고난 특출한 존재로서 만물의 영장이 된다. 위로는 천지가 만물을 생성하는 정신을 깨닫고, 아래로는 그 만물의 존재 양상을 체득하며, 대자연의 운행 변화와 생성의 이치를 터득하여, 천지가 지닌 화육化育(천지의 이치로 만물을 길러냄)의 공을 돕는 위치로 자신을 고양시킴으로써 우주를 경영해가는 문화의 주체로서의 인간에 대한 인식을 여기서 확인할 수 있다.[9] 그리고 이런 '인'부 앞에 '제왕'부나 '황왕'부를 둠으로써 인간사회의 질서를 확정짓게 되는 것이다. 그다음에는 자연계에 존재하는 다양한 동식물에 관한 자료를 배치하고 있다. 따라서 『예문유취』와 『태평어람』의 분류체계는 당시 중국인들이 세계와 자신을 관계짓던 방식이 투영된 것이며, 전체 자연의 질서와 인간의 질서를 개념화하고 체계화하는 방식을 표현한 것이라 할 수 있다.

『태평광기』의 분류체계는 얼핏 보면 『예문유취』나 『태평어람』과 달라 보이지만, 실제로는 전통적인 유서의 천-지-인-물의 분류체계를 약간 변형하여 반영하고 있다. 우선 『예문유취』의 '내전'부(불전佛典에 관한 자료)와 '영이'부(선도仙道에 관한 자료), 『태평어람』의 '석釋'부와 '도道'부는 '인'의 영역에 속해 있는데, 『태평광기』에서는 비슷한 내용에 해당하는 도교 및 불교 고사를 맨 앞에 배치하여 '천'의 영역으로 상정했다. 다음으로 인간의 재능·성정·신앙·생사 등에 관한 다양한 이야기를 '인'의 영역에 배치하고, 기후와 산천지리 등에 관한 이야기를 '지'의 영역에 배치했으며, 마지막으로 동식물과 이국異國에 관한 이야기를 '물'의 영역에 배치했다. 따라서 『태평광기』의 분류체계는 천-인-지-물의 구도로 파악할 수 있으며, 이는 전통적인 유서의 분류체계에서 벗어나지 않는다.

셋째, 『태평광기』의 구성에는 이민족에 대한 차별의식도 반영되어 있다.

『태평광기』의 '만이蠻夷'류는 중국을 둘러싼 동서남북의 여러 민족에 관한 고사를 모아놓은 것으로, '물'의 영역에 속하는 동식물 고사의 끝에 배치되어 있다. 반면 『태평어람』에서는 『태평광기』의 '만이'류에 해당하는 '사이'부가 '인'의 영역에 배치되어 있다. '만이'류에 수록된 각 고사는 내용상 앞의 다른 부류에 얼마든지 분류해 넣을 수 있다. 그런데도 따로 '만이'류를 설정하여 동식물 고사의 끝에 배치한 것은 주변 이민족에 대한 차별의식을 은연중에 드러낸 것이라고 이해할 수 있다.

넷째, 『태평광기』는 당나라 전기傳奇소설 작품의 특수성을 반영하고 있다.

사실상 『태평광기』의 분류체계는 '만이'류에서 일단락된 것으로 보인다. 문제는 그 뒤에 나오는 '잡전기'류와 '잡록'류이다. 『태평광기』의 전체 분류체계에서 이 두 부류가 어떠한 기준으로 설정되었는지 설명하기는 어렵다. 하지만 '잡전기'류의 경우 수록된 이야기들을 자세히 살펴보면 몇 가지 실마리를 찾을 수 있다. '잡전기'류에는 총 9권에 걸쳐 「이와전李娃傳」 「동성노부전東城老父傳」 「유씨전柳氏傳」 「장한전長恨傳」 「무쌍전無雙傳」 「곽소옥전霍小玉傳」 「앵앵전鶯鶯傳」 「주진행기周秦行記」 「명음록冥音錄」 「동양야괴록東陽夜怪錄」 「사소아전謝小娥傳」 「양창전楊娼傳」 「비연전非煙傳」 「영응전靈應傳」이 실려 있는데, 이 14편의 이야기는 모두 당나라 전기소설 작품이다. 이 작품들은 「이와전」을 제외한 나머지 모두 출전을 밝히지 않았으며, 대부분 제목 옆에 "○○○찬撰"이라고 주를 달아 작자를 밝히고 있다. 이러한 사실을 통해 이 작품들이 당시 단행본으로 유통되었을 가능성이 높다고 추정할 수 있다. 이 추정이 맞는다면 『태평광기』의 편찬자들이 당시 널리 유행하던 단행본 전기소설 작품들을 한데 모아 따로 하나의 부류로 설정했을 개연성이 충분히 있다고 여겨진다.

다섯째, 그렇다면 마지막 '잡록'류는 어떤 연유로 설정된 것일까?

『태평광기』는 맨 마지막에 '잡록'류를 두어 8권 130편에 달하는 이야기를 수록했는데, 이 이야기들은 내용상 앞의 다른 부류에 충분히 편입할 수 있다. 그런데도 굳이 '잡록'류를 부록처럼 따로 첨부한 이유를 현재로서는 정확히 알 수 없다. 아마도 1년 6개월이라는 짧은 편찬 기간에 방대한 고사를 선별·분류·편집하기가 쉽지 않았을 테고, 또한 500권이라는 권수를 채우기 위해 미처 분류하지 못한 고사를 마지막에 첨부하지 않았을까 하는 생각이 든다.

2. 기환奇幻의 세계

『태평광기』는 거의 같은 시기에 편찬된 『태평어람』과 마찬가지로 일반적인 유서 편찬 목적과 분류체계를 그대로 따르는 듯 보이지만, 실제로 그 분류체계를 작동시키는 분류 기준은 일반적인 유서에서 드러나는 세계인식과 다르다고 할 수 있다. 『태평어람』이 당시의 지배적인 이데올로기를 바탕으로 세계상을 규정짓고 있다면, 『태평광기』는 『태평어람』에서 표방하는 세계와는 다른 세계, 곧 정상적이고 공식적인 것으로 받아들여지는 세계와는 다른 기이하고(기奇) 환상적인(환幻) 세계를 다룬다. 이는 『태평광기』가 이야기만을 전문적으로 수록한 데서 기인한다. 『태평광기』가 표방하는 이야기의 세계는 익숙하기보다는 낯설고, 정상이기보다는 비정상이고, 평범하기보다는 특이하고, 사실적이기보다는 허구적이고, 실체적이기보다는 허상적이고, 현실적이기보다는 비현실적이거나 초현실적이고, 일상적이기보다는 일탈적이고, 중심적이기보다는 주변적이고, 설명 가능하기보다는 불가사의한 세계다. 이러한 『태평광기』의 세계는 '기'와 '환'이라는 개념으로 개괄할 수 있는데, 이는 이야기가 이야기답게 존재하는 근거이기도 하다.

『태평광기』의 전체 이야기는 내용의 연관성에 따라 24개 범주로 다시 구분할 수 있다. 이하에서는 각 범주에 대해 간략히 설명하면서 해당 범주를 대표하는 이야기 한두 편을 소개해보려 한다.

도교

이 범주가 『태평광기』의 맨 앞에 배치된 것은 당나라의 도교 숭상 전통이 송나라 초까지 지속된 상황을 반영하는데, 노자를 필두로 하는 신선들의 행적을 다룬 '신선'류, 서왕모西王母를 필두로 하는 여자 신선들의 행적을 다룬 '여선女仙'류, 도술을 부리는 도사들의 행적을 다룬 '도술'류, 술수를 부리는 방사方士들의 행적을 다룬 '방사'류, 신통하고 비범한 재주를 부리는 사람들의 행적을 다룬 '이인異人'류가 여기에 포함된다.

「두자춘杜子春」[10]

— 자식 사랑 때문에 이루지 못한 신선의 꿈

두자춘은 북주에서 수나라로 이어지던 시대의 사람으로 보인다. 그는 젊었을 때 호탕하여 가산에는 힘쓰지 않았으나 높은 기개로 이름이 알려졌다. 마음껏 술 마시고 한가로이 노닐다가 재산을 탕진한 뒤 친척들에게 의탁했지만, 모두들 그가 본업에 힘쓰지 않는다고 하여 받아주지 않았다. 때는 바야흐로 겨울이었는데, 옷은 해지고 뱃속도 빈 채로 하릴없이 장안을 걸어다니다가 해가 저물도록 아무것도 먹지 못했으며 어디로 가야 할지 몰라 방황하고 있었다. 동시東市의 서문에서 춥고 배고픈 기색이 가득한 채로 하늘을 우러러보며 길게 탄식했다. 그때 한 노인이 지팡이를 짚고 그의 앞에 나타나 물었다.

"그대는 어찌하여 탄식하는가?"

두자춘은 그 마음을 이야기하며 친척들이 박대한 것을 원망했는데 그 사무친 기색이 얼굴빛에 역력했다. 그러자 노인이 말했다.

"돈 몇 꿰미면 풍족하게 쓰겠는가?"

두자춘이 말했다.

"3~5만 냥 정도면 살 수 있을 듯합니다."

노인이 말했다.

"모자랄 것이네."

두자춘이 다시 말했다.

"그럼 10만 냥입니다."

노인이 말했다.

"모자랄 것이네."

그러자 두자춘이 말했다.

先生馴虎有術耶對曰偶然耳人無害獸之
心獸無害人之意何必術為撫我則后虎猶
民也虐我則讐民猶虎也理民與馴虎亦何
異哉帝嘉其言拜官不就歸隱鼇亭山得道
而去後人於其卧床席下得翡葉書金雄詩
金雌記其言皆當時讖詞其蚖如蛇蚖也 出仙傳拾遺

杜子春

杜子春者蓋周隋間人少落托不事家產然
以心氣閑縱酒閑遊資產蕩盡投於親故皆

「두자춘」 편(『태평광기상절』 권2)

"그럼 100만 냥입니다."

노인이 또 말했다.

"그래도 모자랄 것이네."

두자춘이 말했다.

"그럼 300만 냥입니다."

그러자 노인이 말했다.

"그 정도면 괜찮겠네."

그러고는 소매에서 돈 한 꿰미를 꺼내며 말했다.

"오늘 저녁엔 이 정도만 그대에게 주겠네. 내일 오시午時에 서시西市의 파사波斯(페르시아) 가게에서 그대를 기다릴 테니 부디 약속시간에 늦지 말게."

약속시간에 맞춰 두자춘이 갔더니 노인은 과연 돈 300만 냥을 주었는데, 성과 이름도 알려주지 않고 가버렸다.

두자춘은 부유해지고 나자 방탕한 마음이 다시 일어났으며, 평생토록 다시는 떠돌이 생활을 하지 않을 것이라고 스스로 생각했다. 그는 살찐 말을 타고 가벼운 갖옷을 입었으며, 술친구를 모으고 악사를 불러 기생집에서 노래하고 춤추면서 더이상 앞으로의 생계를 염두에 두지 않았다. 1~2년 사이에 돈이 차츰 바닥나자, 의복과 거마車馬를 비싼 것에서 싼 것으로 바꾸고, 말을 버리고 당나귀를 타다가 다시 당나귀를 버리고 걸어다녔으며, 이렇게 순식간에 처음처럼 되어버렸다. 얼마 후 그는 더이상 방법이 없게 되자 시장 문에서 스스로 탄식했다. 그가 한탄하는 소리를 내자 노인이 와서 그의 손을 잡으며 말했다.

"그대가 다시 이렇게 되다니 기이한 일이네. 내가 다시 그대를 구제

해주려고 하는데 돈 몇 꿰미면 되겠는가?"

두자춘은 부끄러워서 대답도 못했다. 노인이 계속 다그치자 두자춘은 부끄러워하며 사죄할 뿐이었다. 노인이 말했다.

"내일 오시에 이전에 약속했던 그곳으로 오게."

다음날 두자춘은 부끄러움을 참고 가서 천만 냥을 얻었다. 아직 돈을 받지 않았을 때는 분발하여 이제부터 가업을 잘 꾸려나가 석계륜石季倫(석숭石崇. 진晉나라 때의 부호)이나 의돈猗頓(춘추시대 노魯나라의 부호)조차도 조무래기로 여기리라고 생각했다. 그러나 이미 돈이 수중에 들어오자 마음이 또 바뀌어 방종하게 욕심을 좇다가 다시 예전처럼 되어버렸다. 3~4년도 안 되어 이전보다 훨씬 가난해졌다. 두자춘은 예전 그곳에서 다시 노인을 만나게 되었는데, 부끄러움을 견딜 수 없어서 얼굴을 가리고 도망갔다. 그러자 노인은 그의 옷자락을 잡아당겨 멈추게 하고 말했다.

"어허! 어리석은 방법이네."

그러고는 3천만 냥을 주며 말했다.

"이번에도 버릇을 고치지 않으면 그대는 평생 가난에서 허덕이게 될 것이네."

두자춘이 말했다.

"저는 호탕하게 잘못 노닐다가 평생 한 푼도 없게 되었습니다. 친척들은 호족豪族이면서도 저를 돌봐주지 않았건만 오직 노인장께서는 세 번이나 저를 도와주셨으니, 제가 어떻게 그것을 감당하겠습니까?"

그러고는 다시 노인에게 말했다.

"저는 이 돈을 받아 세상에서 큰일을 하겠습니다. 고아와 과부들이 입고 먹을 수 있도록 해주고 명교名敎(유가의 가르침)를 회복시키겠습니다. 노인장의 깊은 은혜에 감격했으니, 일을 이룬 후에는 오직 노인장께서 시키는 대로 하겠습니다."

노인이 말했다.

"나도 그러길 바라네! 그대는 하고자 하는 일을 마치거든 내년 중원절中元節(음력 7월 15일)에 노군老君(노자)의 쌍 전나무 아래로 나를 만나러 오게."

두자춘은 고아와 과부들이 대부분 회남淮南에 기거하고 있다고 생각하여 마침내 자본을 양주揚州로 옮겨 기름진 밭 100이랑을 샀으며, 성곽 안에 저택을 짓고 중요한 길목에 객관 100여 칸을 마련하여 고아와 과부들을 모두 불러 각각 그 안에 나누어 살게 했다. 친인척들에 대해서는 타지에서 죽은 이의 관을 옮겨 합장해주었으며, 은인에게는 보답하고 원수에게는 보복했다. 두자춘이 일을 다 마치고 나서 약속한 날에 맞춰 갔더니, 노인은 쌍 전나무 그늘에서 한창 휘파람을 불고 있었다.

마침내 노인은 그와 함께 화산華山의 운대봉雲臺峰으로 올라갔다. 40여 리를 들어가자 어떤 곳이 나왔는데, 집이 엄숙하고 깨끗한 것이 보통 사람의 거처가 아니었다. 채색 구름이 아득히 덮여 있고 난새와 봉황이 그 위를 높이 날고 있었다. 정당正堂 안에는 높이가 9척尺(1척은 약 30센티미터) 남짓 되는 약 화로가 있었는데, 자줏빛 불꽃이 빛을 발하여 창문이 환하게 빛났다. 선녀 9명이 약 화로를 빙 둘러 서 있었고 청룡과 백호가 앞뒤를 나누어 지키고 있었다. 그때는 해가 막 저물려 했는데 노인은 더이상 속세의 옷을 입고 있지 않았으며, 황색 관에 진홍색 어깨걸이를 걸친 도사의 모습이었다. 노인은 흰 돌 세

알과 술 한 잔을 가져와 두자춘에게 주면서 그것을 빨리 먹으라고 했다. 그러고는 호랑이 가죽 하나를 가져와서 당 안의 서쪽 벽 아래에 깔고 동쪽을 향해 앉더니 두자춘에게 주의를 주며 말했다.

"절대로 말을 하지 말게. 비록 존신尊神, 악귀, 야차夜叉, 맹수, 지옥이 나타나거나 그대의 친족이 감옥에 갇혀 온갖 고난을 당하더라도 모두 진실이 아니라네. 절대로 움직이지도 말하지도 말게. 마음을 편히 하고 두려워하지 않는다면 결국엔 아무런 고통도 없을 것이네. 반드시 일심으로 내가 한 말을 기억하게."

노인은 말을 마치고 떠났다.

두자춘이 뜰을 바라보았더니 물이 가득 담긴 커다란 항아리 하나만 있을 뿐이었다. 도사가 가고 나서 깃발과 무기를 든 천군만마가 절벽과 골짜기를 가득 메우며 오더니 고함을 치면서 천지를 뒤흔들었다. 그중에 대장군이라 불리는 사람이 있었는데 키가 1장丈(약 10척) 남짓 되었으며, 사람과 말이 모두 황금 갑옷을 입고 있었기에 번쩍이는 빛이 사람을 쏘았다. 또 친위병 수백 명이 모두 검을 뽑아들고 활을 당긴 채 곧장 당 앞으로 들어오더니 꾸짖으며 말했다.

"너는 누구이기에 감히 대장군을 피하지 않느냐!"

좌우 병사들이 검을 치켜들고 다가와서 그의 성명을 다그쳐 묻고 또 뭐하는 놈이냐고 물었지만, 그는 모두 대답하지 않았다. 물어본 사람들이 크게 화를 내면서 빨리 베어 죽이고 쏘아 죽이라고 아우성치는 소리가 우레 같았지만, 그는 끝내 응대하지 않았다. 장군이라는 사람은 몹시 화를 내며 가버렸다.

조금 있다가 맹호猛虎, 독룡毒龍, 산예狻猊(사자와 비슷한 전설상의 맹수), 사자, 살모사 등 수만 마리가 나타나더니 으르렁거리고 낚아채면서 앞다투어 치고 물려고 했으며 어떤 것은 그를 뛰어넘기도 했으나, 두자춘은 안색조차 변하지 않았다. 얼마 후 그것들은 모두 흩어져 사라졌다.

잠시 후 이번에는 큰비가 세차게 내리고 천둥번개가 치면서 어두워지더니, 불덩이가 그의 좌우로 굴러다니고 번갯불이 앞뒤로 번쩍거려 눈을 뜰 수 없었다. 금세 마당가의 수심이 1장을 넘었고 번개가 흐르고 천둥이 울렸는데, 그 기세가 마치 산천이 무너져내리는 것 같아서 제지할 수 없었다. 순식간에 파도가 그의 자리 아래까지 밀려왔지만, 두자춘은 단정하게 앉아 돌아보지도 않았다.

또 얼마 되지 않아 이전에 떠났던 장군이 우두옥졸牛頭獄卒(지옥에서 망자를 괴롭히는 악귀)과 기괴하게 생긴 귀신들을 데리고 다시 오더니, 끓는 물이 담긴 커다란 가마솥을 두자춘 앞에 갖다놓고는 날이 갈라진 긴 창을 들고 사방을 둘러싸고서 명령을 전하며 말했다.

"순순히 성명을 말하면 즉시 풀어주겠지만, 말하지 않는다면 가슴팍을 창으로 찔러 가마솥 속에 넣어버리겠다."

그러나 두자춘은 또 대답하지 않았다. 그러자 그의 부인을 잡아와 계단 아래에 내동댕이치면서 가리키며 말했다.

"성명을 말하면 네 처를 놓아주겠다."

그러나 두자춘은 역시 대답하지 않았다. 급기야는 부인에게 채찍질하여 피를 흘리게 하고, 활로 쏘고 도끼로 찍기도 하며, 삶기도 하고 태우기도 하여, 고통을 참을 수 없었다. 부인이 울부짖으며 말했다.

"진실로 제가 못나고 어리석어 당신을 욕되게 하기는 했지만, 다행히 당신의 아내가 되어 받들어 모신 지 10여 년이나 되었습니다. 지금 존귀尊鬼에게 사로잡혀 그 고통을 참을 수가 없습니다. 감히 당신이 기어가서 절하며 애결하기를 바라는 게 아닙니다. 그저 당신이 한마디만 하면 목숨을 보전할 수 있을 것입니다. 사람이라면 누구든지 정이 있는 법인데 당신은 어찌하여 모질게도 한마디 말을 아끼십니까?"

부인은 마당 가운데서 눈물을 비오듯 흘리며 저주하기도 하고 욕하기도 했으나, 두자춘은 끝내 돌아보지 않았다. 장군이 말했다.

"내가 네 처를 해칠 수 없을 것 같으냐!"

그러고는 방아를 가져오게 하여 다리부터 한 마디씩 찧었다. 부인이 더욱 다급하게 울부짖어도 두자춘은 끝내 돌아보지 않았다. 장군이 말했다.

"이놈은 요망한 술법을 이미 이루었으니 인간 세상에 오래 두어서는 안 되겠다."

이에 좌우에 명하여 그를 참수하라고 했다. 참수가 끝나자 두자춘의 혼백은 끌려가서 염라대왕을 뵈었다. 염라대왕이 말했다.

"이자가 바로 운대봉의 요망한 백성이더냐? 속히 지옥으로 넘겨라."

그리하여 두자춘은 용광로에 던져지고 쇠몽둥이로 맞으며, 방아에 빻아지고 절구에 갈리며, 불구덩이에 넣어지고 끓는 물에 삶아지며, 도산刀山과 검수劍樹에 오르는 고통을 모두 당하지 않음이 없었다. 그러나 두자춘은 도사의 말을 깊이 염두에 두었더니 참을 수 있을 것 같아서 끝내 신음소리조차 내지 않았다. 옥졸들이 그에게 벌을 다 내렸다고 아뢰자 염라대왕이 말했다.

"이자는 음적陰賊이므로, 남자로 만들기에 적합하지 않으니 여자로 만드는 것이 마땅하다."

그리하여 두자춘은 송주宋州 단보현승單父縣丞 왕권王勸의 집으로 보내져 환생했다. 그녀는 태어나서 병치레를 많이 하여 침 맞고 뜸 뜨고 독한 약을 먹는 치료가 거의 그친 날이 없었다. 또한 일찍이 불에 떨어지고 침상에서도 굴러떨어지는 등 고통에서 벗어나지 못했지만 끝내 소리내지 않았다. 이윽고 장성하니 용모가 절세의 미인이었지만 말이 없었기에 집안 사람들은 그녀를 벙어리라고 여겼다. 친척들 중 가까이 지내는 사람들이 여러 가지 방법으로 조롱했으나 그녀는 끝내 대꾸할 수 없었다. 같은 고을에 노규盧珪라는 진사가 있었는데, 그녀의 용모에 대해 듣고 사모하여 매파를 통해 청혼했다. 그녀의 집에서 벙어리라는 이유로 청혼을 거절하자, 노규가 말했다.

"만약 부인으로서 현명하다면 말이 무슨 소용 있겠습니까? 또한 말만 많은 부녀자들에게 충분히 경계가 될 것입니다."

이에 왕권은 혼인을 허락했다. 노생(노규)은 육례六禮(혼인을 치를 때 거치는 여섯 가지 예의 절차)를 갖추고 친영親迎(육례 가운데 하나로 신랑이 신부를 맞이하는 의식)하여 그녀를 부인으로 삼았다. 몇 년이 지나는 동안 부부 사이의 정이 매우 두터웠으며 아들 하나를 낳았는데, 그 아들은 겨우 두 살 되었을 때 너무나도 총명하여 당해낼 사람이 없었다. 노생은 아이를 안고 두자춘에게 말을 걸었으나 그녀는 대답하지 않았다. 여러 가지 방법으로 그녀를 유도했으나 그녀는 끝내 말이 없었다. 그러자 노생은 크게 화를 내며 말했다.

"옛날 가대부賈大夫(춘추시대 가국賈國의 대부)의 부인은 그 남편을 비루하다고 여겨 조금도 웃지 않았지만, 남편이 꿩 사냥 하는 것을 보고 오히려 그 감정을 풀었소. 지금 나의 비루함이 가대부보다 더한 것도 아니고 재예才藝도 꿩 사냥보다 훨씬 낫건만, 그런데도 당신은 끝내 말을 하지 않는구려! 대장부가 부인의 업신여김을 당한다면 그

자식이 무슨 소용 있겠소?"

그러고는 아들의 두 발을 잡고 돌 위에 머리를 내려쳤더니 그 즉시 머리가 깨져 피가 몇 걸음까지 튀었다. 두자춘은 자식을 사랑하는 감정이 마음에서 생겨나 문득 그 약속을 잊어버린 채 자기도 모르게 '억!' 하고 소리를 냈다.

'억!' 하는 소리가 아직 끝나지도 않았는데, 두자춘의 몸은 이전의 그곳에 앉아 있었고 도사 역시 그 앞에 있었다. 이제 막 오경이었는데, 그 자줏빛 불꽃이 지붕을 뚫고 나가고 천화天火가 사방에서 일어나 집안을 모두 태워버렸다. 도사가 탄식하며 말했다.

"못난 서생이 이 지경이 되도록 나를 망쳐놓았구나!"

그러고는 그 머리를 들어다가 물항아리에 넣었더니 얼마 안 가서 불이 꺼졌다. 도사가 다가와서 말했다.

"그대의 마음을 보니 희喜, 노怒, 애哀, 구懼, 오惡, 욕欲은 모두 잊었지만 아직 도달하지 못한 것은 애愛뿐이네. 아까 만약 그대가 '억!' 소리를 내지 않았다면 내 약이 완성되고 그대 역시 하늘로 올라가 신선이 될 수 있었을 것이네. 아! 신선의 재목은 얻기 어렵구나. 내 약이야 다시 만들면 되지만 그대의 몸은 다시 속세로 돌아가야 하니 열심히 살도록 하게."

그러고는 저 멀리 길을 가리키며 두자춘에게 돌아가게 했다. 두자춘이 애써 불타고 남은 집터에 올라 그곳을 바라보니 약 화로는 이미 망가져 있었고, 그 가운데에는 팔뚝만한 굵기에 길이가 몇 척이나 되는 쇠기둥이 있었는데, 도사는 옷을 벗고 칼로 그것을 깎아냈다.

두자춘은 집에 돌아온 뒤, 은혜를 입고도 맹세를 잊은 것이 몹시 부끄러워서 다시 스스로를 바쳐 잘못을 사과하려고 했다. 그러나 운대

봉에 가보았더니 사람의 흔적이 전혀 없었기에 두자춘은 탄식하고 후회하며 돌아갔다.

『속현괴록續玄怪錄』

「곽한郭翰」[11]

— 남몰래 한 직녀와의 사랑

태원太原 사람 곽한은 어려서부터 성품이 대범하고 고상했으며 맑고 수려했다. 또한 풍채가 빼어났으며 담론을 잘하고 초서와 예서에 조예가 깊었다. 그는 어렸을 때 부모를 잃고 홀로 지냈는데 어느 한여름에 달빛을 받으며 마당에 누워 있었다. 때마침 시원한 바람이 불어오며 향긋한 향기가 조금 나더니 점점 진해졌다. 곽한이 매우 이상하게 여기며 공중을 쳐다보았더니 어떤 사람이 천천히 내려와 바로 곽한 앞에까지 이르렀는데 바로 젊은 여자였다. 그녀는 절세미인으로 그 아름다운 광채가 눈부셨으며, 현초의玄綃衣(검은 생사로 지은 옷)를 입고 상라피霜羅帔(서리처럼 새하얀 비단 어깨걸이)를 두르고 취교봉황관翠翹鳳凰冠(물총새 꼬리깃털과 봉황새 깃털로 장식한 관)을 쓰고 경문구장리瓊文九章履(아홉 가지 옥 무늬가 새겨진 신발)를 신고 있었다. 시녀 두 명도 모두 매우 아름다워서 마음을 흔들 정도였다.

곽한은 옷과 두건을 바로 하고 침상에서 내려와 절하며 말했다.

"뜻하지 않게 존귀한 신선께서 멀리서 강림해주셨으니 원컨대 훌륭한 말씀을 내려주시기 바랍니다."

여자가 미소지으며 말했다.

"나는 천상의 직녀織女입니다. 오랫동안 상대할 지아비가 없이 좋은 시절을 다 보내고 우울함이 가슴에 가득했는데, 상제께서 인간 세상을 유람해보라고 명을 내리셨습니다. 당신의 고상한 풍모를 흠모하기에 당신에게 의탁하여 좋은 배필이 되고자 합니다."

곽한이 말했다.

"그런 일은 제가 감히 바랄 바가 아니지만 더욱 깊은 감동을 주는군요."

여자는 시녀에게 방을 깨끗이 청소하게 하고 상무단곡위霜霧丹縠幃(서리나 안개처럼 가벼운 붉은 주름비단으로 짠 휘장)를 펼치고 수정옥화점水晶玉華簟(수정과 옥으로 엮어 만든 화려한 자리)을 깔고 회풍선會風扇을 흔들게 하니 마치 시원한 가을이 된 듯했다. 이윽고 두 사람은 손을 잡고 당堂에 올라 옷을 벗고 함께 누웠다. 그녀는 속에 가벼운 홍초의紅綃衣를 입고 있었는데, 마치 작은 향낭처럼 그 향기가 온 방안에 가득했다. 또 동심용뇌침同心龍腦枕(동심결이라는 매듭을 매단 용뇌수로 만든 베개)을 베고 쌍루원문금雙縷鴛文衾(두 마리의 원앙새 무늬를 수놓은 이불)을 덮었다. 그녀의 부드럽고 매끈한 피부, 깊은 정과 은밀한 자태, 아름다운 용모는 비할 데가 없었다. 날이 밝아 그녀가 떠나려 할 때 보니 얼굴 화장이 이전 그대로였다. 곽한이 시험 삼아 그녀의 얼굴을 닦아보았더니 본래 그녀의 맨살이었다. 곽한이 문 밖까지 배웅하자 그녀는 구름을 타고 떠났다. 그후 그녀는 밤마다 왔으며 두 사람의 정은 더욱 절절해졌다. 곽한이 그녀를 놀리며 말했다.

"견랑牽郎(견우牽牛)은 어디에 있소? 어찌 감히 혼자 나다니는 것이오?"

그녀가 대답했다.

"음양의 변화가 그와 무슨 상관있단 말이에요? 게다가 그와 나 사이에는 은하수가 가로놓여 있으니 그는 이 일을 알 수 없을 것이고, 설령 그가 안다고 해도 염려할 것이 못 됩니다."

그러고는 곽한의 가슴 앞을 어루만지며 말했다.

"세상 사람들은 하늘의 일을 잘 모릅니다."

곽한이 또 말했다.

"당신은 이미 성상星象(별자리 모양)에 몸을 기탁했으니 성상의 단서에 대해 들려줄 수 있으시오?"

그녀가 대답했다.

"인간 세상에서는 성상을 살필 때 그저 별로만 볼 뿐이지만, 그 안에는 궁실과 거처가 있어서 여러 신선들이 노닐며 구경하고 있답니다. 만물의 정기는 각각 하늘에 그 상象이 있고 땅에서 그 형태를 이룹니다. 하계 사람들의 변화는 반드시 천상에 드러납니다. 당신이 지금 살펴보면 모든 것을 저절로 분명히 알 수 있을 것입니다."

그러고 나서 그녀는 곽한에게 여러 별자리의 분포와 방위를 가르쳐주고 그 운행법칙을 상세히 알려주었다. 그리하여 곽한은 마침내 당시 사람들이 깨닫지 못하는 일들을 훤히 알게 되었다. 그후 곧 칠월 칠석七月七夕이 다가올 무렵 그녀는 더이상 오지 않더니 며칠 밤이 지나서야 문득 찾아왔다. 곽한이 그녀에게 물었다.

"견랑과 서로 만나 즐거웠소?"

그녀가 웃으며 대답했다.

"천상의 일을 어찌 인간 세상의 일에 비하겠습니까? 정작 운명 때문에 그리해야 하는 것이지 다른 이유가 있는 것은 아니니 당신은 질투하지 마십시오."

곽한이 물었다.

"당신은 어째서 이리 늦게 왔소?"

그녀가 대답했다.

"인간 세상에서의 5일이 천상에서는 하루 저녁이랍니다."

그녀는 또 곽한에게 천상의 음식을 차려주었는데 모두 인간 세상의 음식이 아니었다. 곽한이 천천히 그녀의 옷을 살펴보니 바느질한 자국이 전혀 없었다. 곽한이 이에 대해 묻자 그녀가 대답했다.

"천상의 옷은 본래 바느질로 만드는 것이 아닙니다."

그녀는 떠날 때마다 늘 옷을 가지고 갔다. 1년이 지난 어느 날 저녁에 그녀는 갑자기 얼굴에 슬픈 빛을 띠고 눈물을 마구 흘리며 곽한의 손을 잡고 말했다.

"천제의 명령에 정해진 기한이 있으니 이제 영원히 이별해야 합니다."

그녀는 마침내 오열하며 스스로를 가누지 못했다. 곽한은 놀라 슬퍼하며 말했다.

"아직 남은 날이 며칠이나 되오?"

그녀가 대답했다.

"오늘 저녁뿐입니다."

두 사람은 슬피 울며 밤새도록 잠을 이루지 못했다. 아침이 되자 그녀는 곽한을 끌어안고 작별하면서 칠보 사발 하나를 그에게 주며 내년 아무 날에 안부를 묻는 서신이 있을 것이라고 말했다. 곽한이 답례로 옥가락지 한 쌍을 주자 그녀는 곧 허공을 밟고 떠났는데 뒤돌아보며 손을 흔들다가 한참 후에야 사라졌다. 곽한은 그녀를 그리워하는 것이 병이 되었으며 잠시도 그녀를 잊은 적이 없었다. 다음해 그날이 되자 그녀는 과연 이전에 왔던 시녀 편에 서한을 보내왔다. 곽한이 곧 뜯어보니 푸른 비단을 종이 삼아 연단鉛丹으로 글씨를 썼는데 언사가 아름답고 정이 곁곁이 배어 있었다. 서한 말미에 시 두 수가 적혀 있었는데 한 수는 다음과 같았다.

은하수는 비록 광활하다고 하나,
삼추三秋의 시간에는 여전히 기한이 있구나.
정든 님과의 인연은 다했지만,
좋은 만남은 다시 언제일런가?

다른 한 수는 이러했다.

붉은 누각은 맑은 은하수에 닿아 있고,
옥 같은 궁이 자방紫房(신선이 사는 선방仙房)에 임해 있네.
좋은 기약과 정이 여기 있으니,
단지 사람의 애간장만 끊는구나.

곽한은 향기 나는 편지지에 답신을 썼는데 그 뜻이 매우 애절했다. 또한 화답시 두 수를 지었는데 한 수는 다음과 같았다.

인간 세상과 천상의 사람은,
본디 기약을 할 수 없다네.
누가 알리오? 한 번 돌아보고 나서,
서로 그리워하게 될 줄을.

다른 한 수는 이러했다.

선물로 준 베개에는 아직도 향기 남아 있고,
흐느껴 운 옷에는 여전히 눈물 자국 남아 있네.
옥 같은 얼굴 저 은하수 안에 있으니,
하릴없이 혼만 왕래하는구나.

그후로는 소식이 끊어졌다. 그해에 태사太史(천문天文을 관장하는 관리)가 직녀성에 빛이 없다고 임금께 아뢰었다. 곽한은 그녀를 끊임없이 그리워하면서 인간 세상의 아름다운 여자에 대해서는 더이상 마음을 두지 않았다. 나중에 후사를 잇기 위해 인륜의 도의상 혼인을 해야 했으므로 억지로 정씨程氏 집의 딸을 아내로 맞았으나 마음에 들지 않았고 또 후사가 없어서 결국 서로 반목하게 되었다. 곽한은 후에 관직이 시어사侍御史에 이르렀다가 세상을 떠났다.

『영괴집靈怪集』

불교

이 범주에는 신통력을 지닌 스님들의 기이한 행적을 다룬 '이승異僧'류, 부처의 영험함을 증거하는 경험을 다룬 '석증釋證'류, 자신이 지은 선행과 악행에 따른 응보를 다룬 '보응報應'류가 포함된다. 특히 '보응'류는 『금강경金剛經』 『법화경法華經』 『관음경觀音經』 같은 불경을 열심히 염송하여 고난과 역경에서 벗어나는 보응, 불경과 불상을 정성껏 받들어 모심으로써 받는 보응인 '숭경상崇經像', 남몰래 쌓은 덕행으로 받는 보응인 '음덕陰德', 물고기·새·짐승 등을 살려주었다가 받는 보응인 '이류異類', 억울하게 죽은 원혼이 보복하는 응보인 '원보寃報', 여종이나 첩을 무고하게 해쳤다가 당하는 응보인 '비첩婢妾', 함부로 살생했다가 당하는 응보인 '살생殺生', 생전에 지은 죄업 때문에 가축으로 환생하는 응보인 '숙업축생宿業畜生'으로 세분되어 있다.

「위단韋丹」[12]
— 자라를 구해준 덕분에 알게 된 운명

당나라 강서江西 관찰사 위단은 나이 마흔이 다 되도록 오경과五經科(명경과明經科. 과거의 한 과목)에 급제하지 못했다. 하루는 절름발이 나귀를 타고 낙양의 중교中橋에 갔다가 어부가 몇 척 길이의 자라 한 마리를 잡은 것을 보았는데, 자라는 다리 위에 놓여진 채로 끙끙거리며 남은 숨을 헐떡이고 있어 곧 죽을 것 같았다. 주위에 모여 있던 구경꾼들은 모두 자라를 사서 삶아먹으려 했지만 오직 위단만이 자라를 불쌍하게 여겼다. 위단이 가격이 얼마냐고 묻자 어부가 말했다.

"2천 냥을 받으면 팔겠소."

그때는 날씨가 매우 추웠는데, 위단은 얇은 홑옷만 입고 있어서 저당 잡힐 물건이 없었으므로 결국 타고 있던 절름발이 나귀를 자라와 바꾸었다. 그는 자라를 얻고 나서 마침내 물속에 놓아주고 걸어서 떠나갔다.

당시 호로선생胡盧先生이란 사람이 있었는데, 어디서 왔는지는 알 수 없었으나 행동거지가 매우 특이했으며 일을 점치는 데 신통했다. 며칠 후에 위단이 자신의 운명을 물으러 갔는데, 호로선생은 신발을 거꾸로 신을 정도로 급히 문 앞까지 나와 맞이하더니 기뻐하며 위단에게 말했다.

"며칠 동안 몹시 기다리고 있었는데 어찌 이렇게 늦게 오셨습니까?"

위단이 말했다.

"근자에 미처 찾아뵙지 못했습니다."

호로선생이 말했다.

"내 친구 원장사元長史가 말하길, 당신의 미덕은 이루 말로 표현할 수 없다고 했습니다. 그가 당신을 만나고 싶다고 간절하게 부탁했으니 이 길로 함께 가시지요."

위단은 한참을 생각해보았지만 그런 관원은 알지도 듣지도 못했으므로 곧 호로선생에게 말했다.

"선생께서 잘못 아신 것 같습니다. 그저 저를 위해 답답한 장래나 점쳐주십시오."

호로선생이 말했다.

"내가 어찌 알겠습니까? 당신의 복과 수명은 내가 알 수 있는 바가 아닙니다. 원공(원장사)은 바로 나의 스승이시니 그를 찾아간다면 저절로 운명을 자세히 알 수 있을 것입니다."

마침내 두 사람은 함께 지팡이를 짚고 통리방通利坊 거리로 갔는데, 조용하고 한적한 골목에 이르러 한 작은 문을 보고 호로선생이 곧장 두드렸다. 한 식경쯤 지나서 문지기가 문을 열고 그들을 맞아들였는데, 수십 걸음을 가서 다시 한 판자문으로 들어갔으며 다시 십여 걸음을 가자 대문이 보였다. 그 규모가 웅장하고 화려해서 마치 공후公侯

(공작과 후작)의 집에 견줄 만했다. 또 굉장히 아름다운 여종 몇 명이 먼저 나와서 손님을 맞이했다. 비치된 물건들이 곱고 화려했으며 기이한 향기가 집 안에 가득했다. 이윽고 한 노인이 나왔는데, 수염과 눈썹이 새하얗고 키는 7척이나 되었으며 갖옷에 가죽허리띠를 두르고 하녀 둘을 데리고 나오면서 스스로 소개했다.

"원준지元濬之라고 합니다."

노인이 위단에게 극진한 예를 표하며 먼저 절하자 위단은 놀라 황급히 달려나가 절하며 말했다.

"저는 빈천한 소생인데 뜻밖에도 어르신께서 과분하게 대해주시니 진정 영문을 모르겠습니다."

노인이 말했다.

"이 노인네는 장차 죽을 목숨이었으나 당신이 살려주셨습니다. 은덕이 하늘과 같은데 어찌 보답하지 않을 수 있겠습니까? 어진 이는 진실로 이런 일을 마음에 두지 않지만 은혜를 입은 자는 자신을 희생해서라도 보답하고자 할 따름입니다."

위단은 이에 그가 자신이 구해주었던 자라임을 확실히 알았으나 끝까지 그 사실을 드러내놓고 말하지는 않았다. 노인은 마침내 진수성찬을 차려놓고 하루 온종일 위단을 대접했다. 저녁이 되어 위단이 돌아가고 싶어하자 노인은 곧 품속에서 문서 한 통을 꺼내 그에게 주며 말했다.

"당신이 운명을 묻고 싶어한다는 것을 알고 급히 천조天曹(천상의 관아)에서 당신이 일생 동안 언제 어디서 무슨 관록을 얻을 것인지를 베껴왔으니, 우선은 이것으로 보답하고자 합니다. 어떤 관직을 맡게 되던 그것은 모두 당신의 운명이지만 귀한 것은 미리 알게 된다는 점일 뿐입니다."

노인은 또 호로선생에게 말했다.

"부디 나에게 50민緡(1민은 천 냥)을 빌려준다면 위군(위단)에게 말을 마련해주어 빨리 서쪽으로 떠날 결심을 하게 할 것이니, 이것이 나의 바람이오."

위단은 두 번 절하고 떠났다.

다음날 호로선생은 50민을 싣고 여관으로 가서 그를 도와주었다. 그 문서에는 위단이 다음해 5월에 급제하고, 또 어느 해에는 자질 심사를 거쳐 제과制科에 합격하여 함양咸陽의 현위縣尉에 제수되며, 또 어느 해에는 조정에 들어가 어느 벼슬을 할지가 상세하게 적혀 있었다. 이런 식으로 모두 열일곱 가지의 관직을 거치도록 모두 연월일이 기록되어 있었다. 또 맨 마지막 해에는 강서 관찰사로 승진하고 어사대부에 오르게 되며, 마지막 3년 동안 관청 앞의 조협수(쥐엄나무)가 꽃을 피우면 직책이 바뀌어 북쪽으로 돌아간다고 기록되어 있었으나, 그후의 일은 언급되어 있지 않았다. 위단은 늘 그 문서를 보물로 간직했다. 위단은 오경과에 급제한 이후로 강서 관찰사가 되기까지 하나의 관직을 받을 때마다 날짜가 조금도 차이가 없었다. 홍주洪州의 강서 관찰사 청사 앞에는 조협수 한 그루가 상당히 오랜 세월 동안 자라고 있었다. 그곳 민간에 전하는 말에 따르면, 조협수가 꽃을 피우면 그 땅의 주인이 큰 근심을 얻게 된다고 했다. 원화元和 8년(813)에 위단은 재직하고 있었는데, 어느 날 아침에 조협수가 홀연히 꽃을 피웠다. 위단은 갑자기 벼슬에서 쫓겨나 북쪽으로 돌아가던 도중에 죽었다.

당초 위단은 원장사를 만났을 때 그 일을 매우 괴이하다고 생각했다.

나중에 동쪽 길을 지나갈 때마다 그의 옛 거처에서 그를 찾았으나 찾지 못했다. 그래서 호로선생에게 물었더니 호로선생이 말했다.

"그는 신룡神龍이므로 거처와 모습이 일정하지 않으니 어떻게 찾을 수 있겠습니까?"

위단이 말했다.

"만약 그렇다면 그는 어째서 중교에서 곤란을 당한 것입니까?"

호로선생이 말했다.

"어려움에 처해 곤란을 겪는 것은 보통사람이든 성인이든, 신룡이든 굼벵이든 모두 어느 한순간에는 피하지 못하는 법이니, 또한 어찌 이상할 게 있겠습니까?"

『하동기河東記』

정명定命

이 범주는 정해진 운명에 관한 이야기를 모아놓았다. 온갖 징조가 들어맞는 경험을 다룬 '징응徵應'류, 피할 수 없는 정해진 운수를 다룬 '정수定數'류, 인간과 하늘이 교감하는 이른바 천인감응을 다룬 '감응感應'류, 참서讖書(예언서)나 참언讖言이 실현되는 경험을 다룬 '참응讖應'류가 포함된다. 그중 '징응'류는 제왕에게 나타나는 좋은 징조인 '제왕휴징帝王休徵', 신하에게 나타나는 좋은 징조인 '인신휴징人臣休徵', 나라가 혼란에 빠지거나 망하게 될 때 나타나는 나쁜 징조인 '방국구징邦國咎徵', 신하에게 나타나는 나쁜 징조인 '인신구징人臣咎徵'으로 세분되어 있고,

'정수'류는 마지막에 숙명으로 정해진 혼인의 운명에 관한 이야기인 '혼인婚姻'을 따로 나누어놓았다.

「정혼점定婚店」[13]

— 붉은 실로 묶인 세상 남녀의 사랑 인연

두릉杜陵 사람 위고韋固는 어려서 고아가 되어 일찍 부인을 얻고 싶었으나 대부분 일이 어긋났으며, 중매쟁이를 통해 혼담을 넣어도 성사되지 않았다. 당나라 정관貞觀 2년(628)에 그는 청하淸河로 유람을 가려다 도중에 송성宋城 남쪽의 객점에 묵게 되었다. 객점의 손님 중에는 일전에 위고를 위해 청하군 사마司馬 반방潘昉의 딸과 혼담을 주선했던 사람이 있었는데, 그와 다음날 아침에 객점 서쪽에 있는 용흥사龍興寺 문 앞에서 만나기로 약속했다. 위고는 부인을 얻고자 하는 마음이 절박했으므로 새벽에 그곳으로 갔다. 비스듬한 달빛이 아직 밝았는데, 어떤 노인이 베 보따리에 기댄 채 계단 위에 앉아 달빛에 대고 글을 살펴보고 있었다. 위고는 그 글을 엿보았으나 글자를 알아볼 수 없었기에 노인에게 물었다.

"노인장께서 살펴보고 계신 것은 어떤 글입니까? 저는 어려서부터 고학으로 조금 배워서 자서字書에 알지 못하는 글자가 없으며 서역의 범어梵語(산스크리트어)도 읽을 수 있습니다. 그런데 이 글은 본 적이 없으니 어찌된 일인지요?"

노인이 웃으며 말했다.

"이것은 인간 세상의 글이 아니니 그대가 어떻게 볼 수 있었겠소?"

위고가 말했다.

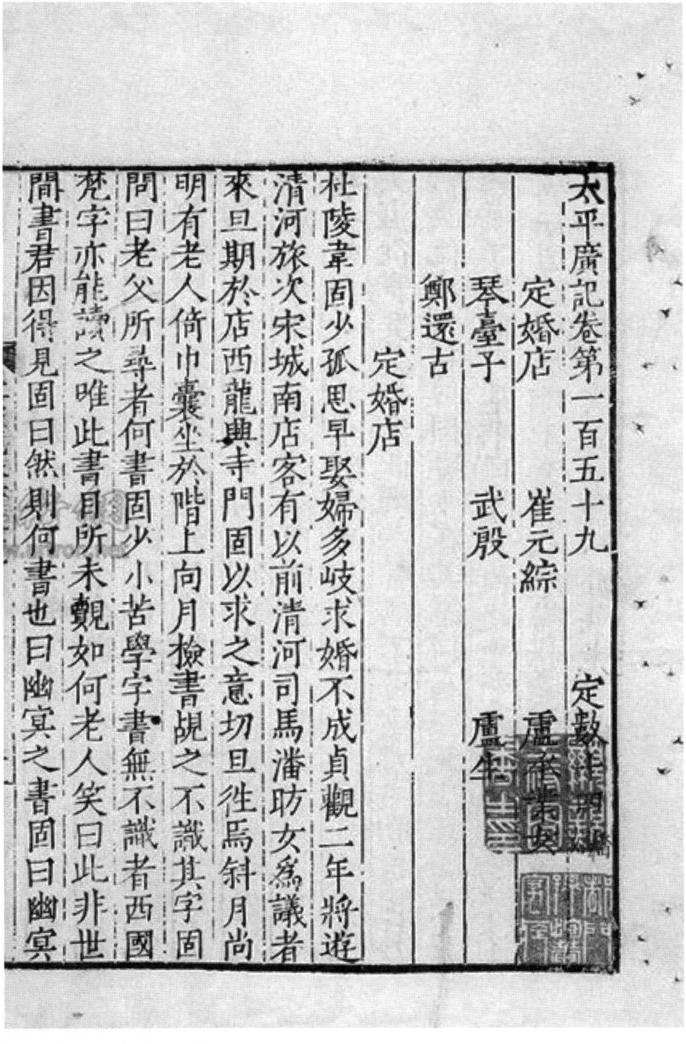

太平廣記卷第一百五十九　定數十四

定婚店　崔元綜　盧承業女

琴臺子　武殷　盧生

鄭還古

定婚店

杜陵韋固少孤思早娶婦多岐求婚不成貞觀二年將遊
清河旅次宋城南店客有以前清河司馬潘昉女爲議者
來旦期於店西龍興寺門固以求之意切旦徃焉斜月尚
明有老人倚巾囊坐於階上向月檢書覘之不識其字固
問曰老父所尋者何書固少小苦學字書無不識者西國
梵字亦能讀之唯此書目所未覿如何老人笑曰此非世
間書君因得見固曰然則何書也曰幽冥之書固曰幽冥

「정혼점」 편(담개 판각본 권159)

"그러면 이것은 어떤 글입니까?"

노인이 말했다.

"저승의 글이라오."

위고가 말했다.

"저승 사람이 어떻게 이곳에 오셨습니까?"

노인이 말했다.

"그대가 일찍 온 것이지 내가 오지 말아야 할 곳에 온 것은 아니요. 무릇 저승의 관리들은 모두 사람의 일을 주관하고 있는데, 사람의 일을 주관하는 이가 어찌 사람들 사이를 다니지 못하겠소? 지금 길을 가는 이들도 사람이 반이고 귀신이 반인지라 사람과 귀신이 구별되지 않소이다."

위고가 말했다.

"그러면 당신은 어떤 일을 주관하고 계십니까?"

그러자 노인이 대답했다.

"세상의 혼인문서를 주관하고 있소."

위고가 기뻐하며 말했다.

"저는 어려서 고아가 되었기에 예전부터 일찍 장가들어 후사를 많이 두고자 했습니다. 그러나 10년 동안 여러 곳으로 혼담을 넣었지만 결국 뜻을 이루지 못했습니다. 오늘 여기서 만나기로 한 사람이 저를 위해 반사마(반방)의 딸과 혼담을 주선했는데 혼사가 이루어질 수 있겠습니까?"

노인이 말했다.

"안 될 것이오. 그대의 부인은 이제 막 세 살 되었소. 그녀는 열일곱 살에 그대의 가문으로 들어갈 것이오."

위고가 노인의 보따리에 어떤 물건이 들었는지 묻자 노인이 말했다.

"이것은 부부의 발을 묶는 데 쓰는 붉은 새끼줄인데, 그들이 태어나게 되면 몰래 서로 묶어놓소. 그러면 비록 원수의 집안이거나, 귀천貴賤이 현격히 차이가 나거나, 하늘 끝 멀리 떨어져 벼슬살이하고 있거나, 오吳 땅과 초楚 땅의 이역만리 타향에 있건 간에 이 새끼줄로 한번 묶기만 하면 평생 벗어날 수 없소. 그대의 다리도 이미 상대방의 다리와 묶여 있는데, 다른 곳에서 구한들 무슨 보탬이 되겠소?"

위고가 말했다.

"저의 처는 어디에 있습니까? 그 집안은 어떻습니까?"

노인이 말했다.

"이 객점 북쪽에 있는 채소 파는 진씨陳氏 할멈의 딸이오."

위고가 말했다.

"만나볼 수 있겠습니까?"

노인이 말했다.

"진씨가 늘 딸을 안고 와서 저자에서 채소를 팔고 있으니, 나를 따라갈 수만 있으면 그대에게 보여주겠소."

날이 밝았으나 약속한 이는 오지 않았다. 노인이 문서들을 둘둘 말아 보따리에 넣어 둘러메고 가자, 위고는 그를 좇아 야채시장으로 들어갔다. 어떤 애꾸눈 할멈이 세 살박이 딸을 안고 왔는데 몹시 남루한 차림이었다. 노인이 그 아이를 가리키며 말했다.

"이 아이가 그대의 아내 될 사람이오."

위고는 그 신분이 너무도 천하여 자신과 어울리지 않는다고 생각하여 화를 내며 말했다.

"이 아이를 죽이는 게 가능합니까?"

노인이 말했다.

"이 아이는 큰 봉록으로 먹고 살 팔자를 타고나서 아들 덕분에 식읍食邑(왕공이나 대신들에게 공로에 대한 특별 보상으로 주는 영지)을 받게 될 것인데 어찌 죽일 수 있겠소?"

노인은 마침내 자취를 감추었다. 위고는 작은 칼 한 자루를 갈아 노복에게 주며 분부했다.

"너는 평소에 일을 잘 처리해왔으니, 만약 나를 위해 저 여자아이를 죽여준다면 너에게 만 전을 주겠다."

노복이 말했다.

"그리 하겠습니다."

다음날 노복은 소매 속에 칼을 숨기고 야채시장으로 가서 사람들 무리 속에서 그 여자아이를 찌르고 도망갔는데, 시장이 온통 혼잡했기에 붙잡히지 않고 도망칠 수 있었다. 위고가 노복에게 물었다.

"찔렀느냐?"

노복이 말했다.

"애초에 심장을 찌를 작정이었으나 불행히도 미간을 찔렀습니다."

그후에도 위고는 혼처를 구했으나 끝내 성사되지 못했다.

다시 14년이 지나 위고는 선친의 공로로 상주相州의 참군이 되었다. 상주 자사 왕태王泰는 위고에게 사호연司戶掾(감옥을 책임지는 관리의 부관)을 겸직하게 하여 죄인 심문을 전담하게 했는데, 왕태는 그가 능력 있다고 여겨 자신의 딸을 그에게 시집보냈다. 그녀는 열여섯이나 열일곱쯤 되는 나이에 용모가 빼어나게 아름다웠으므로 위고는 아주 마음이 흡족했다. 그러나 그녀는 미간에 늘 꽃무늬 장식을 붙이고 있었는데, 목욕을 하거나 한가한 곳에 있을 때에도 잠시도 떼

어놓지 않았다. 1년 남짓 지나서 위고가 부인에게 그 까닭을 다그쳐 묻자 그녀는 눈물을 흘리며 말했다.

"소첩은 군수(왕태)의 조카이지 딸이 아닙니다. 옛날 선친께서는 일찍이 송성을 다스리다가 돌아가셨습니다. 그 당시 소첩은 강보에 싸여 있었는데, 어머니와 형제들이 차례로 돌아가시는 바람에 오직 하나 있는 송성 남쪽의 장원에서 유모 진씨와 함께 살면서, 객점 근처에서 채소를 팔아 끼니를 때웠습니다. 진씨는 어린 제가 불쌍하여 차마 잠시도 혼자 버려두지 않았습니다. 세 살 때 유모에게 안겨 시장에 갔다가 어떤 미친 도적의 칼에 찔렸는데, 칼자국이 아직 남아 있기 때문에 꽃 장식으로 가리고 있습니다. 7~8년 동안 숙부님께서 노룡진盧龍鎭에서 종사하실 때 마침내 숙부님 곁에 있을 수 있게 되었는데, 숙부님께서 저를 딸로 삼으셔서 당신께 시집보내셨습니다."

위고가 말했다.

"진씨는 애꾸눈이오?"

부인이 말했다.

"그렇습니다. 어떻게 그것을 아십니까?"

위고가 말했다.

"당신을 찌르게 한 사람이 바로 나요."

그러고는 말했다.

"기이한 일이로다!"

위고는 부인에게 그 일을 모두 말해주었으며, 더욱 지극히 서로를 공경하게 되었다. 후에 아들 위곤韋鯤을 낳았는데, 그는 안문鴈門 태수가 되었으며, 부인은 태원군太原郡 태부인太夫人에 봉해졌다. 길흉화복은 이미 정해져 있어서 바꿀 수 없다는 것을 알았다. 송성 태수가 그 이야기를 듣고 그 객점을 '정혼점'이라 이름붙였다.

『속유괴록續幽怪錄』

현능賢能

이 범주는 뛰어난 덕행과 재능을 지닌 사람들의 이야기를 모아놓았다. 덕행으로 이름난 현자들의 이야기인 '명현名賢'류, 청렴함과 검약함을 실천하여 모범이 된 사람들의 이야기인 '염검廉儉'류, 정의와 절의를 끝까지 지킨 사람들의 이야기인 '기의氣義'류, 훌륭한 인물을 잘 알아보는 안목을 지닌 사람들의 이야기인 '지인知人'류, 예리한 통찰력으로 어려운 사건을 해결한 사람들의 이야기인 '정찰精察'류, 뛰어난 언변으로 상대방을 설복시킨 사람들의 이야기인 '준변俊辯'류, 어려서부터 총민하여 이름난 사람들의 이야기인 '유민幼敏'류, 높은 덕량과 도량으로 이름난 사람들의 이야기인 '기량器量'류가 포함된다. 그중에서 '명현'류에는 권력을 두려워하지 않고 과감히 충간한 사람들의 이야기인 '풍간諷諫' 항목이 부가되어 있고, '염검'류에는 지나치게 인색한 사람들의 이야기인 '인색吝嗇' 항목이 부가되어 있다.

「소무명蘇無名」[14]

— 치밀한 도둑떼를 잡은 예리한 통찰력

당나라 칙천무후則天武后가 일찍이 태평공주太平公主에게 진귀한 기물과 보물을 두 찬합 가득 하사했는데, 그 값이 황금 천 일鎰(1일은 20냥 또는 24냥)이나 되었다. 태평공주는 그것을 창고 속에 잘 넣어두었는데 한 해 뒤에 꺼내보았더니 모두 도적이 훔쳐가고 없었다.

태평공주가 그 사실을 아뢰었더니 측천무후는 대노하여 낙주洛州 장사長史를 불러들여 말했다.

"사흘 안에 도적을 잡지 못하면 죄를 묻겠다."

장사는 두려워서 두 현縣의 주도관主盜官(도둑 체포를 주관하는 관리)에게 말했다.

"이틀 안에 도적을 잡지 못하면 사형에 처할 것이다."

그러자 현위는 다시 아졸과 유요游徼(도둑 체포와 순찰을 담당하는 말단 관리)에게 말했다.

"하루 안에 반드시 도적을 사로잡아야 하니 만약 사로잡지 못하면 너희가 먼저 죽게 될 것이다."

아졸과 유요는 두려웠지만 아무리 생각해도 방법이 없었다. 그러다가 그들은 큰길에서 호주湖州 별가別駕(별가종사사別駕從事史의 줄임말로 주자사州刺史의 보좌관) 소무명을 만나 함께 그를 모시고 현으로 갔다. 유요가 현위에게 아뢰었다.

"보물을 훔친 도적을 붙잡아왔습니다."

그때 소무명이 급히 들어와 계단에 이르자, 현위가 그를 맞이하며 어찌된 영문인지 물었더니 소무명이 말했다.

"저는 호주 별가인데 입계入計(당나라 때 각 주에서 매년 4~6월에 해당 지역의 행정과 재정 통계를 내서 연말이나 그 이듬해 초 지방관리가 상경하여 상서성에 보고하는 일)하러 이곳에 왔습니다."

현위가 아졸을 불러 호통쳤다.

"어찌하여 터무니없이 별가를 모욕하느냐?"
그러자 소무명이 웃으며 말했다.
"당신은 아졸에게 화내지 마십시오. 그들에게도 그렇게 한 이유가 있습니다. 제가 관직을 역임한 곳에서는 제가 숨은 도적을 잘 잡아낸다는 명성이 있습니다. 일단 도적이 제 앞에 오기만 하면 도망칠 수가 없습니다. 이 사람들도 분명 이전부터 그런 소문을 들었기 때문에 저를 데려와서 곤경을 해결하길 바란 것입니다."
현위가 기뻐하며 소무명에게 사건을 해결할 방도를 청해 묻자 소무명이 말했다.
"당신과 함께 주부州府로 가면 당신이 먼저 들어가 장사께 아뢰십시오."
현위가 그 연유를 장사에게 아뢰자 장사는 크게 기뻐하며 계단을 내려와 소무명의 손을 부여잡고 말했다.
"오늘 공을 만나게 된 것은 내 목숨을 살려주는 것과 같으니 청컨대 사건을 해결할 방도를 일러주시오."
소무명이 말했다.
"당신과 함께 폐하를 알현하길 청하여 옥계玉階(어전)에 서게 되면 그 방도를 말씀드리겠습니다."
그래서 칙천무후가 소무명을 불러들여 말했다.
"경은 도적을 잡을 수 있는가?"
소무명이 말했다.
"만약 신에게 도적 체포의 일을 맡기신다면 기일을 한정하지 마시옵소서. 또한 부와 현에도 다그치지 말고 잠시 추적을 중단하라 명하시옵소서. 그리고 두 현의 도적 체포 담당 아졸들을 모두 신에게 넘겨주시옵소서. 신이 폐하를 위해 도적을 체포하는 것은 수십 일을 넘기지 않을 것이옵니다."

칙천무후는 그렇게 하겠다고 허락했다. 그러자 소무명이 아졸들에게 분부했다.

"느긋하게 기다리면 내가 다시 일러주겠다."

한 달 남짓 지나 한식날이 되었을 때 소무명은 아졸들을 모두 불러놓고 이렇게 약속했다.

"열 명 또는 다섯 명씩 한패를 이루어 동문과 북문에서 감시하고 있다가, 호인胡人(북방이나 서방의 이민족을 얕잡아 부르던 말) 무리 십여 명이 모두 상복을 입고 북망산으로 나가는 것이 보이면, 그들의 뒤를 추적했다가 나에게 보고하여라."

아졸들이 감시하고 있었더니 과연 호인들이 나타나자 급히 소무명에게 보고했다. 소무명이 가서 보고는 감시병에게 물었다.

"호인들이 어떻게 하더냐?"

감시병이 말했다.

"호인들이 어떤 새로운 무덤에 가서 제사음식을 차려놓았는데 곡을 하면서도 슬퍼하지는 않았습니다. 또한 제사음식을 거두고는 곧장 무덤 주위를 빙빙 돌면서 서로 보며 웃었습니다."

그 말을 듣고 소무명이 기뻐하며 말했다.

"이제 다 잡았다."

그러고는 아졸들에게 호인들을 모두 체포하게 하고 그 무덤을 파게 했다. 무덤을 파헤친 뒤 관을 부수고 보았더니 잃어버린 보물들이 관 속에 모두 있었다.

이 일을 상주했더니 칙천무후가 소무명에게 물었다.

"경은 무슨 남다른 재능과 지혜를 지녔기에 이 도적들을 잡았는가?"

소무명이 대답했다.

"신은 별다른 계책이 있는 게 아니라 단지 도적의 습성을 잘 알고 있을 뿐이옵니다. 신이 도성에 도착한 날은 바로 그 호인들이 출상出喪하던 때이었사옵니다. 신은 그들을 보자마자 도둑이라는 것을 알았지만 훔친 물건을 묻어둔 곳은 알지 못했사옵니다. 오늘은 성묘하러 가는 한식날이므로 그들이 틀림없이 성을 나갈 것이라고 생각했기에 그들이 가는 곳을 추적하여 그 무덤을 알아낼 수 있었사옵니다. 도적들이 제사음식을 차려놓고 곡을 하면서도 슬퍼하지 않은 것은 묻은 것이 사람이 아님이 분명하며, 제사를 다 끝마치고 나서 무덤을 돌면서 서로 보며 웃은 것은 무덤이 손상되지 않음을 기뻐한 것이옵니다. 이전에 만약 폐하께서 부와 현에 도적을 잡아들이라고 급하게 재촉하셨더라면 이 도적들은 다급하다고 생각하여 틀림없이 훔친 물건을 가지고 도망쳤을 것이옵니다. 그러나 근자에 더이상 추적하지 않자 그들은 자연히 마음이 느긋해져서 훔친 물건을 가지고 떠나지 않았던 것이옵니다."

칙천무후는 "훌륭하도다!"라고 하고는 소무명에게 황금과 비단을 하사하고 관직을 두 품급 올려주었다.

『기문紀聞』

관직官職

이 범주는 관리의 선발과 임명 및 관직 수행에 관한 이야기를 모아놓았다. 인재 선발의 공식제도였던 과거科擧와 관련된 일을 다룬 '공거貢擧'류, 관리의 전형과 선발을 둘러싼 일을 다룬 '전선銓選'류, 관직에 임명된 관리의 직무 수행에 관한 일을 다룬 '직관職官'류, 황제의 총애를 받아 권세를 휘두른 신하들의 이야기인 '권행權倖'류가 포함된다. 그중에서 '공거'류에는 대대로 영화를 누렸던 권문귀족들의 이야기인 '씨족氏族' 항목이 부가되어 있다.

「왕유王維」[15]

— 공주의 추천으로 과거에 급제한 왕유

우승상右丞相 왕유는 약관도 되기 전에 문장으로 명성을 얻었으며, 천성적으로 음률에 익숙하여 특히 비파를 잘 탔다. 그는 여러 부귀한 집들을 돌아다녔는데, 그중에서도 기왕岐王(이범李範)에게 중시받았다. 당시 진사 장구고張九皐는 명성이 자자하여 그의 손님 중에는 공주의 집안에 드나드는 사람이 있었는데, 그가 장구고의 처지를 생각해 진언하자 공주는 경조부京兆府의 시관試官에게 첩지를 보내 장구고를 해시解試(당나라와 송나라 때 주州와 부府에서 치른 과거시험. 명나라와 청나라 때의 향시에 해당)의 장원으로 정하게 했다. 왕유도 과거에 응시하려던 참이라 기왕에게 말하여 힘을 빌리려고 했더니 기왕이 말했다.

"공주는 세력이 강해서 힘을 겨룰 수 없으니 내가 자네를 위해 계책을 세워주겠네. 자네가 예전에 쓴 시 중에서 뛰어난 것을 열 편 적어오고, 비파는 새로 지은 애절한 곡으로 한 곡 준비하여 닷새 후 나에게 오게."
왕유가 그의 말대로 하여 기한에 맞춰 갔더니, 기왕이 말했다.
"자네가 문사文士라고 하면서 공주를 알현하기를 청하면 어찌 문 앞인들 구경할 수 있겠나! 자네는 내 말대로 할 수 있겠나?"
왕유가 말했다.
"삼가 말씀대로 하겠습니다."
기왕은 곱게 수놓은 훌륭한 비단 옷을 내와 왕유에게 주며 그것을 입게 하고, 비파를 지니게 하고는 함께 공주의 저택으로 갔다. 기왕이 집 안으로 들어가 말했다.
"공주님의 행차를 받들어 술과 음악을 가지고 연회에 왔사옵니다."
공주가 자리를 펴게 하자 여러 악관樂官이 모두 앞으로 나왔다. 왕유는 젊은 나이에 살결이 희고 고왔으며 풍모 또한 빼어났기에, 그가 행렬에 서 있자 공주가 그를 돌아보고 기왕에게 말했다.
"이 사람은 누구요?"
기왕이 대답했다.
"음률에 뛰어난 자입니다."
그러고는 즉시 신곡新曲을 독주하라고 했더니, 그 비파 소리와 곡조가 애절하여 온 좌중이 감동했다. 그러자 공주가 직접 물었다.
"이 곡의 이름이 무엇인고?"
왕유가 일어나 대답했다.
"〈울륜포鬱輪袍〉라 하옵니다."
공주가 크게 칭찬하자, 그 틈을 타서 기왕이 말했다.
"이 사람의 재주는 비단 음률에만 그치는 것이 아니니, 문장에 있어서도 그에 견줄 만한 이가 없습니다."

공주는 더욱 그를 남다르다 여기며 물었다.
"그대가 지은 문장이 있는가?"
그러자 왕유는 즉시 품속의 시권詩卷을 꺼내 공주께 바쳤다. 공주가 그것을 읽고 놀라 말했다.
"이것은 모두 어린아이들이 외고 익히며 늘 옛 사람의 훌륭한 작품이라 일컫는 것들인데, 그대가 지었단 말인가?"
공주는 그에게 옷을 갈아입으라 하고 손님들 오른쪽 자리로 올라오게 했다. 왕유는 풍류가 있고 언사가 함축적이며 우스갯소리도 잘하여, 여러 귀인들이 그를 크게 흠모하고 눈여겨보았다. 그러자 기왕이 말했다.
"만약 경조부에서 금년에 이 사람을 해시의 장원이 되게 해주시면, 진실로 나라의 번영을 위하는 길이 될 것입니다."
공주가 말했다.
"어찌 그를 보내 과거에 응시하게 하지 않았소?"
기왕이 말했다.
"이 사람은 장원으로 천거되지 못하면 과거를 보지 않을 생각입니다. 그런데 이미 공주께서 장구고를 추천하기로 논의하시었더이다."
공주가 웃으며 말했다.
"내가 어찌 아이들의 일에 관여하겠습니까? 본래 다른 이에게 부탁받은 것이었지요."
그러고는 왕유를 돌아보며 말했다.
"그대는 성심껏 과거를 보라. 내 마땅히 그대를 위해 힘을 써보겠다."
왕유는 일어나 공손히 감사의 절을 올렸다. 공주는 즉시 시관을 집으로 오라고 불러 궁녀를 보내 교지를 전하게 했다. 그리하여 왕유는 마침내 해시의 장원이 되었으며 단번에 과거에 급제했다. 그는 태악승太樂丞이 되었을 때, 무녀들에게 '황사자黃師子' 춤을 추게 했다가 벌을 받아 파직당했다. '황사자'라는 춤은 오직 한 사람 천자가 아니면 출 수 없는 춤이었다.

천보天寶 연간(742~756) 말에 안록산安祿山이 처음 서경(장안)을 함락하자, 왕유와 정건鄭虔, 장통張通 등은 모두 역적의 조정에 머물렀다. 서경이 수복되자, 그들은 모두 선양리宣楊里에 있는 양국충楊國忠의 옛 저택에 감금되었다. 최원崔圓은 그들을 자신의 저택으로 불러 벽화를 몇 점 그리게 했는데, 당시 최원은 공이 높아 둘도 없이 귀한 신분이었기에 그들은 최원이 자신들을 풀어주기를 바라면서 벽화를 정교하게 구상했으며 그 능력은 자못 뛰어났다. 후에 그들은 이 일로 인해 모두 관대한 법에 따라 관직을 잃고 귀양을 가게 되었어도 좋은 지방으로 가게 되었다. 오늘날 숭의리崇義里에 있는 승상 두이직竇易直의 사택이 곧 최원의 옛 저택이며, 벽화는 아직도 그곳에 남아 있다. 왕유는 여러 벼슬을 거쳐 급사중給事中이 되었으며, 안록산의 난 때는 위관僞官(반역의 조정에서 벼슬한 관리)에 임명되었다. 역적들이 평정된 후, 범진凡縉이 북도北都(태원太原)의 부유수副留守가 되었는데, 그가 자신의 관작으로 왕유의 죄를 대속해주기를 청했기에 이로써 왕유는 죽음을 면했다. 왕유는 승진하여 상서우승尙書右丞이 되었으며, 남전藍田에 별장을 짓고 불경에 전념했다.

『집이기集異記』

무용武勇

이 범주는 비범하게 용감무쌍한 사람들의 이야기를 모아놓았다. 용맹과 지략을 갖춘 장수들의 이야기인 '장수將帥'류, 날쌘 용맹함으로 이름을 떨친 사람들의 이야기인 '효용驍勇'류, 남달리 씩씩하고 의협심이 강한 사람들의 이야기인 '호협豪俠'류가 포함된다. 그중에서 '장수'류에는 상대방을 계략으로 속여 목적을 달성한 사람들의 이야기인 '잡휼지雜譎智' 항목이 부가되어 있다.

「규염객虯髥客」[16]
— 구레나룻 수염의 협객

수나라 양제는 강도江都로 행차하면서 사공司空 양소楊素를 서경 유수留守로 임명했다. 양소는 권문귀족 출신으로 오만했고 또한 시절이 어지러웠으므로, 천하에서 아무리 권세가 크고 명망이 높은 자라 할지라도 자신만한 사람은 없다고 생각하여 사치스럽고 호화롭게 생활했으며 예법도 다른 신하들과는 달리했다. 그는 매번 공경公卿들이 찾아와 일을 논하거나 빈객들이 배알하러 오더라도 언제나 의자에 걸터앉은 채로 만났으며 미녀의 부축을 받으며 나왔다. 시녀들이 나열해 있는 모습은 자못 황제를 넘어설 정도였으며 만년에는 그런 버릇이 더욱 심해졌다.

하루는 위국공衛國公 이정李靖이 평민의 신분으로 그를 배알하고 기발한 계책을 진언했다. 그러나 양소는 여전히 의자에 걸터앉은 채로 이정을 만났다. 이정은 앞으로 나아가 읍하고 말했다.

"바야흐로 천하가 어지러워서 영웅들이 다투어 봉기하고 있습니다. 공께서는 황실의 중신이시니 반드시 그런 호걸들을 모으는 일에 마음을 쓰셔야 하며, 이처럼 거만한 태도로 빈객을 만나서는 안 됩니다."

그러자 양소는 표정을 가다듬고 일어나서 이정과 대화를 나누고는 크게 기뻐하며 그의 계책을 받아들이기로 하고 물러가게 했다. 이정이 변론에 열을 올리고 있을 때, 용모가 빼어난 한 기녀가 붉은 총채를 들고 그 앞에 서서 이정을 주시하고 있었다. 이정이 떠나자 그 기녀는 추녀 아래에서 관리를 불러 물었다.

"지금 떠난 처사處士는 항렬이 몇 째이며 어디에 살고 있습니까?"

관리가 자세히 대답하자 기녀는 머리를 끄덕이며 물러갔다.

이정은 여관으로 돌아왔는데 그날 밤 오경(새벽 3~5시) 초에 갑자기 문 두드리는 소리와 나직한 목소리가 들렸다. 이정이 일어나서 물어보니 자주색 옷에 모자를 쓴 사람이 지팡이에 자루 하나를 걸치고 있었다. 이정이 물었다.

"누구시오?"

그 사람이 대답했다.

"소첩은 양씨 댁에서 붉은 총채를 들고 있던 기녀입니다."

이정이 급히 맞아들이자 그녀는 겉옷과 모자를 벗었는데 18~19세 가량의 아리따운 여자였다. 그녀는 소박한 얼굴에 화려한 옷을 입은 채 이정에게 절했다. 이정이 놀라자 그녀가 이어서 대답했다.

"소첩은 양사공(양소)을 오랫동안 모시면서 천하의 사람들을 많이 보았습니다만 공과 같은 분은 없었습니다. 저는 사라絲蘿(토사免絲와 여라女蘿. 소나무 등의 교목에 기생하는 넝쿨식물)처럼 혼자 살 수 없기 때문에 큰 나무에 의지하고자 도망쳤을 따름입니다."

이정이 말했다.

"양사공은 도성에서도 권세가 대단한 사람인데 어쩌시려오?"

그녀가 말했다.

"그 사람은 숨만 붙어 있을 뿐 시체와 다름없으니 두려워할 것이 못 됩니다. 다른 기녀들 중에도 그의 앞날에 희망이 없음을 알아차리고 달아난 자들이 많습니다. 그러나 그 사람 역시 심하게 뒤쫓지도 않습니다. 소첩은 세밀한 계획을 세웠으니 아무쪼록 의심하지 마십시오."

이정이 성을 물었더니 그녀가 대답했다.

"장씨張氏입니다."

이정이 항렬을 물었더니 그녀가 대답했다.

"맏이입니다."

이정이 그녀의 피부와 용모, 말씨와 품성 등을 살펴보니 진정 하늘에서 내려온 사람 같았다. 이정은 뜻하지 않게 그녀를 얻게 되자 더욱 기쁘면서도 두려웠으며, 순식간에 오만 가지 생각으로 불안했다. 또한 집 안을 기웃거리는 사람도 그치지 않았다.

며칠 후 그녀의 행방을 찾고 있다는 소문이 들렸지만 역시 엄중하게 찾는 눈치는 아니었으므로, 이정은 장씨에게 남자 옷을 입혀 말에 태우고 쪽문을 열고 떠났다. 그들은 장차 태원으로 돌아가는 길에 영석靈石의 여관에 묵었다. 침상을 마련한 후 화로 속에서 고기를 익혔는데 거의 익어가고 있었다. 장씨는 긴 머리카락을 땅에 늘어뜨린 채 침상 앞에 서서 머리를 빗고 있었고, 이정은 한창 말을 솔질해주고 있었다. 그때 갑자기 보통 체구에 붉은 구레나룻 수염이 난 한 사람이 절름거리는 나귀를 타고 오더니, 가죽 보따리를 화로 앞에 던져놓고 베개를 가져다 기대 누워서 장씨의 머리 빗는 모습을 보고 있었다. 이정은 몹시 화가 났지만 내색은 하지 않고 여전히 말을 솔질했다. 장씨는 그 사람의 얼굴을 자세히 보면서 한 손으로는 머리카락을 움켜쥐고 다른 손으로는 등 뒤로 이정을 향해 흔들어 보이면서 화내지 말라고 했다. 그러고는 황급히 머리를 다 빗고 나서 옷자락을 여미고 그 사람에게 다가가 성씨를 물었더니, 누워 있던 규염객이 대답했다.

"장씨요."

장씨가 말했다.

"소첩도 성이 장씨이니 누이동생이 되겠군요."

그러고는 급히 절을 올리며 물었다.

"항렬은 몇 째이신지요?"

규염객이 말했다.

"셋째요."

규염객이 이어서 물었다.

"누이는 몇 째신가?"

장씨가 말했다.

"맏이입니다."

그러자 규염객이 기뻐하며 말했다.

"오늘 정말 운 좋게도 누이동생 하나를 만났구먼!"

장씨가 멀리서 이정을 부르며 말했다.

"이랑李郎(이정)은 잠깐 오셔서 셋째 오라버니께 인사하세요."

이정은 급히 절하고 나서 결국 그들과 함께 둘러앉았다. 규염객이 말했다.

"삶고 있는 것이 무슨 고기요?"

이정이 말했다.

"양고기인데 이미 푹 익었을 것입니다."

규염객이 말했다.

"배가 몹시 고프군."

이정이 저자거리로 나가 호떡을 사오자, 규염객은 비수를 뽑아서 고기를 잘라 함께 먹었다. 규염객은 식사를 마친 후 먹다 남은 고기를 잘게 썰어 나귀 앞으로 가져가서 먹였는데, 그 동작이 매우 신속했다. 규염객이 말했다.

"이랑의 행장을 보아하니 가난한 선비인 듯한데 어떻게 이런 남다른 사람을 얻었소?"

이정이 말했다.

"제가 비록 가난하지만 그래도 생각은 있는 사람입니다. 다른 사람이 물었다면 결코 말하지 않았겠지만 형님께서 물으시니 숨기지 않겠습니다."

이정이 장씨를 얻게 된 연유를 자세히 말해주자 규염객이 말했다.

"그렇다면 장차 어디로 갈 작정이오?"

이정이 말했다.

"장차 태원으로 피신할 생각입니다."

규염객이 말했다.

"하지만 나는 그대가 의탁할 만한 사람이 아니오."

규염객이 다시 말했다.

"술 있소?"

이정이 말했다.

"이 집의 서쪽이 바로 주막입니다."

이정은 술 한 말을 사왔다. 술이 몇 잔 돌자 규염객이 말했다.

"내게 술안주가 좀 남아 있는데 이랑은 같이 드실 수 있겠소?"

이정이 말했다.

"감히 그래도 될지 모르겠습니다."

그러자 규염객은 가죽 보따리를 열고 사람의 머리 하나와 심장과 간을 꺼내더니 머리는 도로 보따리에 넣고 비수로 심장과 간을 썰어서 이정과 함께 먹으며 말했다.

"이것은 천하의 배신자의 심장이오. 나는 10년 동안 원한을 품어왔는데 오늘 비로소 그놈을 잡아서 내 원한이 풀렸소."

규염객이 다시 말했다.

"이랑의 풍채나 도량을 보아하니 진정한 대장부임에 틀림없는데, 혹시 태원 땅의 이인異人에 대해 알고 있소?"

이정이 말했다.

"일찍이 한 사람을 만났는데 저는 그 사람을 진인眞人이라고 생각합니다. 나머지 사람들은 모두 장수나 재상의 자질을 갖추었을 뿐입니다."

규염객이 말했다.

"그 사람의 성이 무엇이오?"

이정이 말했다.

"저와 같은 성입니다."

규염객이 말했다.

"나이는 얼마나 되었소?"

이정이 말했다.

"스무 살 가까이 되었습니다."

규염객이 물었다.

"지금 무슨 일을 하고 있소?"

이정이 말했다.

"주장州將의 아드님입니다."

규염객이 말했다.

"비슷한 듯하니 만나보아야겠소. 이랑은 나를 그와 한번 만나게 해줄 수 있겠소?"

이정이 말했다.

"제 친구인 유문정劉文靜이 그 사람과 친하게 지내니 그를 통해 만나면 될 것입니다. 그런데 형님께서는 그 사람을 만나서 무얼 하시렵니까?"

규염객이 말했다.

"망기자望氣者(고대 점술 가운데 하나인 구름의 변화를 보고 운세를 점치는 사람)가 태원에 기이한 기운이 있다고 하면서 나에게 그곳을 찾아가보라고 했소. 이랑은 내일 떠나면 언제 태원에 도착할 수 있소?"

이정이 헤아려보고 말했다.

"아무 날이면 당도할 것입니다."

규염객이 말했다.

"도착한 다음날 새벽에 내가 분양교汾陽橋에서 기다리겠소."

규염객은 말을 마친 후 나귀에 오르더니 나는 듯이 달려갔는데, 뒤돌아보았을 때는 이미 멀어져 있었다. 이정은 장씨와 함께 놀라고 두려워하면서 한참을 있다가 말했다.

"열사烈士는 사람을 속이지 않는 법이니 두려워할 것 없소. 그저 서둘러 말을 몰아 떠납시다."

기약한 날 태원에 들어가서 규염객을 기다렸다가 만나게 되자, 그들은 크게 기뻐하며 함께 유씨(유문정)를 찾아갔다. 이정은 유문정을 속이며 말했다.

"관상을 잘 보는 사람이 낭군(이세민)을 한번 보고 싶어하니 모셔오게."

유문정은 평소 이세민을 비범하게 여겨 그를 보좌할 방법을 논의하고 있었는데, 갑자기 사람을 볼 줄 아는 손님이 있다는 말을 듣고 마음속으로 그 사실을 알아보고 싶었다. 유문정은 급히 술자리를 마련하고 이세민을 모셔왔다. 잠시 후 태종(이세민)이 도착했는데, 그는 적삼도 입지 않고 신발도 신지 않은 채 갖옷을 걷어붙이고 왔으나 의기는 충만하고 용모 또한 보통 사람과 달랐다. 규염객은 묵묵히 말석에 앉아 있다가 태종을 보더니 기가 죽고 말았다. 몇 순배의 술을 마신 후 규염객이 일어나 이정을 불러 말했다.

"진정 천자의 상이로군!"

이정이 그 말을 유문정에게 알려주자 유문정은 더욱 기뻐하면서 자신의 안목을 자부했다. 유문정의 집을 나온 뒤에 규염객이 말했다.

"내가 보기에는 십중팔구 틀림없지만 또한 마땅히 도형께서 그를 보셔야 하오. 이랑은 누이동생과 함께 다시 도성으로 들어가서 아무 날 오시에 마항馬行(장안에 있던 말 매매 시장) 동쪽의 주루 아래로 나를 찾아오시오. 그 아래에 이 나귀와 말라빠진 노새 한 마리가 있으면 나와 도형이 함께 그곳에 있는 것이오."

이공(이정)이 주루에 도착하여 곧장 나귀와 노새가 있는 것을 보고 옷을 걷어올리고 주루로 올라갔더니, 규염객은 한 도사와 한창 술을 대작하고 있었다. 규염객은 이정을 보더니 놀라고 기뻐하면서 그를 불러 앉히고는 둘러앉아 십여 순배를 마셨다. 규염객이 말했다.

"주루 아래의 궤짝 안에 10만 전錢이 들어 있으니, 사람들 눈에 잘 띄지 않는 한 곳을 골라 누이동생을 정착시킨 다음에 아무 날 다시 나와 분양교에서 만납시다."

이정이 기약한 날 분양교의 주루로 올라갔더니 도사와 규염객은 이미 먼저 와서 앉아 있었다. 그들이 함께 유문정을 찾아갔는데 그는 때마침 바둑을 두고 있었다. 이정이 인사하고 일어나 자신들이 찾아온 속마음을 말해주자, 유문정은 급히 서찰을 보내 문황文皇(이세민)에게 바둑 두는 것을 구경하러 오라고 청했다. 도사는 유문정과 바둑을 두었고 규염객과 이정은 옆에 서서 구경하고 있었다. 잠시 후 문황이 도착하여 길게 읍하고 앉았는데, 정신과 기품이 청량하여 온 좌중에 바람을 일으킬 정도였으며 주변을 돌아보는 눈빛이 반짝였다. 도사는 문황을 보자마자 참담해하더니 바둑알을 내던지며 말했다.

"이 대국은 졌소! 졌소이다! 여기서 판국의 대세를 잃고 말았으니 묘수올시다! 구해볼 길이 없으니 다시 무슨 말을 하겠소이까?"

도사는 바둑을 그만두고 떠날 것을 청했다. 도사는 유문정의 집을 나온 뒤 규염객에게 말했다.

"이 세상은 공의 세상이 아니니 다른 곳에서 도모하시오. 열심히 노력하되 이 일에는 괘념치 마시오."

그러고는 함께 도성으로 들어갔다. 규염객이 이정에게 말했다.

"이랑의 일정을 헤아려보니 아무 날에야 도착할 것이니, 도착한 다음날 누이동생과 함께 아무 동네의 작은 집을 찾아오시오. 이랑이 누이동생과 교제하면서도 누이동생이 빈털터리로 가난하게 지내는 것이 마음에 걸리고 내 아내도 인사시킬 겸 조용히 의논하고자 하니, 미리부터 사양하지는 마시오."

규염객은 말을 마치고 나서 탄식하며 떠나갔다.

이정은 말에 채찍질하며 급히 달려 얼마 후 도성에 당도한 뒤 장씨와 함께 규염객의 집으로 찾아갔다. 가보니 조그마한 판자문이 있었는데, 그 문을 두드리자 손님을 맞이하는 사람이 절하며 말했다.

"삼랑三郎(규염객)께서 큰아가씨와 이랑을 기다리신 지 오래되셨습니다."

그는 두 사람을 안내하여 여러 문을 통해 들어갔는데 들어갈수록 문은 더욱 웅장하고 화려했다. 하인과 하녀 30여 명이 앞에 늘어서 있었고 하인 20명이 이정을 이끌고 동쪽 대청으로 들어갔는데, 그곳의 물건들은 모두 인간 세상의 것이 아니었다. 머리를 빗고 단장을 마쳤더니 옷을 갈아입으라고 청했는데, 그 옷 또한 진기한 것이었다. 옷을 갈아입고 나자 어떤 사람이 전갈했다.

"삼랑께서 오십니다."

규염객은 사모紗帽를 쓰고 갖옷을 입은 채 나왔는데 용이나 범과 같은 모습이었다. 규염객은 이정과 장씨를 보더니 반갑게 맞이한 후 아내에게 나와서 인사하라고 재촉했는데 그녀는 선녀 같았다. 중당中堂으로 안내되어 들어가자 그곳에는 갖가지 음식이 풍성하게 차려져 있었으며, 비록 왕공王公의 집이라 해도 그에 비할 수는 없을 정도였다. 네 사람이 마주 앉자 진수성찬이 모두 차려지고 여자 악사 20명이 그 앞에서 음악을 연주했는데, 그들은 마치 하늘에서 내려온 듯했으며 인간 세상의 곡조가 아니었다. 식사를 마치고 나서 술을 마실 때 하인들이 서당西堂에서 20개의 상을 들고 나왔는데, 각각 수놓은 비단 보자기로 덮여 있었다. 상을 늘어놓은 후 보자기를 벗기자 문서와 열쇠들이 놓여 있었다. 규염객이 말했다.

"이것은 모두 내가 소유한 진귀한 보물과 돈의 수를 기록한 것인데 모두 이공께 드리겠소. 왜인지 아시겠소? 나는 본래 이 세상에서 큰 일을 해보려고 2~3년 동안 천하의 패권을 다투어왔으나 그저 작은 공업功業만 세웠을 뿐이오. 지금 이미 이 세상의 주인이 나타났으니 내가 이 세상에서 머문들 무얼 하겠소? 태원의 이씨는 진정 영명한 군주이니 3~5년 내에 틀림없이 천하를 태평하게 할 것이오. 이랑은 뛰어난 재주로 태평성대를 이룰 군주를 보필하여 충성을 다 바친다면, 반드시 신하로서 최고의 지위에 오르게 될 것이오. 누이동생은 선녀와 같은 용모에 불세출의 지략을 갖추었으니 남편의 출세에 따라 최고의 수레와 의복을 누릴 것이오. 누이동생이 아니었다면 이랑의 인물을 알아볼 수 없었을 것이고, 이랑이 아니었다면 누이동생을 만날 수 없었을 것이오. 성현이 처음으로 국가를 창업할 때는 마치 약속이라도 한 듯 범이 포효하면 바람이 일고 용이 날면 구름이 모이는 법이니 이는 본디 당연한 것이오. 내가 주는 재물로 진정한 군주를 받들어 공업을 돕도록 하시오. 힘껏 노력하시오! 앞으로 10여 년 후에 동남쪽 수천 리 밖에서 큰 사건이 벌어질 것인데, 그건 바로 내 뜻이 이루어지는 때이오. 누이동생과 이랑은 그때 술을 뿌려 나를 축하해주기 바라오."

규염객은 좌우 시종들을 돌아보며 말했다.

"이제부터 이랑과 큰아가씨가 너희들의 주인이시다."

규염객은 말을 마치고 나서 그의 아내와 함께 군복을 입고 말에 오른 후 하인 한 사람만 말을 타고 뒤따르게 했는데, 채 몇 걸음도 가지 않아서 어디론가 사라져 보이지 않았다. 이정은 그 집에 의지하여 부호가 되었으며, 그 재산으로 문황의 창업을 도와 대업을 완수할 수 있었다.

정관貞觀 연간(627~649)에 이정의 지위는 복야僕射(재상에 해당)에 이르렀다. 어느 날 동남쪽의 이민족이 아뢰었다.

"어떤 해적이 천 척의 배에 십만의 병사를 거느리고 부여국扶餘國으로 들어가서 그 군주를 죽이고 스스로 왕위에 올랐으며 국내는 이미 안정되었습니다."

이정은 규염객이 성공했음을 알고 집으로 돌아가 장씨에게 알려주었으며, 함께 예를 갖추고 동남쪽을 향해 술을 뿌려 규염객에게 축하의 절을 올렸다. 진명천자眞命天子가 되는 것은 영웅이 바란다고 해서 될 수 있는 바가 아님을 알겠으니, 하물며 영웅도 못 되는 자들임에랴! 신하로서 터무니없이 난을 일으키고자 하는 것은 바로 사마귀가 구르는 수레바퀴를 막으려는 것과 같을 뿐이다. 어떤 사람은 이렇게 말했다.

"위국공의 병법 가운데 절반은 규염객이 전해준 것이다."

『규염전虯髥傳』

문재文才

이 범주는 박학다식하고 글재주가 뛰어난 사람들의 이야기를 모아놓았다. 세상의 온갖 일과 사물에 해박한 사람들의 이야기인 '박물博物'류, 시문으로 이름을 날린 사람들의 이야기인 '문장文章'류, 문재로 명망을 얻은 사람들의 이야기인 '재명才名'류, 학자로서 훌륭한 품행을 갖춘 사람들의 이야기인 '유행儒行'류가 포함된다. 그중에서 '문장'류에는 무신이면서 문재까지 갖춘 사람들의 이야기인 '무신유문武臣有文' 항목이 부가되어 있고, '재명'류에는 남달리 좋아하는 것에 빠져 유명해진 사람들의 이야기인 '호상好尙' 항목이, '유행'류에는 상대방의 문재를 아껴 물심양면으로 도와준 사람들의 이야기인 '연재憐才' 항목과 고상하고 빼어난 기품을 지닌 사람들의 이야기인 '고일高逸' 항목이 부가되어 있다.

「장화張華」[17]

— 모르는 것이 없는 해박한 장화

낙하洛下(낙양)에 그 깊이를 헤아릴 수 없는 동굴이 하나 있었다. 어떤 부인이 남편을 살해하고자 하여 남편에게 말했다.

"그런 동굴은 아직 본 적이 없어요."

남편은 그 동굴을 살펴보러 직접 갔는데, 남편이 동굴에 이르자 부인은 남편을 밀어 동굴 안으로 떨어뜨렸다. 남편이 동굴 바닥에 닿자 부인은 마치 남편에게 제사라도 지내려는 듯 음식물을 던져주었다. 그 사람은 동굴 속으로 떨어졌을 당시 정신을 잃었다가 한참 후에 비로소 깨어났다. 그는 부인이 던져준 음식을 먹고 다소 기력을 회복한 뒤 이리저리 허둥대며 길을 찾다가 한 굴을 발견했다. 그는 그 굴까지 기어갔는데 길이 울퉁불퉁하여 몸을 뒤척이면서 갔다. 그렇게 수십 리를 기어가자 굴이 약간 넓어지면서 희미한 빛도 비쳐들더니 드디어 넓고 평평한 곳에 이르렀다. 다시 100여 리를 걸어갔을 때 흙 같은 것이 밟히는 듯하고 멥쌀 향기가 나기에 주워서 먹어보았더니 향기롭고 맛이 좋았으며 주린 배를 채우고도 남았다. 그는 곧장 그것을 싸서 식량 삼아 굴을 따라가면서 먹었다. 다 먹고 나자 다시 진흙 같은 것이 밟혔는데, 그 맛이 조금 전의 흙과 비슷하기에 다시 그것을 가지고 계속 갔다. 이렇게 어두컴컴하고 먼 길을 가늠할 수 없을 만큼 걸어서 마침내 밝고 넓은 곳에 이르러 가지고 왔던 식량이 모두 떨어졌을 때 그는 한 도성으로 들어가게 되었다.

그곳은 성곽이 가지런하게 정돈되어 있었고, 궁궐과 관사가 장엄하고 화려했으며, 누대와 망루 및 가옥이 모두 금과 비단으로 장식되어 있어서, 비록 해와 달이 없는데도 일월성신이 비추고 있을 때보다 더 밝았다. 그곳 사람들은 모두 3장丈이 넘는 키에 우의羽衣(주로 신선이 입는 새 깃털로 만든 옷)를 걸치고 기묘한 음악을 연주하고 있었는데 인간 세상에서 들을 수 있는 것이 아니었다. 그는 곧바로 자신의 사정을 알리면서 도와달라고 간청했다. 거인이 앞으로 가라고 말하자 그는 거인이 일러준 대로 앞으로 나아갔다. 이렇게 물어 아홉 군데를 지나서 맨 마지막 장소에 이르렀을 때 그는 배가 몹시 고프다고 호소했다. 그러자 거인이 들어와서 안뜰에 있는 거의 백 아름이나 되는 커다란 잣나무를 가리켰는데, 그 나무 아래에 양 한 마리가 있었다. 거인은 그에게 무릎을 꿇고 양의 수염을 쓰다듬게 했다. 양의 수염을 쓰다듬자 양이 구슬을 토해냈는데 처음 얻은 구슬은 거인이 가져갔고 두번째 구슬도 역시 가져갔으며 마지막으로 얻은 구슬을 그에게 먹게 했는데, 그랬더니 즉시 허기가 가셨다. 그는 자신이 지나온 아홉 곳의 이름을 물으면서 이곳에 머물면서 떠나지 않겠다고 했더니 거인이 이렇게 대답했다.

"그대는 이곳에 머물 수 없는 운명이오. 돌아가서 장화에게 물어보면 모든 것을 알게 될 것이오."

그 사람은 다시 동굴을 따라 걸어가서 마침내 교군交郡으로 나올 수 있었는데, 동굴에 떨어졌다 돌아오는 데까지 6~7년의 시간이 걸렸다. 그는 즉시 낙양으로 돌아가서 장화를 찾아가 자신이 가져온 두 가지 물건을 보여주며 물었더니 장화가 말했다.

"흙과 같은 것은 황하의 용이 흘린 침이고, 진흙은 곤륜산에서 나는 진흙이고, 그대가 지나온 아홉 곳은 지선地仙(땅에 살면서 불로장생하는 신선)이 구관九館이라 부르는 곳이며, 양은 치룡癡龍이라 하오. 치룡이 토해낸 그 첫번째 구슬을 먹으면 천지와 수명이 같게 되고, 두번째 구슬은 수명을 연장할 수 있으며, 마지막 구슬은 그저 허기만 채울 수 있을 따름이오."

『유명록幽明錄』

기예技藝

이 범주는 뛰어난 기술과 예술에 관한 이야기를 모아놓았다. 악기 연주와 노래에 뛰어난 예인들의 이야기인 '악樂'류, 글씨에 뛰어난 명필들의 이야기인 '서書'류, 그림에 뛰어난 화가들의 이야기인 '화畫'류, 추리와 계산을 잘하는 사람들의 이야기인 '산술算術'류, 점을 쳐서 길흉을 미리 알거나 미래를 예측하는 데 뛰어난 사람들의 이야기인 '복서卜筮'류, 의술에 뛰어난 명의들의 이야기인 '의醫'류, 관상에 뛰어난 사람들의 이야기인 '상相'류, 정교한 건축과 기물 제작에 뛰어난 장인들의 이야기인 '기교伎巧'류가 포함된다. 그중에서 '악'류는 악기 종류에 따라 '금琴'(가야금과 비슷한 현악기) '슬瑟'(거문고와 비슷한 현악기) '가歌' '적笛'(피리) '필률觱篥('피리와 비슷한 관악기) '갈고羯鼓'(장구와 비슷한 타악기) '동고銅鼓'(꽹과리와 비슷한 타악기) '비파琵琶'(타원형의 몸통에 곧고 짧은 자루가 달린 현악기) '오현五弦'(오현비파) '공후箜篌'(하프와 비슷한 현악기)로 세분되어 있다. '서'류에는 명필의 글씨에 관한 잡다한 이야기를 모은 '잡편雜編' 항목이, '의'류에는 기이한 질병에 관한 이야기인 '이질異疾' 항목이, '기교'류에는 경이로운 솜씨로 세상 사람들을 놀라게 하는 '절예絶藝' 항목이 부가되어 있다.

「장승요張僧繇」[18]
— 살아 있는 비둘기를 쫓아버린 매 그림

윤주潤州의 흥국사興國寺에서는 비둘기가 불전의 대들보 위에 살면서 부처님의 존상尊像을 더럽히는 것을 고민했다. 그래서 장승요는 동쪽 벽에는 해동청海東青(사냥매) 한 마리를 그리고, 서쪽 벽에는 새매 한 마리를 그렸는데, 모두 머리를 기울여 처마 밖을 노려보는 모습이었다. 그 이후로는 비둘기들이 더이상 감히 오지 못했다.

『조야첨재朝野僉載』

「한지화韓志和」[19]

— 실물과 다름없는 갖가지 동물 로봇

당나라 목종 때의 비룡사飛龍士(궁중의 말을 기르기 위해 설치한 비룡구飛龍廐의 관리. 그 우두머리는 비룡사飛龍使) 한지화는 본래 왜국倭國 사람이다. 그는 나무를 잘 조각하여 난새, 학, 갈가마귀, 까치의 형상을 만들었는데, 그것들이 모이를 쪼아먹는 모습이나 물을 마시는 모습, 그리고 구슬피 우는 모습이 진짜와 다를 바 없었다. 그것들의 배 안에 기계장치를 해넣고 날리면 날개를 세차게 흔들며 하늘로 날아올랐는데, 그 높이가 100척 정도 되었으며, 100~200보 밖으로 날아가서야 비로소 땅으로 내려앉았다. 게다가 그가 만든 목각 고양이는 큰 쥐를 잡을 수도 있었다. 그 기계장치를 특이하다고 생각한 비룡사飛龍使가 목종에게 아뢰었더니, 목종은 그것을 보고 매우 기뻐했다. 한지화는 또 몇 촌(1촌은 1척의 10분의 1) 높이의 발판 달린 상을 조각해 만들고 그 위를 금은 칠을 한 그림으로 꾸미고 그것을 '현룡상見龍床'이라 불렀다. 현룡상을 그냥 놔두면 용의 모습이 나타나지 않지만, 발판을 밟으면 용의 비늘, 수염, 발톱, 뿔이 모두 나타났다. 현룡상을 목종에게 처음 진상했을 때 목종이 발로 그것을 밟자마자 용이 튀어오르면서 비구름이 몰려올 것 같았다. 목종은 두려워서 결국 현룡상을 치우게 했다. 그러자 한지화가 목종 앞에 엎드려 아뢰었다.

"신이 우매하여 폐하의 옥체를 놀라게 했사옵니다. 신이 따로 보잘것없는 재주를 선보여 폐하의 눈과 귀를 즐겁게 해드림으로써 죽을 죄를 면하길 청하옵니다."

목종이 웃으면서 말했다.

"할 수 있는 재주 가운데 어떤 것이든 좋으니 짐을 위해 한번 해보아라."

한지화는 품속에서 사방 몇 촌 크기의 오동나무 합盒 하나를 꺼냈는데, 그 속에는 승호자蠅虎子라고 하는 파리 잡아먹는 거미 200~300마리 이상이 들어 있었다. 그것들의 몸체는 모두 적색을 띠고 있었는데, 단사丹砂를 먹어 그렇게 되었다고 했다. 한지화는 곧장 그것들을 다섯 줄로 나누어 세우고 〈양주凉州〉라는 악곡에 맞추어 춤을 추게 했다. 목종은 궁중 악대를 불러 그 곡을 연주하게 했다. 승호자는 부드럽게 빙빙 돌면서 춤을 추었는데, 음률에 맞지 않는 바가 없었으며 치사致詞(배우가 공연하기 전에 먼저 찬송의 말을 하는 행위) 부분에 이를 때마다 웽! 웽! 대며 파리 소리를 냈다. 곡이 끝나자 승호자는 줄지어 뒤로 물러났는데, 마치 그들 사이에도 신분의 등급이 있는 것 같았다. 한지화가 승호자를 손가락 위에 올려놓고 수백 걸음 내에 있는 파리를 잡게 했는데, 마치 매가 참새를 채가듯 못 잡는 경우가 드물었다. 목종은 한지화에게 그 재주는 작지만 볼 만하다고 칭찬하면서 곧장 여러 무늬를 새겨넣은 은그릇을 상으로 내렸다. 한지화는 궁문을 나온 다음 상으로 받은 물건을 모두 다른 사람에게 주었다. 그로부터 일 년도 되지 않아 결국 한지화의 종적을 알 수 없었다.

목종은 전각 앞에 천엽모란을 심었다. 꽃이 막 피기 시작하자 그 향기가 코를 찔렀는데, 꽃 한 송이에 잎이 천 장이나 되었으며 꽃이 크고 붉었다. 목종은 꽃이 흐드러지게 핀 것을 볼 때마다 인간 세상에서 보기 드문 광경이라며 감탄했다. 그때부터 매일 밤 궁중에 노랑나비와 흰나비 수만 마리가 모란꽃 사이로 날아들었는데, 나비는 몸에서 빛을 발하여 궁중을 환하게 비추다가 날이 밝을 무렵에야 비로소 날아갔다. 궁중 사람들이 다투어 비단수건으로 나비를 쳤지만 잡은 사람이 없었다. 목종은 궁중에 그물을 치게 해서 나비 수백 마리를 잡은 뒤 전각 안에 풀어놓고 비빈들로 하여금 잡게 하면서 즐겁게 놀았다. 날이 밝은 다음 자세히 보았더니 나비는 모두 황금과 백옥으로 만든 것이었는데, 그 모양이 비할 데 없이 정교했다. 또한 궁녀들은 다투어 진홍색 실로 나비의 다리를 얽어매서 머리꾸미개로 사용했는데, 밤이 되자 화장품 상자 안에서 빛이 새어나왔다. 그후에 궁인들이 보석 상자를 열고 보았더니 그 안에 있던 금가루와 옥가루가 막 나비로 변하는 중이었다. 궁중 사람들은 그제야 노랑나비와 흰나비는 바로 한지화가 궁중의 창고에 있던 황금과 백옥으로 만들어낸 것임을 깨달았다.

『두양편杜陽編』

오락娛樂

이 범주는 다양한 놀이와 취미에 관한 이야기를 모아놓았다. 장기나 바둑 같은 놀이를 다룬 '박희博戱'류, 감상하며 즐기기 위해 모아두는 기구나 골동품 등을 다룬 '기완器玩'류가 포함된다. 그중에서 '박희'류는 바둑과 장기를 뜻하는 '혁기奕棊', 바둑알을 손가락으로 튕겨서 상대편의 알을 맞추는 놀이인 '탄기彈棊', 편을 나누어 상대편의 손안에 감춰진 물건을 알아맞히는 놀이인 '장구藏鉤', 기타 다양한 놀이를 뜻하는 '잡희雜戱'로 세분되어 있다.

「왕도王度」[20]

— 신묘한 힘을 가진 거울

수나라 분음汾陰의 후생侯生은 천하의 뛰어난 선비였는데, 나 왕도는 늘 스승의 예로서 그를 섬겼다. 후생은 임종 때 나에게 오래된 거울을 주면서 말했다.

"이것을 가지고 있으면 온갖 사악한 것들이 그대를 멀리할 것이네."

나는 그 거울을 받아 보배로 여겼다. 거울은 직경이 8촌이었으며, 경비鏡鼻(끈을 매달아 차고 다닐 수 있게 거울 등에 튀어나와 있는 고리 부분인 거울 코)는 기린이 웅크리고 엎드려 있는 형상으로 만들어져 있었다. 경비를 에워싸고 사방으로 거북, 용, 봉황, 호랑이가 동서남북의 방위별로 늘어서 있었다. 사방의 수신獸神 바깥쪽에는 또 팔괘가 있었으며, 팔괘 바깥에는 십이시진十二時辰의 위치별로 각 동물들을 갖추어놓았다. 이 십이지신의 바깥에는 거울을 빙 둘러싸고 스물네 글자가 있었는데, 글자체는 예서隷書와 비슷하고 점 하나와 획 하나도 이지러진 것이 없었으나 자서字書에 있는 글자가 아니었다. 후생이 말했다.

"이 글자들은 이십사절기의 상형자이네."

내가 거울을 들어 해에 비춰보니 뒷면에 있는 글자와 그림들이 모두 거울의 앞면으로 또렷이 투영되어 가는 털 하나도 빠짐없이 보였다. 그 거울을 들어 두드려보니 맑은 음이 서서히 울렸는데, 여음이 하루가 지나서야 비로소 그쳤다. 아! 이것은 평범한 여느 거울과는 다른 것이니, 마땅히 높은 식견을 지닌 현인에게 감상되어 영물로 일컬어지게 된 것은 자명한 일이다. 후생은 일찍이 이렇게 말했다.

"옛날에 내가 들으니 황제黃帝(중국의 전설상의 제왕)가 열다섯 개의

靈雲開匣拔鞘輒有風氣光彩射人 出西京雜記

王度

隋汾陰侯生天下奇士也王度常以師禮事
之臨終贈度以古鏡曰持此則百邪遠人度
受而寶之鏡橫徑八寸鼻作麒麟蹲伏之象
遶鼻列四方龜龍鳳虎依方陳布四方外又
設八卦卦外置十二辰位而具畜焉辰畜之
外又置二十四字周遶輪郭文體似隷點畫
無缺而非字書所有也侯生云二十四氣之
象形承日照之則背上文畫墨入影內纖毫

「왕도」 편(『태평광기상절』 권17)

거울을 주조했다고 하네. 첫번째 거울은 직경이 1척 5촌인데 이는 만월(보름달)의 15라는 수를 따른 것이네. 다른 거울들은 직경이 각각 1촌씩 서로 차이가 나도록 작게 만들었는데 이것은 여덟번째 거울이라네."

비록 연대가 오래되어 문헌상의 기록이 거의 없기는 하지만 선현이 하신 말씀이니 허황된 말은 아닐 것이다. 옛날 양씨楊氏(한나라 때의 양보楊寶)[21]는 옥가락지를 받아 대대로 경사가 연이어졌고, 장공張公(진晉나라 때의 장화張華)[22]은 검을 잃고 그 자신도 죽었다. 오늘날 나는 어지러운 세상을 만나 늘 답답한 마음으로 살아가고 있었는데, 수나라 왕조가 멸망한다면 내 삶을 어느 곳에서 영위할 것인가? 보경寶鏡마저 나를 떠나갔으니 슬프도다! 슬프도다! 지금 그 거울의 기이한 자취를 갖추어 다음과 같이 나열하니, 천 년 후에 혹시 그 보경을 얻는 사람이 있으면 보경의 내력을 알 수 있을 것이다.

대업大業 7년(611) 5월에 나 왕도는 시어사侍御史의 임기를 마치고 하동河東으로 돌아갔는데, 마침 후생이 죽어 그 거울을 얻게 되었다. 그 해 6월이 되어 나는 장안으로 돌아갔는데, 장락파長樂坡에 이르러 정웅程雄이라는 사람의 집에 머물게 되었다. 정웅은 새로 한 여종을 맡아 두고 있었는데, 그녀는 매우 단아하고 아름다웠으며 이름을 앵무鸚鵡라고 했다. 내가 휴식을 끝내고 의관을 정제하려고 거울을 끌어다 나의 모습을 비추었는데, 앵무가 멀리서 그 광경을 보더니 곧장 피가 흐르도록 머리를 땅에 찧으며 이렇게 말했다.

"감히 더이상 이 댁에 머물지 않겠습니다!"

내가 주인을 불러 그 이유를 물었더니 그가 말했다.

"두 달 전에 한 과객이 이 여종을 데리고 동쪽에서 왔습니다. 당시 여종의 병이 심하여 과객은 그녀를 이곳에 머물도록 맡기면서 돌아올 때 데리고 가겠다고 했는데 지금까지 돌아오지 않고 있습니다. 저도 여종의 내력에 대해서는 모릅니다."

나는 그녀가 도깨비인가 싶어 거울을 가져다 가까이 들이대자 그녀가 말했다.

"살려주십시오! 당장 본래의 모습으로 둔갑하겠습니다."

나는 즉시 거울을 가리고 말했다.

"네 스스로 먼저 자초지종을 털어놓고 나서 본래의 모습으로 둔갑한다면 마땅히 너의 목숨을 살려주리라."

그 여종은 두 번 절하고 스스로 말했다.

"저는 화산부군묘華山府君廟 앞의 오래된 소나무 아래에 살던 천 년 묵은 늙은 살쾡이인데, 걸핏하면 둔갑하여 사람들을 현혹시켰으므로 그 죄는 죽어 마땅하게 되었습니다. 결국 화산부군이 체포하려고 뒤쫓자 저는 황하와 위수渭水 지역으로 도망쳤습니다. 그러다가 하규현下邽縣의 진사공陳思恭의 수양딸이 되어 두터운 은혜를 입고 양육되어 같은 마을의 시화柴華라는 사람에게 시집갔습니다. 그러나 저는 시화와 서로 마음이 맞지 않았기에 동쪽으로 달아나 한성현韓城縣을 나섰다가 행인 이무오李無傲에게 잡혔습니다. 그는 거칠고 포악한 남자였는데, 저를 데리고 여러 해 동안 여행하다가 앞서 이곳에 이르러 갑자기 저를 여기 머물게 했습니다. 그러다가 뜻하지 않게 보경과 맞닥뜨리게 되어 저의 본모습을 숨길 길이 없어졌습니다."

내가 다시 말했다.

"너는 본래 늙은 살쾡이였다가 둔갑하여 사람이 되었는데, 혹 사람을 해치지는 않았느냐?"

여종이 말했다.

"저는 둔갑하여 사람을 섬겼을 뿐 해치지는 않았습니다. 단지 도망쳐서 숨고 둔갑하여 현혹한 짓은 신계神界에서 싫어하는 일이므로 죽어 마땅할 따름입니다."

내가 또 말했다.

"내가 너를 놓아주고자 하는데 어떻겠느냐?"

앵무가 말했다.

"공公의 두터운 은덕을 입게 된다면 어찌 감히 그 은혜를 잊겠습니까? 그러나 보경에 한번 비춰지면 둔갑해 달아날 수 없습니다. 다만 저는 오랫동안 사람의 모습을 하고 있었기에 예전의 몸으로 돌아가는 것이 부끄러우니, 원컨대 보경을 상자에 넣어 봉하시고 저를 술에 만취하게 하여 생을 끝마치게 해주십시오."

내가 다시 말했다.

"보경을 상자에 넣어 봉하면 네가 달아나지 않겠느냐?"

앵무가 웃으며 말했다.

"공께서 아까 좋은 말로 저를 놓아주겠다고 하셨으니, 거울을 봉한 후에 제가 달아난다면 어찌 은혜를 이루는 일이 아니겠습니까? 하지만 보경에 일단 비춰지면 종적을 숨길 길이 없습니다. 저는 오직 일생의 마지막 즐거움을 모두 누려볼 수 있는 짧은 목숨을 바랄 뿐입니다."

그리하여 나는 즉시 보경을 상자에 넣었고 또 그녀를 위해 술자리를 마련해주었으며, 정웅의 이웃들을 모두 불러 함께 연회를 즐겼다. 그 여종은 잠시 후 크게 취하더니 옷자락을 떨치고 일어나 춤을 추며 다음과 같은 노래를 불렀다.

보경이여! 보경이여!
슬프구나! 나의 운명이여!
내 스스로 본래의 모습에서 탈피하여,
지금까지 몇 번의 왕조가 바뀌었던가.
산다는 것은 즐겁긴 하지만,
죽는다고 해서 상심할 것은 없다네.
무엇 때문에 되돌아보고 그리워하며,
이 한 곳을 지키랴!

그녀가 노래를 마치고 두 번 절한 뒤 늙은 살쾡이로 변하여 죽자 온 좌중이 놀라 탄식했다.

대업 8년(612) 4월 1일에 일식이 있었다. 나는 당시 어사대에서 당직을 서고 있다가 대낮에 관청 누각에 드러누워 있었다. 해가 점차 어두워지는가 싶더니, 여러 관리들이 나에게 심한 일식이 일어났다고 보고했다. 내가 의관을 정제할 때 보경을 꺼내 보았더니 보경 역시 어두컴컴하여 빛이 나지 않았다. 나는 보경이 햇빛과 달빛의 오묘함에 부합하여 반응하도록 만들어졌다고 생각했다. 그렇지 않다면 어찌하여 태양이 빛을 잃자 보경 역시 빛이 사라졌단 말인가? 나는 그 기이함에 감탄해 마지않았다. 잠시 후에 보경에서 빛이 나자 태양도 점차 밝아졌다. 태양이 본래의 모습으로 돌아오자 보경 역시 예전처럼 환히 빛났다. 그 이후로 매번 일식과 월식 때마다 보경도 어두워졌다. 그해 8월 15일에 설협薛俠이라는 친구가 4척 길이의 동검銅劍 한 자루를 얻었는데, 검신劍身이 자루까지 이어져 있었다. 검 자루에는 용과 봉황의 형상이 빙 둘러져 있었는데, 왼쪽의 무늬는 불꽃

모양이었으며 오른쪽의 무늬는 물결 모양이었다. 검에서 광채가 번쩍번쩍 나는 것이 비상한 물건이었다. 설협이 그 검을 가지고 나에게 와서 말했다.

"내가 이 검을 늘 시험해보았는데, 매월 15일에 천지가 해맑을 때 이것을 어두운 방에 두면 저절로 광채가 나서 주위를 몇 장丈까지 비춘다네. 내가 이것을 가진 지 좀 되었는데 명공明公(왕도)이 기이한 것을 좋아하고 옛 물건을 아끼는 것이 마치 굶주리고 목마른 듯하니, 자네와 오늘 저녁에 한두 번 시험해보고 싶네."

나는 매우 기뻤다. 그날 밤 과연 천지가 맑게 개자 나는 조금의 틈도 없는 밀폐된 방에서 설협과 함께 묵었다. 나는 보경을 꺼내 자리 옆에 두었다. 잠시 후에 거울이 빛을 토해 온 방안을 밝게 비추자 마치 대낮처럼 잘 보였다. 검은 그 옆에 가로놓여 있었는데 전혀 빛이 나지 않았다. 그러자 설협이 깜짝 놀라며 말했다.

"보경을 상자 안에 넣어보게."

내가 그의 말대로 했더니 그제야 검이 빛을 토했는데, 그 빛은 겨우 1~2척에 불과했다. 설협이 검을 어루만지며 한탄했다.

"역시 천하의 신물에게는 서로 굴복하는 이치가 있군!"

그후 나는 매월 보름이 되면 보경을 꺼내 암실에 두었는데 그 빛이 늘 몇 장을 비추었다. 그러나 만일 달빛이 방안으로 들어오게 되면 즉시 거울의 빛이 없어졌으니, 신물이라 할지라도 어찌 태양과 태음太陰(달)의 빛남에 필적할 수 있겠는가?

그해 겨울에 나는 저작랑著作郎을 겸직하게 되자 조서를 받들어 『주사周史』를 수찬하게 되었는데, 소작蘇綽[23]의 열전을 쓰려고 했다. 나의 집에는 표생豹生이라고 하는 70세 된 노복이 있었는데, 그는 본래 소씨(소작)의 노복이었다. 표생은 사서史書의 열전을 꽤 읽었으며 대략 문장을 지을 수 있었는데, 그는 내가 쓴 열전의 초고를 보고 슬픔을 이기지 못했다. 내가 그 이유를 묻자 표생이 나에게 말했다.

"저는 일찍이 소공(소작)께서 베푸신 후한 대우를 받았는데, 지금 소공의 말씀이 사실로 증명되었기에 슬펐을 뿐입니다. 낭군(왕도)께서 가지고 계신 보경은 소공의 친구인 하남河南의 묘계자苗季子가 소공에게 물려준 것으로, 소공께서 매우 애지중지하셨습니다. 소공께서는 돌아가실 때 몹시 슬퍼하시다가 한번은 묘생(묘계자)을 불러 이렇게 말씀하셨습니다.

'내가 헤아려보니 죽을 날이 멀지 않았는데 이 거울이 누구의 손에 들어가게 될지 모르겠네. 그래서 시초점蓍草占을 쳐서 한번 알아보려 하니 선생이 봐주길 바라네.'

그러고는 소공께서 저를 돌아보며 점대를 가져오게 하시더니 직접 시초를 세어 묶음으로 나누고 괘를 늘어놓으셨습니다. 점괘를 다 보시고 나서 소공께서 말씀하셨습니다.

'내가 죽고 나서 10여 년 후에 우리 집에서 틀림없이 이 보경을 잃어버려 어디에 있는지 모르게 될 것이네. 그러나 천지의 신물은 움직이건 가만히 있건 간에 징조가 있는 법이네. 지금 황하와 분수汾水 사이에서 때때로 점괘와 서로 합치되는 보물의 기운이 나타나니 보경은 그곳으로 갈 모양일세.'

묘계자께서 말씀하셨습니다.

'역시 다른 사람이 얻게 되는가?'

소공께서 다시 점괘를 상세히 살펴본 후 말씀하셨습니다.

'먼저 후씨에게 들어간 후 다시 왕씨에게 가겠네. 그러나 그다음에는 어디로 갈 지 알 수 없네.'"

표생은 말을 마치고 눈물을 흘리며 흐느꼈다. 내가 소씨 집안의 사람에게 물어보았더니, 과연 예전에 그 거울이 있었으며 소공이 죽은 후에 그 행방을 알 수 없었다고 하니, 표생이 한 말과 일치했다. 그리하여 나는 소공의 열전을 지으면서 편篇의 끄트머리에 그 일을 자세히 적었다. 소공을 논평하여 "시초점을 치는 데 매우 뛰어났으나 묵묵히 혼자만 점을 쳤다"고 한 것은 이를 말한 것이다.

대업 9년(613) 정월 초하루에 한 호승胡僧이 탁발하다가 나의 집에 왔다. 내 동생 왕적王勣이 나가서 호승을 보고는 그의 풍채가 범속치 않다고 여겨 곧 내실로 맞아들여 그를 위해 식사를 마련했다. 그들은 앉아서 오랫동안 이야기를 나누었는데, 호승이 왕적에게 말했다.

"시주님의 집에 절세의 보경이 있는 것 같은데 그것을 볼 수 있겠습니까?"

왕적이 말했다.

"법사께서 어떻게 그것을 아십니까?"

호승이 말했다.

"빈도는 명록비술明錄秘術을 전수받아 보물의 기운을 잘 식별할 수 있습니다. 시주님의 집 위에서 매일 푸른 광채가 햇빛과 잇닿아 있고 진홍빛 기운이 달빛에 닿아 있는데, 이는 보경의 기운입니다. 빈도는 그것을 2년 동안 보아왔습니다. 그래서 오늘 좋은 날을 택하여 일부러 한번 보고자 왔습니다."

왕적이 거울을 꺼내오자, 호승은 무릎을 꿇고 그것을 받들고는 뛸 듯이 기뻐하며 왕적에게 말했다.

"이 거울은 여러 가지 영험한 모습을 지니고 있는데 아직 아무것도 드러나지 않았습니다. 금고金膏(선약仙藥)를 거울에 바르고 주분珠紛(진주가루)으로 닦은 후 거울을 들어 해를 비추면 틀림없이 빛이 담벼락을 뚫고나갈 것입니다."

호승이 또 탄식하며 말했다.

"또다른 방법으로 시험해보면 틀림없이 사람의 오장육부가 비춰 보일 텐데, 그 약들이 없는 것이 정녕 한스럽습니다. 그리고 금연金烟(금빛 안개)을 거울에 쐬고 옥수玉水(옥같이 맑은 물)로 씻은 다음 다시 금고와 주분으로 아까의 방법대로 거울을 닦으면, 진흙 속에 넣더라도 어두워지지 않을 것입니다."

그리하여 호승은 금연과 옥수 등을 사용하는 방법을 남겨주었는데, 그대로 시행해보니 영험이 드러나지 않은 적이 없었다. 그러나 호승은 결국 다시는 나타나지 않았다.

그해 가을에 나는 지방으로 나가 예성현령芮城縣令을 겸임하게 되었다. 현의 청사 앞에는 둘레가 몇 장丈이나 되는 대추나무 한 그루가 있었는데 몇 백 년이나 묵었는지 알 수 없었다. 이전의 현령들은 부임해오면 모두 그 나무에 제사를 올렸는데, 그렇게 하지 않으면 곧바로 재앙이 닥쳤다. 나는 요사스러운 일이란 사람에 따라 일어나는 것이므로 부정한 제사를 당연히 근절해야 한다고 생각했다. 하지만 현의 아전들이 모두 머리를 조아리면서 청하니 어쩔 수 없이 그 나무에 제사를 지냈다. 그러나 나는 그 나무에 도깨비가 깃들어 있는데 사람들이 없애지 못하고 그 기세만 길러놓은 것이 분명하다고 속으로 생각하여, 몰래 그 보경을 나뭇가지 사이에 걸어두었다. 그날 밤 이경 무렵에 청사 앞에서 천둥치는 듯이 우르릉 쾅! 하는 소리가 나기에 일어나서 살펴보았더니, 비바람이 어두컴컴하게 그 나무를 둘러싼 채로 휘몰아치고 있었으며 번갯불이 번쩍이면서 위아래로 왔다갔다했다. 날이 밝자 자주색 비늘에 붉은색 꼬리를 하고, 초록빛 머리에 흰 뿔이 나고, 이마 위에 임금 왕王 자가 새겨진 커다란 뱀이 온몸에 상처를 입고서 나무 아래에 죽어 있었다. 나는 곧바로 나무에서 보경을 수습한 뒤 아전에게 명하여 뱀을 내가서 현문縣門 밖에서 불사르게 했다. 그러고는 나무를 파보았더니 나무 가운데에 구멍 하나가 있었는데, 땅속으로 들어갈수록 점점 커졌으며 거대한 뱀이 똬리를 틀고 살았던 흔적이 있었다. 나무의 굴을 메운 뒤로는 요사스러운 일이 마침내 사라졌다.

그해 겨울에 나는 어사대부로서 예성현령을 겸임했으며 하북도지절河北道持節로서 창고를 열고 식량을 풀어 섬동陝東 지방의 백성들을 구휼했다. 당시는 천하에 크게 기근이 들고 백성들이 질병에 걸렸는데, 포주蒲州와 섬주陝州 일대에서는 돌림병이 특히 심했다. 장용구張龍駒라는 하북 사람이 내 밑에서 말단 관리를 하고 있었는데, 그 집의 주인과 하인 수십 명이 한꺼번에 돌림병에 걸렸다. 나는 그들을 가엾게 여겨 보경을 가지고 그 집으로 들어가서 장용구에게 밤에 병자들을 거울로 비춰보도록 했다. 여러 병자들은 보경을 보고 모두 놀라 일어나며 말했다.

"용구가 달을 가져와서 비추자, 빛이 닿는 곳마다 마치 얼음을 몸에 댄 듯 차가운 기운이 오장육부까지 꿰뚫는 것 같구나!"

병자들은 즉시 열이 내려 안정되었고 새벽이 되자 모두 나았다. 나는 보경에 아무런 피해도 없이 사람들을 구제할 수 있다고 생각해서, 장용구에게 몰래 그 보경을 가지고 백성들 사이를 돌아다니게 할 작정이었다. 그날 밤에 보경이 상자 안에서 처량하게 울었는데 소리가 아주 멀리까지 퍼졌으며 한참을 울다가 멈췄다. 나는 마음속으로 매우 기이해했다. 다음날 아침에 장용구가 와서 나에게 말했다.

"제가 어젯밤에 꿈을 꾸었는데, 용 머리에 뱀의 몸을 하고 붉은 관에 자주색 옷을 입은 한 사람이 나타나 저에게 '나는 보경의 정령으로 자진紫珍이라고 하오. 일찍이 그대의 집안에 덕을 베푼 적이 있으므로 이렇게 부탁하려고 왔소. 그대는 나를 위해 왕공(왕도)께 말해주시오. 백성들에게 죄가 있으므로 하늘이 그들에게 병을 내렸는데 어찌하여 내게 하늘을 거역하면서 사람을 구원하게 한단 말이오? 이 병은 다음 달이면 점점 나을 것이니 나를 괴롭게 하지 말라고 이르시오'라고 했습니다."

나는 그 정령의 기이함에 감복하여 이를 잘 기억해두었다. 다음 달이 되자 그 말대로 과연 병이 점점 나았다.

대업 10년(614)에 나의 동생 왕적이 육합현승六合縣丞의 관직을 사임하고 돌아오더니 장차 산천을 두루 유람하면서 세상을 피해 은거하려고 했다. 나는 동생을 말리며 말했다.

"지금 천하가 어지러워 도적이 사방에 가득한데 어디로 가려 하느냐? 또한 나와 너는 동기간으로 멀리 헤어진 적이 없었다. 이번에 네가 떠나려는 것은 장차 멀리 은거하려는 것 같은데, 예전에 상자평尙子平(상장尙長)[24]이 오악五岳(중국의 5대 명산)을 유람할 때에도 간 곳을 알 수 없었다. 네가 만약 옛 현인들을 뒤따른다면 나는 감당할 수 없을 것이다."

그러고는 동생을 마주 대하고 눈물을 흘리자 동생이 말했다.

"제 뜻은 이미 결정되었으니 더이상 만류해서는 안 됩니다. 형님은 오늘날의 통달한 분이시니 알지 못하는 이치가 없으실 것입니다. 공자께서도 '필부에게서 그 뜻을 뺏을 수 없다'고 했습니다. 우리 인생 백 년은 순식간에 지나가버립니다. 마음에 흡족하면 즐겁고 뜻을 잃으면 슬프니, 편안히 바라는 바를 이루는 것이 성인의 뜻일 것입니다."

나는 어쩔 수 없이 동생과 작별했다. 동생이 말했다.

"이제 헤어지게 되었으나 형님께 부탁이 있습니다. 형님이 가지고 계신 보경은 속세의 물건이 아닙니다. 제가 뜻을 굳건히 하고 먼 길을 떠나 심산유곡에 은거하고자 하니, 형님께서 그 보경을 제게 작별 선물로 주셨으면 합니다."

내가 말했다.

"내가 어찌 네게 물건을 아끼겠느냐?"

나는 즉시 보경을 동생에게 주었다. 동생은 보경을 얻고 나서 마침내 떠났는데 가는 곳을 말하지 않았다.

대업 13년(617) 여름 6월에 이르러 동생이 비로소 장안으로 돌아와 보경을 돌려주며 나에게 말했다.

"이 거울은 진정 보물입니다. 저는 형님과 작별한 뒤 먼저 숭산嵩山의 소실봉少室峯을 돌아보았습니다. 돌다리를 내려와 옥단玉壇에도 앉았다가 날이 저물었을 때 한 바위굴을 만났는데, 3~5명이 들어갈 만한 크기의 석실이었기에 저는 그곳에서 쉬었습니다. 그날 달 밝은 밤에 이경이 지났을 때 두 사람이 나타났습니다. 호인胡人 차림의 한 사람은 수염과 눈썹이 새하얗고 몸이 말랐으며 자칭 산공山公이라고 했습니다. 다른 한 사람은 넓적한 얼굴에 귀밑머리와 눈썹이 길었으며 검고 왜소한 몸집에 자칭 모생毛生이라고 했습니다. 그들이 제게 물었습니다.

'뭐하는 사람이기에 이곳에 있느냐?'

제가 대답했습니다.

'깊은 산 속을 다니며 기인奇人을 찾는 사람입니다.'

두 사람은 앉아서 저와 현담玄談(심오한 이치에 관한 담론)을 나누었는데 종종 언외言外로 이상한 뜻을 내보였습니다. 저는 그들이 정령이나 요괴가 아닐까 의심스러워 몰래 손을 뒤로 해서 상자를 열고 보경을 꺼냈습니다. 보경의 빛이 비추자 두 사람은 비명을 지르며 엎드렸습니다. 왜소한 사람은 거북이로 변했고 호인 차림의 사람은 원숭이로 변했는데, 새벽까지 보경을 걸어놓자 두 요괴는 모두 죽었습니다. 거북이는 전신에 초록색 털이 나 있었고 원숭이는 전신에 흰색 털이 나 있었습니다. 저는 곧 기산箕山으로 들어가서 영수潁水를 건넜습니다.

태화현太和縣을 지나다가 옥정玉井이라는 우물을 보았는데 옥정 옆으로 맑고 푸른 연못이 있었습니다. 제가 연못에 대해 나무꾼에게 묻자 나무꾼이 말했습니다.

'이것은 신령스러운 연못입니다. 마을에서는 매년 8절기(입춘, 입하, 입추, 입동, 춘분, 하지, 추분, 동지)에 따라 제사를 지내서 복을 빕니다. 만약 한 제사라도 빠뜨리면 연못에서 검은 구름과 큰 우박이 나와서 농작물을 상하게 하고, 뇌우가 흘러넘쳐서 방죽과 언덕을 무너뜨립니다.'

제가 보경을 꺼내서 연못에 비추자, 연못물이 마치 천둥이라도 치는 듯이 끓어오르더니 갑자기 한 방울도 남김없이 연못 안에서 솟아올라 이백여 보步나 떨어진 곳으로 가서 땅바닥에 떨어졌습니다. 연못 속에는 물고기 한 마리가 있었는데, 길이는 한 장丈이 넘고 굵기는 팔뚝만했으며 붉은 머리와 흰 이마에 몸은 청색과 황색의 중간색이었고 비늘은 없이 점액으로 뒤덮여 있었습니다. 그것은 용의 모습에 뱀의 뿔을 가지고 있었고 뾰족한 주둥이는 마치 철갑상어처럼 생겼으며 움직일 때면 빛이 났습니다. 그것은 진흙탕 속에서 힘겨워하며 멀리 가지 못했습니다. 제 생각에 그것은 교룡蛟龍(전설상의 용의 일종)인데 물을 잃자 아무것도 할 수 없는 것 같았습니다. 그것을 잘라내어 구웠더니 매우 기름지고 맛있어서 며칠간 배를 채우기에 충분했습니다.

그후에 저는 송주宋州와 변주汴州 지역으로 나갔습니다. 변주에서 제가 머무른 장기張琦의 집에는 병을 앓는 딸이 있었는데, 밤이 되면 고통에 찬 소리를 지르며 실로 참을 수 없는 지경이었습니다. 제가 그 까닭을 묻자, 주인은 딸이 병든 지 이미 한 해가 지났으며 낮에는 괜찮다가도 밤만 되면 항상 그와 같다고 했습니다. 제가 하룻밤을 묵다가 그 딸의 소리를 듣고 마침내 보경을 꺼내 비추었더니 병든 딸이 말했습니다.

'대관랑戴冠郎(수탉의 별칭 가운데 하나)이 피살되었다!'

그 딸의 침상 아래에 큰 수탉이 죽어 있었는데, 그것은 바로 집주인이 7~8년간 길러온 늙은 닭이었습니다.

제가 강남을 유람할 때 광릉廣陵에서 장강을 건너려고 했는데, 갑자기 어두운 구름이 강을 뒤덮더니 검은 바람에 파도가 용솟음치자 뱃사공은 안색이 변하며 배가 침몰될까 걱정했습니다. 제가 보경을 들고 배에 올라 강 속으로 몇 보를 비추자, 빛이 바닥까지 밝게 비추면서 바람과 구름이 사방에서 걷혔으며 파도도 마침내 그쳐서 순식간에 양자강의 천참天塹(강에 천연적으로 이루어진 요새)을 건넜습니다. 저는 섭산攝山에 올라 경치 좋은 봉우리를 지나면서 때로는 꼭대기까지 기어올라가고 때로는 깊은 동굴에도 들어갔습니다. 수많은 새들이 저를 둘러싸고 지저귀기도 하고 여러 곰들이 길을 막고 웅크리고 있기도 했지만, 보경을 꺼내 휘두르면 곰이나 새가 모두 놀라 도망갔습니다. 이때에 저는 순조롭게 절강浙江을 건너서 조수를 타고 바다로 나갔습니다. 파도 소리는 거세게 울려퍼져서 수백 리 밖에서도 들을 수 있었습니다. 뱃사공이 말했습니다.

'파도가 이미 가깝게 몰려와서 남쪽으로 건너갈 수 없습니다. 만약 배를 돌리지 않는다면 우리는 분명 물고기 뱃속에 장사지내게 될 것입니다.'

제가 보경을 꺼내 비추자 파도는 더이상 밀려오지 못하고 구름이 솟아 있듯 우뚝 서버렸습니다. 사면의 강물은 오십여 보까지 훤히 트였으며 물이 점점 맑고 얕아지면서 자라와 악어가 흩어져 도망갔습니다. 우리는 돛을 펄럭이며 곧장 남포南浦로 들어갔습니다. 그러고 나서 되돌아보니 파도가 크게 일어 수십 장이나 높게 용솟음쳤는데, 방금 우리가 건넜던 곳에까지 이르러 있었습니다.

뒤이어 저는 천태산天台山에 올라 동굴과 골짜기를 두루 살펴보았습니다. 밤에 길을 갈 때면 보경을 차고 계곡을 걸어갔는데, 몸에서 백 보 떨어진 곳까지 사면으로 환히 빛이 비쳐서 가는 터럭도 모두 보일 정도였습니다. 숲속에서 자던 새들도 이 빛에 놀라 어지러이 날아올랐습니다. 회계산會稽山으로 발길을 돌려 가다가 장시란張始鸞이라는 이인異人을 만나서 '주비구장周髀九章'(중국 고대 산술의 하나)과 '명당육갑明堂六甲'(점성과 참위讖緯에 관한 도교의 방술)의 일을 전수받은 뒤, 진영陳永과 함께 돌아갔습니다. 저는 또 예장豫章 지역을 유람할 때 도사 허장비許藏祕를 만났는데, 그는 허정양許旌陽(허손許遜)[25]의 7대손이라고 했으며, 주문을 걸어 칼날 위에 오르고 불을 밟고 지나가는 도술을 지니고 있었습니다. 그는 요괴에 대해 말하던 차에 풍성현豐城縣의 창독倉督(창고 관리) 이경신李敬愼의 집에 세 딸이 귀신에 홀려 병들었는데 아무도 무슨 병인지 알 수 없었으며 허장비 자신이 치료해도 역시 효험이 없었다는 이야기를 해주었습니다. 마침 재주와 기량을 갖춘 조단趙丹이라는 제 친구가 풍성현위로 부임해 있었기에 저는 그를 찾아갔습니다. 조단이 하인에게 명해서 제가 머물 곳을 가리키자 제가 말했습니다.

'창독 이경신의 집에서 묵고 싶네.'

그러자 조단은 급히 이경신에게 주인의 예를 차리라고 했습니다. 제가 이경신에게 세 딸이 병에 걸린 까닭을 묻자 이경신이 말했습니다.

'세 딸은 안채의 방에서 함께 거처하고 있는데, 매일 저녁때가 되면 예쁘게 단장하고 화려하게 차려입고는 황혼이 지나면 즉시 거처하는 방으로 돌아갔다가 사람들이 잠들어 고요해지면 촛불을 끕니다. 하지만 들어보면 몰래 다른 사람과 이야기하고 웃는 소리가 납니다. 세 딸은 새벽이 되어서야 잠이 드는데 부르지 않으면 깨어나질 못하며, 날이 갈수록 몸이 야위어가고 밥도 넘기질 못합니다. 딸들을 단장하지 못하게 막으면 목을 매거나 우물에 몸을 던지겠다고 하니 이를 어찌하면 좋단 말입니까?'

제가 이경신에게 말했습니다.

'딸들이 자는 방을 보여주시오.'

그 방은 동쪽으로 창이 있었는데 방문이 굳게 닫혀서 열기 어려울 것 같았습니다. 그래서 낮에 먼저 격자창살 네 개를 끊어놓은 뒤 다른 물건으로 원래처럼 받쳐놓았습니다. 저녁 무렵이 되자 이경신이 제게 말했습니다.
'딸들이 단장하고서 방에 들어갔습니다.'
일경이 되었을 때 제가 그 방에 가서 들어보니 자연스러운 말소리와 웃음소리가 났습니다. 제가 격자창살을 뜯어내고 보경을 들고 방에 들어가서 비추었더니 세 딸이 즉시 소리질렀습니다.
'우리 서방님을 죽이네!'
처음에는 아무것도 보이지 않았으나 날이 밝을 때까지 보경을 걸어 두었더니, 머리에서부터 꼬리까지 1척 3~4촌 길이에 온몸에 털도 이빨도 없는 족제비 한 마리, 역시 털과 이빨이 없고 5근은 될 듯한 매우 살찐 쥐 한 마리, 그리고 사람 손바닥 크기에 전신이 비늘로 덮여서 오색찬란하게 빛나고 머리에 반 촌 길이의 뿔이 두 개 나 있으며 꼬리 길이가 5촌 이상에 꼬리 끝 1촌이 흰색인 도마뱀 한 마리가 나타났습니다. 그것들은 모두 벽의 구멍 앞에 죽어 있었습니다. 그때부터 딸들의 병도 나았습니다.
그후로 저는 진인眞人을 찾아 여산廬山으로 가서 몇 달을 돌아다니면서 깊은 숲에서 지내기도 하고 풀밭에서 노숙하기도 했습니다. 호랑이와 표범이 꼬리를 휘두르고 승냥이와 이리가 함께 쫓아와도 보경을 들어 비추면 달아나거나 엎드리지 않는 적이 없었습니다. 여산의 처사 소빈蘇賓은 뛰어난 식견을 지닌 선비로 『역경易經』의 이치에 통달해서 과거와 미래를 두루 알 수 있었습니다. 그가 제게 말했습니다.
'천하의 신물이라는 것은 반드시 인간 세상에서 오랫동안 머무르지 않습니다. 지금은 우주가 도를 잃고 어지러우니 타향에 머물러서는 안 됩니다. 그대는 아직 이 보경을 가지고 있기 때문에 자신을 보호

할 수 있었지만 속히 집으로 돌아가는 것이 좋을 것입니다.'

저는 그 말이 맞겠다 싶어서 즉시 북쪽으로 돌아왔습니다. 오는 길에 하북을 유람했는데, 밤에 꿈속에 보경이 나타나 제게 말했습니다.

'나는 당신 형님에게서 두터운 예우를 받았는데, 이제 인간 세상을 버리고 멀리 떠나게 되었으니 작별인사를 하고 싶습니다. 청컨대 당신은 빨리 장안으로 돌아가주십시오.'

저는 꿈속에서 그렇게 하겠노라고 했습니다. 새벽녘에 혼자 앉아 꿈을 생각해보니 정신이 혼란스럽고 두려워져 그 즉시 서쪽으로 진秦 땅을 향해 왔습니다. 지금 형님을 만났으니 제가 보경에게 한 약속은 저버리지 않게 되었지만 결국 아마도 이 신령스러운 물건은 역시 형님의 소유가 아닌가 봅니다."

며칠 뒤에 동생은 하동으로 돌아갔다.

대업 13년(617) 7월 15일에 보경 상자에서 슬픈 울음소리가 났는데, 그 소리는 가늘게 멀리 퍼지다가 잠시 후 점점 커져서 마치 용이나 호랑이가 포효하는 것 같더니 한참 만에 진정되었다. 내가 상자를 열고 살펴보니 보경은 이미 사라진 뒤였다.

『이문집異聞集』

음식飮食

이 범주에는 술에 관한 이야기를 모은 '주酒'류와 음식에 관한 이야기를 모은 '식食'류가 포함된다. '주'류는 다시 엄청난 주량을 자랑하는 사람들의 이야기인 '주량酒量'과 지나치게 술에 탐

닉하는 사람들의 이야기인 '기주嗜酒'로 나뉘고, '식'류는 특정한 음식만을 잘 먹거나 엄청난 식사량을 자랑하는 사람들의 이야기인 '능식能食'과 이와는 반대로 보잘것없는 식사를 부끄러워하지 않는 사람들의 이야기인 '비식非食'으로 나뉘어 있다.

「천일주千日酒」[26]
— 천 일 만에 깨어나는 술

옛날에 현석玄石이라는 사람이 있었는데, 어느 날 이웃 고을의 주점에서 술을 사게 되었다. 주점 주인은 현석에게 천일주를 팔면서 마시는 양을 알맞게 조절하라고 말해주는 것을 그만 잊고 말았다. 현석은 집에 와서 술에 취해 드러누워 며칠 동안 깨어나지 못했다. 집안사람들은 사정을 몰랐으므로 그가 죽었다고 생각하여 입관해서 매장했다. 주점 주인은 천 일이 되어서야 현석이 이전에 와서 술을 사갔던 일을 기억해내고서 취했다가 이제 깨어날 때가 되었다고 생각했다. 그래서 현석의 집을 찾아가서 그에 대해 물었더니 그의 집안사람들이 말했다.

"현석은 죽은 지 이미 3년이 되어 상기喪期도 마쳤습니다."

그래서 주점 주인이 현석의 집안사람들과 함께 그의 묘로 가서 무덤을 파고 관을 열어보았더니, 현석이 막 깨어나 관 속에서 일어나는 것이었다.

『박물지博物志』

처세處世

이 범주는 세상을 살아가는 사람들의 다양한 행태에 관한 이야기를 모아놓았다. 다양한 층위의 친구 사귐을 다룬 '교우交友'류, 기상천외한 사치행각을 다룬 '사치奢侈'류, 그럴싸한 속임수로 사람들을 현혹하는 사기행각을 다룬 '궤사詭詐'류, 간도 쓸개도 빼줄 정도로 권세가에게 빌붙는 아첨행각을 다룬 '첨녕諂佞'류, 어처구니없는 실수와 잘못을 다룬 '유오謬誤'류, 생업을 잘 꾸려나가 재산을 증식하는 데 뛰어난 사람들의 이야기인 '치생治生'류, 성격이 몹시 편협하고 성급하여 참을성이 없는 사람들의 이야기인 '편급褊急'류가 포함된다. 그중에서 '유오'류에는 건망증이 너무 심한 사람들의 이야기인 '유망遺忘' 항목이, '치생'류에는 지나치게 재물을 탐하다가 패가망신한 사람들의 이야기인 '탐貪' 항목이 부가되어 있다.

「설씨자薛氏子」[27]
— 도사의 사기술에 넘어간 설씨네 두 아들

설씨 집안의 두 아들이 성 밖의 이궐伊闕에 살고 있었는데, 선대에 일찍이 큰 군郡을 다스렸으므로 집안에 재산이 많았다. 녹음이 무성해지기 시작하는 화창한 어느 봄날, 갑자기 누군가가 설씨네 문을 두드렸는데, 문을 열고 보니 도사 한 명이 있었다. 그 도사는 짚신을 신고 눈처럼 흰 구레나룻을 기르고 있었는데, 기품이 청아하고 고풍스러워 보였다. 도사가 말했다.

"길을 가던 중에 병이 날 것처럼 갈증이 나서 그러하니 물 한 잔만 나눠주셨으면 합니다."

설씨네 두 아들은 그를 맞이해서 손님의 자리에 앉게 했다. 그의 고상하고 심오한 담론은 도가적인 분위기가 물씬 풍겼다. 도사가 또 말했다.

"저는 갈증 때문에 물을 구하러 온 것이 아닙니다. 지팡이를 짚고 이곳을 지나가다 보니 아주 상서로운 기운이 있던데, 여기에서 동남쪽으로 백 보 떨어진 곳에 소나무 다섯 그루가 교룡처럼 그 안에서 자라고 있지 않습니까?"

설씨네 아들이 대답했다.

"저희 밭에 있습니다."

도사는 더욱 기뻐하며 다른 사람들을 물러가게 하고서 말했다.

"그 아래에 황금 백 근과 보검 두 자루가 있는데, 그 기운이 하늘의 장수張宿(28수宿[별자리][28]의 하나로 주작칠수朱雀七宿의 다섯번째 별자리이며 6개의 별로 구성)와 익수翼宿(주작칠수의 여섯번째 별자리이며 22개의 별로 구성) 사이를 은은하게 떠다니고 있습니다. 장수와 익수는 땅에서는 낙양에 해당하는 분야分野(중국 전역을 하늘의 28수에 배당하여 나눈 구역)입니다. 저는 그 황금과 보검을 찾아다닌 지 오래되었습니다. 황금은 당신네 친척 중에서 매우 가난한 이에게 나눠주십시오. 두 자루의 보검 중에서 용천검龍泉劍은 당신이 몸소 차고 다니면 틀림없이 신하로서 최고의 지위에 오르시게 될 것입니다. 저 역시 보검 한 자루를 청하니 그것으로 마귀를 제거하는 술법을 얻고자 합니다."

설씨네 두 아들이 크게 놀라며 이상해하자 도사가 말했다.

"집안의 종들과 고용된 일꾼들에게 명해서 다들 삼태기와 삽을 준비하고 길일을 택해 기다렸다가 땅을 파게 하십시오. 그러면 금방 눈으로 확인하실 수 있을 것입니다. 하지만 만약 법술法術로써 제재하지 않으면 보물이 깊은 땅속으로 도망가 숨어버려서 다시는 찾을 수 없게 될 것입니다. 그러니 이제 맑게 갠 밤을 기다렸다가 사방을 정리하여 제터를 만든 다음 법수法水(도사나 무당이 병을 없애거나 사악한 기운을 쫓아낼 때 사용하는 신성한 물)를 그곳에 뿜으면 보물이 달아날 수 없을 것입니다. 또한 노복들에게 주의를 주어 이 일이 새어나가지 않게 하십시오."

또 두 아들이 제단을 만드는 데 무엇이 필요한지 묻자, 도사는 검붉은 동아줄 300척과 방위에 따른 여러 색깔의 종이, 비단, 명주가 아주 많이 필요하고 책상, 향로, 요 등의 물건도 필요하다고 했다. 그러면서 또 말했다.

"저는 재물을 탐하는 자가 아니고 그것들을 빌려서 법술을 행하고자 하는 것입니다. 또 필요한 것은 열 개의 제사상에 음식을 차려야 하고 그때마다 술과 차도 곁들여야 합니다. 그리고 그릇은 반드시 금으로 된 것이어야 합니다."

두 아들은 온힘을 다해서 준비했으며, 모자라는 것은 친구들에게서 빌렸다. 도사가 또 말했다.

"저는 점화술點化術(도교에서 다른 물질을 황금으로 만드는 법술)에 능한지라 금옥을 썩은 흙 보듯 하며, 항상 다른 사람의 위급함을 도와주는 것을 제 임무로 여기고 있습니다. 지금 저의 짐이 태미궁太微宮(도교 사원의 이름)에 있는데 그것을 잠시 맡겨두고자 합니다."

두 아들은 그렇게 하라고 하면서 사람들을 불러 도사의 짐을 지고 오게 했다. 보따리와 책 상자가 네 개 있었는데 들 수 없을 정도로 무거웠으며 자물쇠로 아주 단단히 잠겨 있었다. 도사는 두 아들이 짐을 맡아준 데 대해 축원을 드렸다.

곧 길일이 되자 도사는 소나무 다섯 그루 사이에 법구法具를 대대적으로 차려놓고 두 아들에게 절하면서 축원하라고 했다. 축원을 마치자 도사는 급히 두 아들에게 집으로 돌아가 문을 닫고 기다리라고 하면서 이렇게 당부했다.

"절대로 엿보아서는 안 됩니다. 제가 곽경순郭景純(곽박郭璞)[29]의 산발함검술散髮銜劍術(머리를 풀어헤치고 검을 입에 물고 행하는 법술)을 행하고자 하는데, 만약 다른 사람이 엿본다면 곧 재앙이 닥칠 것입니다. 법술을 끝마치고 나면 횃불을 들고 부를 것이니, 그때 노복들을 데리고 삼태기와 삽을 모두 가져와서 밤이 되면 땅을 파십시오. 마음을 조용히 가라앉히고 지극히 귀한 보물을 보시길 바랍니다."

두 아들은 도사가 시킨 대로 했다. 그들은 밤이 되자 단정히 앉아서 불빛이 보이기만을 기다렸지만 아무런 움직임도 없었다. 기다리다 못해 그들이 문을 열고 엿보았는데, 아무런 모습도 보이지 않고 아무런 소리도 들리지 않았다. 그들이 나무 아래까지 걸어가보았더니, 잔은 내던져져 있고 그릇도 엎어져 있었으며 음식이 어지럽게 흩어져 있었다. 비단과 황금 그릇은 이미 도사가 모두 가져가버린 상태였고, 그곳에는 수레바퀴와 말발굽 자국이 어지러이 나 있었다. 두 아들은 도사가 물건들을 동아줄로 단단히 묶어서 달아난 것이라고 생각했다. 도사가 맡겨놓은 상자를 열어보았더니 기와와 조약돌로 가득차 있었다. 이로부터 설씨네 집안은 아주 가난해졌고 다른 사람들에게 신용도 잃게 되었다. 두 아들은 경악하고 근심했지만 창피한 나머지

어디에다 하소연도 못한 채 침묵했다.

『당국사唐國史』

해학諧謔

이 범주는 익살스럽고 유머러스한 이야기를 모아놓았다. 뼈 있는 농담이나 우스갯소리를 다룬 '회해詼諧'류, 조롱하고 헐뜯는 일을 다룬 '조초嘲誚'류, 비웃고 깔보는 일을 다룬 '치비嗤鄙'류가 포함된다.

「산동인山東人」[30]

— 장인의 코를 납작하게 만든 사위

산동 사람이 포주蒲州의 여인을 아내로 맞이했는데, 포주의 여자들은 대부분 목에 혹이 생기는 병을 앓았다. 그의 장모도 목에 아주 큰 혹이 있었다. 결혼하고 나서 몇 달 후에 처가에서는 사위가 똑똑하지 못하다고 의심했다. 그래서 장인은 술자리를 마련하여 친척들을 잔뜩 불러모아놓고 그를 시험해보고자 이렇게 물었다.

"자네는 산동에서 공부했으니 분명 사물의 이치를 잘 알 것이네. 큰 기러기와 학이 잘 우는 것은 어째서인가?"

사위가 대답했다.

"하늘이 그렇게 만든 것입니다."

장인이 또 물었다.

"소나무와 전나무가 겨울에도 푸른 것은 어째서인가?"

사위가 대답했다.

"하늘이 그렇게 만든 것입니다."

장인이 또 물었다.

"길가의 나무에 옹이가 생긴 것은 어째서인가?"

사위가 대답했다.

"하늘이 그렇게 만든 것입니다."

장인이 말했다.

"자네는 사물의 이치를 전혀 알지 못하면서 어찌하여 헛되이 산동에서 살았는가?"

그러고는 사위를 놀리며 말했다.

"큰기러기가 잘 우는 것은 목이 길기 때문이고, 소나무와 전나무가 겨울에도 푸른 것은 속이 강하기 때문이며, 길가의 나무에 옹이가 생긴 것은 수레에 부딪쳐 상처를 입었기 때문이네. 어찌 하늘이 그렇게 만든 것이겠는가?"

그러자 사위가 말했다.

"제가 보고 들은 바로써 답변을 드리고자 하는데 허락해주실지 모르겠습니다."

장인이 말했다.

"말해도 좋네."

사위가 말했다.

"두꺼비도 잘 우는데 그것이 어찌 목이 길어서이겠습니까? 대나무 역시 겨울에도 푸른데 그것이 어찌 속이 강해서이겠습니까? 장모님 목에도 그처럼 큰 혹이 있는데 그것이 어찌 수레에 부딪혀 상처를 입어서이겠습니까?"

장인은 부끄러워하면서 아무런 대꾸도 하지 못했다.

『계안록啓顔錄』

「한간韓簡」[31]

—『논어』의 구절을 잘못 이해한 한간

당나라 위박절도사魏博節度使 한간은 천성이 미련하고 민첩하지 못했다. 그는 매번 문사들과 이야기할 때 그들이 하는 말을 이해하지 못하여 늘 마음속으로 부끄러워했다. 그리하여 그는 한 효렴孝廉(인재 선발 과목 중 하나인 효렴과에서 선발된 사람)을 초빙해서 『논어』를 강론하게 했는데, 「위정爲政」 편까지 읽고 난 이튿날 그는 여러 종사관들에게 이렇게 말했다.

"나는 근자에야 비로소 옛사람들이 순박하다는 것을 알았소. 그들은 나이 서른이 되어서야 비로소 걷고 설 수 있었다고 하오."(『논어』에 나오는 '삼십이립三十而立'은 본래 공자가 나이 서른이 되어서 자신의 뜻을 세우게 되었다는 의미)

밖에서 그 말은 들은 사람들은 모두 포복절도했다.

『북몽쇄언北夢瑣言』

부덕不德

이 범주는 부덕한 사람들의 이야기를 모아놓았다. 예의와 염치를 모르고 함부로 행동하는 사람들의 이야기인 '무뢰無賴'류, 언행이 경솔하고 천박한 사람들의 이야기인 '경박輕薄'류, 잔혹하고 포악한 사람들의 이야기인 '혹포酷暴'류가 포함된다.

「장역지형제張易之兄弟」[32]
— 잔인하기 짝이 없는 장역지 형제

주조周朝(칙천무후의 통치기) 때 장역지는 공학감控鶴監(궁궐을 밤새 지키면서 황제를 가까이서 모시는 관리의 우두머리)으로, 그의 동생 장창종張昌宗은 비서감祕書監, 장창의張昌儀는 낙양현령으로 있으면서 다투어 사치를 부렸다.

장역지는 커다란 철 새장을 만들어 그 안에 오리와 거위를 넣어둔 다음, 새장 가운데에 숯불을 피우고 구리 동이에는 오미자즙을 담아 두었다. 오리와 거위는 숯불 주위를 달려 다니다가 목이 마르면 오미자즙을 먹었는데, 그 순간 불에 덴 고통으로 데굴데굴 구르다가 속과 겉이 모두 익고 털이 모두 빠지면서 고기가 벌겋게 그을려져서야 비로소 죽었다. 장창종은 나귀를 산 채로 작은 방안에서 익혔는데, 숯불을 피우고 오미자즙을 놓아둔 것까지 장역지가 한 방법 그대로였다. 장창의는 쇠말뚝을 가져다가 땅에 박아넣고 개의 네 다리를 말뚝에 묶은 다음 매를 풀어놓아 살아 있는 개의 살점을 쪼아먹게 했는데, 살점이 다 없어지도록 개는 죽지 않았으며 그 고통에 울부짖는 소리는 차마 들을 수가 없었다. 장역지가 한번은 장창의의 집에 들렀다가 말 창자가 생각난다고 하자, 장창의는 평소 타던 말을 끌고와 갈빗대를 갈라 창자를 꺼냈는데, 말은 한참 뒤에야 죽었다.

후에 장역지, 장창종 등이 주살당하자 백성들은 그들의 시체를 저미고 잘라냈는데, 그 살이 돼지비계처럼 살찌고 허옇기에 그 살을 구워 먹었다. 장창의는 두 다리가 맞아서 부러지고 심장과 간이 도려내진 뒤에야 죽었으며, 그 머리는 잘려서 도성으로 보내졌다. 당시 민간에 떠도는 말에 그것은 모두 개와 말을 잔인하게 죽인 데 대한 보응이라 했다.

『**조야첨재**朝野僉載』

부녀婦女 · 노복奴僕

이 범주는 부녀자와 노비에 관한 이야기를 모아놓았다. 절의와 절개를 지킨 열녀들의 이야기인 '부인婦人'류, 우여곡절 끝에 좋아하는 여인과의 사랑을 이룬 이야기인 '정감情感'류, 역경에 처한 주인에게 끝까지 충성을 바친 노복들의 이야기인 '동복童僕'류가 포함된다. 그중에서 '부인'류는 현숙하고 지혜로운 여인들의 이야기인 '현부賢婦', 재기가 출중한 여인들의 이야기인 '재부才婦', 제왕의 총애를 독차지한 절세미인들의 이야기인 '미부인美婦人', 투기심이 심해 잔인한 일도 서슴지 않는 독한 여인들의 이야기인 '투부妬婦'로 나뉘어 있고, 마지막에 기녀들의 이야기인 '기녀妓女' 항목이 부가되어 있다. 또한 '동복'류에는 여종들의 이야기인 '노비奴婢' 항목이 부가되어 있다.

「임괴처任瓌妻」[33]

— 죽음도 아랑곳하지 않는 투기

당나라 초에 병부상서 임괴는 칙령으로 궁녀 두 명을 하사받았는데 모두 경국지색이었다. 그러자 임괴의 부인은 투기심이 일어 두 궁녀의 머리카락을 불에 태워 대머리로 만들어버렸다. 태종은 그 말을 듣고 상궁에게 황금 호로병에 담긴 술을 가져오게 하여 임괴의 부인에게 내리면서 말했다.

"이 술은 마시면 바로 죽는다. 임괴는 삼품관三品官이니 첩을 두는 것은 당연하다. 이후로 투기하지 않겠다면 이 술을 마실 필요 없지만 만약 계속 투기할 것이라면 바로 마셔라."

임괴의 부인 유씨柳氏는 절하며 칙령을 받고 나서 말했다.

"신첩과 임괴는 정식으로 혼인한 부부로, 모두 미천한 출신이었는데 서로 도와 지금의 영광스러운 자리에 이르게 되었사옵니다. 임괴가 지금처럼 많은 비첩을 맞아들여야 한다면 신첩은 차라리 죽는 것만 못하옵니다."

그러고는 그 술을 모두 마신 뒤 이불을 덮고 꼿꼿이 드러누웠는데, 아무런 탈도 없이 잠에서 깨어났다. 그러자 태종이 임괴에게 말했다.

"죽음을 두려워하지 않는 사람은 죽일 수가 없소. 짐도 막을 수가 없는데 경이 어찌하겠소?"

그러고는 두 궁녀를 별채에 머물도록 했다.

『조야첨재朝野僉載』

「위고韋皐」[34]

— 환생하여 이룬 전생의 사랑

당나라 서천절도사西川節度使 위고가 젊었을 때 강하江夏를 유람하다가 강사군姜使君의 집에 머문 일이 있었다. 강씨의 어린 아들은 이름이 강형보姜荊寶였는데, 이미 두 가지의 경서를 공부했다. 그는 비록 위고를 형이라 불렀으나 자기 아버지를 대하는 것과 다름없이 공손히 예를 갖춰 위고를 모셨다. 강형보에게는 옥소玉簫라는 이름의 어린 여종이 있었는데, 그때 나이가 겨우 열 살이었다. 강형보는 늘 그녀에게 위형(위고)을 공손히 모시게 했으며, 옥소 또한 정성스럽게 위고를 받들었다. 2년 후 강사군은 도성으로 들어가 관직을 구하게 되었는데, 집안 식구들은 함께 따라가지 않았다. 이에 위고는 두타사頭陀寺에 머물렀는데, 강형보는 때때로 옥소를 그곳으로 보내 위고를 모시도록 했다. 옥소가 어느 정도 자라자 둘 사이에 사랑의 감정이 싹트기 시작했다. 그때 염찰사廉察使 진상시陳常侍는 위고의 숙부가 보낸 편지 한 통을 받았는데, 편지에 이렇게 적혀 있었다.

"조카 위고가 오랫동안 당신의 주군州郡에서 객지생활을 하고 있으니, 그를 돌려보내 이곳 친지들을 찾아보도록 해주시기를 몹시 바라고 있습니다."

염찰사는 편지를 보고 난 후, 위고에게 배와 의복 등 떠나는 데 필요한 물품을 보내주었으며, 아울러 위고가 망설이며 떠나지 않으려 할까 걱정하여 옥소와 강형보에게 위고와 만나지 말 것을 당부했다. 또 배를 강가에 대놓고 뱃사공에게 어서 떠나라고 재촉했다. 위고는 눈물 때문에 시야가 흐려져 연신 눈물을 훔쳐내며 강형보에게 편지를 보내 이별을 고했다. 강형보는 편지를 받고 곧장 옥소와 함께 달려왔는데 슬픔과 기쁨이 교차했다. 강형보는 옥소에게 위고를 따라가라고 명했으나, 위고는 부모님을 오래도록 만나 뵙지 못해서 감히 그녀를 데리고 갈 수가 없다고 말하며 한사코 사양했다. 그러면서 이렇게 언약했다.

"짧으면 5년, 길면 7년 안에 옥소를 데리러 오겠네."

그러고는 옥가락지 한 짝과 시 한 수를 남겨주었다. 그러나 5년이 지나도록 위고가 오지 않자 옥소는 앵무주鸚鵡洲에서 조용히 기도를 올렸다. 또 몇 년이 지나 위고가 떠난 후 8년째 되던 어느 봄날에 옥소가 탄식하며 말했다.

"위씨 댁 낭군께서 떠나신 지도 어느덧 7년이구나. 안 오시는 게야!"

그러더니 음식을 끊고 지내다 죽어버리고 말았다. 강씨(강형보)는 그녀의 정조를 가련히 여겨 옥가락지를 그녀의 가운데손가락에 끼워주고 함께 묻었다.

나중에 위고는 촉蜀 지방을 다스리게 되었는데, 관부에 도착한 지 사흘 만에 죄수들을 심문했다. 가벼운 죄와 무거운 죄를 짓고 잡혀 있던 자가 300여 명에 달했는데, 그중에서 다섯 가지의 형구를 한꺼번에 차고 있던 한 죄수가 청사를 훔쳐보고는 혼잣말을 했다.

"복야(본래는 재상에 해당하지만, 대부분 절도사에게 이 직함을 더해주어 영예를 드러내게 했음)께서는 옛날의 위형이 아니신가!"

그러고는 큰소리로 말했다.

"복야 나리! 복야 나리! 강씨 집안의 형보를 기억하십니까?"

위고가 말했다.

"물론 잘 기억하고 있다."

그 죄수가 말했다.

"제가 바로 강형보입니다."

그러자 공公(위고)이 말했다.

"무슨 죄를 지었기에 이토록 무거운 형구를 차고 있는가?"

강형보가 대답했다.

"저는 위형과 헤어진 뒤 바로 명경과에 급제했으며, 다시 청성현령靑城縣令에 발탁되었습니다. 그런데 집안사람이 잘못해서 그만 관사와 창고, 그리고 관인과 명패 등을 모두 태워버리고 말았습니다."

위고가 말했다.

"그것은 집안사람의 잘못이지 결코 자신의 허물이 아니다."

그러고는 즉시 그의 억울함을 씻어주고 그의 묵수墨綬(5품관이 차는 검은색 인끈)를 돌려주었으며, 아울러 천자께 상주하여 미주목眉州牧이 되게 해주었다. 천자의 칙령이 내려왔는데, 그가 아직 부임하기 전에 사람을 파견하여 그곳을 지키게 하라는 것이었다. 위고는 그동안 강형보를 자신의 막료(막부의 관리)로 머무르게 했다. 그때는 큰 전란을 겪은 뒤여서 새로 진열을 정비하느라 일이 매우 바빴으므로, 여러 달이 지난 후에야 비로소 옥소가 어디 있느냐고 물어보았더니 강형보가 대답했다.

"복야께서는 배를 묶어두고 계시던 그날 저녁에 옥소에게 약속을 남기면서 7년을 기약하셨습니다. 그런데 복야께서 기한이 지나도록 오시지 않자 옥소는 음식을 끊고 죽었습니다."

그러고는 「유증옥환留贈玉環」(「옥가락지를 남겨주며」)이란 시를 읊었다.

꾀꼬리가 이 옥가락지를 물어온 지도 벌써 몇 해 봄이 지났네.[35]

이별할 때 손에서 빼내 가인佳人에게 남겨주었지.

장강長江에서는 어서魚書(사랑하는 사람끼리 주고받는 편지) 한 장 오지 않으니,

보고픈 마음 풀어보려고 꿈속에서 진秦 땅(장안)으로 들어가네.

위고는 그 시를 듣고 더욱 슬퍼하며 탄식했다. 위고는 널리 불경을 베껴 쓰고 불상을 만들어서 옥소의 일편단심에 보답했으며, 또한 그녀를 그리워했지만 다시 만날 수는 없었다. 당시에 조산인祖山人(점쟁이 조씨. 산인은 점쟁이를 뜻함)이라는 사람이 있었는데, 소옹少翁의 법술[36]을 부릴 줄 알아서 이미 죽은 사람을 살아 있는 사람과 서로 만나게 해줄 수 있었다. 조산인은 부공府公(위고)에게 7일간 목욕재계만 하라고 시켰다. 어느 맑은 날 밤에 옥소가 드디어 위고에게 오더니 감사를 올리며 말했다.

"복야님께서 불경을 쓰고 불상을 만들어주신 덕분에 열흘 후면 다시 다른 몸을 빌려 환생하게 되었습니다. 그후 12년이 지나면 다시 당신의 시첩이 되어 크나크신 은혜에 보답하게 될 것입니다."

그녀는 떠날 때 미소를 지으며 말했다.

"서방님께서 박정하셔서 사람으로 하여금 이렇듯 생사의 다른 길로 서로 떨어져 지내게 하셨지 뭡니까!"

후에 위고는 농우隴右의 공훈(농우행영유후隴右行營留後로 있으면서 주자朱泚의 난을 평정한 공훈)을 세운 덕에 덕종 재위기간 내내 다른 곳으로 옮겨가지 않고 촉 지방을 계속 다스리게 되었다. 그래서 그가 나이가 들고 여러 벼슬을 거쳐 중서령이 되었을 때, 세상 사람들이 모두 그를 따랐으며 노북瀘僰(중국 서남 지방의 소수민족으로 운남

성 노수 서쪽에 있던 북족)도 그에게 귀화했다. 그의 생일이 되면 여러 절도사들이 축하하며 온갖 진귀한 물건을 바쳤다. 그때 동천東川의 노팔좌盧八座(팔좌는 육부상서와 좌우복야의 합칭)가 가희歌姬 한 명을 보내왔는데, 아직 열여섯 살도 되지 않았으며 역시 옥소라는 이름으로 불리고 있었다. 자세히 보니 정말로 강씨 집안에 있던 그 옥소였다. 그녀의 가운데손가락에는 반지 자국이 살짝 나 있었는데, 이별할 때 남겨주었던 그 옥가락지와 다르지 않았다. 위고가 탄식하며 말했다.

"내 이제야 살고 죽는 일이 무엇인가를 알겠다. 하나가 가니 다른 하나가 왔구나. 옥소가 했던 그 말이 바로 이렇게 입증되었구나!"

『운계우의雲谿友議』

몽夢

이 범주는 꿈에 관한 다양한 이야기를 모아놓았는데, '몽夢'류는 다시 길몽에 관한 이야기인 '몽휴징夢休徵', 흉몽에 관한 이야기인 '몽구징夢咎徵', 꿈속에 이미 죽은 사람이 나타나 앞일을 예시해주는 이야기인 '귀신鬼神', 꿈속에서 다른 세상으로 이동하여 겪은 일을 다룬 '몽유夢遊'로 나뉘어 있다.

「앵도청의櫻桃青衣」[37]
— 꿈을 통해 깨달은 인간 세상의 허망한 꿈

당나라 천보天寶 연간(742~755) 초에 범양范陽 사람 노자盧子가 있었는데, 그는 동도東都(낙양)에서 과거에 응시했으나 여러 해 동안 낙방하여 생활이 점점 곤궁해졌다. 한번은 저녁에 나귀를 타고 놀러나 갔다가 보았더니, 한 정사精舍 안에서 스님이 속강俗講(불경의 고사를 쉬운 말로 풀어서 대중에게 들려주는 일)을 하고 있었는데 청중이 매우 많았다. 노자는 속강하는 자리에 막 도착한 뒤 피곤하여 잠이 들었는데, 꿈에 자신이 정사의 문에 당도해 있었다. 그러고는 보았더니 하녀 한 명이 앵두 한 바구니를 들고 아래에 앉아 있었다. 노자는 그 하녀에게 어느 집에 사는지 물어보면서 하녀와 함께 앵두를 먹었다. 하녀가 말했다.

"마님은 성이 노씨이고 최씨 가문에 시집가셨는데, 지금은 과부가 되어 성에 살고 계십니다."

그래서 친족관계를 따져보았더니, 그 마님은 바로 노자의 재종再從고모였다. 하녀가 말했다.

"어찌하여 서방님은 고모님과 도성에 함께 계시면서도 찾아가서 안부를 묻지 않으세요?"

그래서 노자는 곧장 그녀를 따라갔다. 천진교天津橋(낙양성 서남쪽에 있는 다리)를 지나 낙수 남쪽의 한 동네로 들어갔더니 한 저택이 나왔는데 대문이 매우 높고 컸다. 노자가 대문 밖에 서 있자 하녀가 먼저 저택으로 들어갔다.

잠시 후 네 사람이 문밖으로 나와서 노자와 만났는데, 모두 고모의 아들들이었다. 한 명은 호부랑중戶部郎中, 또 한 명은 전임 정주사마鄭州司馬,

또 한 명은 하남공조河南功曹, 또 한 명은 태상박사太常博士였다. 두 사람은 붉은색 관복을 입었고 나머지 두 사람은 초록색 관복을 입고 있었는데 용모가 매우 준수했다. 그들은 노자와 서로 만나 인사를 나누면서 몹시 기뻐했다. 잠시 후 노자는 북당北堂으로 안내되어 고모를 배알했는데, 고모는 자주색 옷을 입었고 나이는 예순쯤 되어 보였다. 고모는 말소리가 크고 우렁찼으며 매우 엄숙한 위엄을 지니고 있었다. 그래서 노자는 두려워서 감히 쳐다보지 못했다. 고모는 노자에게 앉으라 하고 내외 친척에 대해 두루 물어보았는데 노씨 일족에 대해서 훤히 알고 있었다. 고모가 노자에게 결혼했는지 묻자, 노자가 "아직 안 했습니다"라고 대답했더니 고모가 말했다.

"나에게 성이 정씨鄭氏인 외조카딸이 하나 있는데, 일찍 부친을 여의고 내 누이에게 보내져 양육되었다. 그녀는 용모가 매우 아름답고 성품도 자못 정숙하니, 내가 널 위해 혼사를 주선하면 틀림없이 일이 성사될 것이다."

노자가 황급히 감사의 절을 올리자, 고모는 곧장 사람을 보내 정씨를 데려오게 했다. 얼마 후 온 가족이 모두 당도했는데, 그들이 타고 온 거마가 매우 성대했다. 고모는 마침내 달력을 보고 길일을 택한 뒤 말했다.

"모레가 큰 길일이다."

이어서 고모는 노자와 함께 혼사를 상의하여 결정한 뒤 말했다.

"결혼예물과 청첩장과 연회석 등을 너는 전혀 걱정하지 마라. 내가 널 위해 만반의 준비를 해놓으마. 너는 성 안에 친척과 친구가 있으면 누구든지 모두 그 성명을 적고 아울러 주소까지 적어놓아라."

노자가 적은 사람은 모두 30여 명이 되었는데, 그들은 모두 대성臺省

(어사대와 상서성, 중서성, 문하성의 삼성三省)과 부현府縣의 관리들이었다. 다음날 청첩장을 보내고 그날 저녁에 모든 일을 끝내놓았는데, 일마다 화려하고 성대하여 거의 인간 세상의 일이 아닌 듯했다. 다음날 결혼식에 도성의 친척들이 크게 모였다. 결혼식이 끝난 뒤 노자는 마침내 한 방으로 들어갔는데, 방안의 병풍, 휘장, 침상, 자리 등은 모두 지극히 진기한 것들이었다. 그의 부인은 열네댓 살쯤 되어 보였는데, 용모가 너무 아름다워서 그야말로 선녀 같았다. 노생(노자)은 마음속으로 기쁨을 가누지 못하면서 결국 집 식구들을 잊어버렸다.

얼마 후 다시 추시秋試 때가 닥치자 고모가 말했다.

"예부시랑이 이 고모와 친척지간이어서 틀림없이 적극 도와줄 것이니, 너는 더이상 걱정하지 마라."

이듬해 봄에 노생은 마침내 진사과에 급제했다. 노생이 또 굉사과宏詞科에 응시하자 고모가 말했다.

"이부시랑은 너의 사촌형제들과 일가친척으로 함께 벼슬을 하고 있어서 교분이 매우 두터우니, 그로 하여금 반드시 너를 높은 등위로 급제시키도록 하겠다."

급제자 방문이 걸렸을 때 노생은 갑과甲科에 급제하여 비서랑에 제수되었다. 고모가 말했다.

"하남윤河南尹은 이 고모의 사촌외조카이니, 그로 하여금 너를 경기 지역의 현위로 임명해달라고 상주하도록 하겠다."

몇 달 뒤 노생은 칙명으로 왕옥현위王屋縣尉에 제수되었다가, 감찰어사로 승진되고 전중시어사로 전임되었으며, 이부원외랑에 임명되어 남조南曹(관리 선발을 관장하는 이부의 부서로 남원南院이라고도 함)

를 맡아 관리 전형을 끝낸 뒤 낭중에 제수되었다. 그 나머지는 관례에 따랐다. 몇 달 동안 지제고知制誥(황제를 대신하여 조서를 초안하는 직무로 대개 다른 관직에 있는 사람이 대행)를 맡아본 뒤 실제 직위에 나아가 예부시랑으로 승진했다. 2년 동안 지공거知貢擧(과거시험을 주관하는 관리)를 맡았는데, 선발 업무를 공평하고 타당하게 처리하여 조정 관원들의 칭찬을 받았다. 하남윤으로 전임되었다가 곧바로 어가를 모시고 도성(장안)으로 돌아온 뒤 병부시랑으로 승진했으며, 황제를 수행하여 도성에 도착한 공으로 경조윤京兆尹에 제수되었다. 그후 이부시랑으로 전임되어 3년 동안 관리 선발을 관장하면서 훌륭한 명성을 크게 쌓아 마침내 황문시랑평장사黃門侍郎平章事(재상에 해당)에 임명되었다. 황제의 두터운 은택을 입어 상으로 받은 하사품이 아주 많았다. 노생은 5년 동안 재상을 지냈는데, 직간하다가 황제의 뜻을 거슬러 좌복야로 전임되어 정사 맡는 일을 그만두었다. 몇 달 뒤에는 동도유수東都留守와 하남윤으로서 어사대부를 겸임했다.

노생은 결혼한 후로 지금까지 20년이 지나는 동안 7남 3녀를 두어 그들의 결혼과 벼슬이 모두 뜻대로 이루어졌으며, 손자와 외손자가 열 명이었다. 나중에 노생은 외출하여 옛날에 앵두를 들고 있는 하녀를 만났던 정사의 문에 이르렀는데, 다시 보니 그 안에서 스님이 속강을 하고 있기에 마침내 말에서 내려 예를 갖춰 뵈었다. 노생은 재상을 지낸 고귀한 신분에 단규端揆(정무를 바르게 헤아린다는 뜻으로 재상에 대한 별칭)와 유수의 중요한 직책에 있었으므로, 앞뒤로 수행한 사람들이 많았으며 그 행렬이 지극히 존귀하고 성대했다. 그의 고귀함과 자부심은 좌우 사람들을 압도했다. 노생은 불전에 올라

예불하다가 홀연히 취한 듯이 혼미해져서 한참 동안 일어나지 못했다. 그때 노생의 귀에 속강하는 스님이 부르는 소리가 들렸다.

"단월檀越(시주施主)은 어찌하여 이토록 오랫동안 일어나지 않습니까?"

그 소리에 노자는 갑자기 꿈에서 깨어났는데, 자신을 둘러보니 흰 적삼을 입은 차림새가 20년 전의 예전 그대로였으며 앞뒤로 있던 관리들은 한 명도 보이지 않았다. 노자는 당황하여 멍한 상태로 천천히 정사 문을 나와서 보았더니, 어린 노복이 나귀를 잡고 모자를 든 채 문밖에 서 있다가 노자에게 말했다.

"사람과 나귀가 모두 배가 고픈데 나리께서는 어찌하여 그토록 오랫동안 나오지 않으셨습니까?"

노자가 시간을 물었더니 노복이 말했다.

"정오가 다 되어갑니다."

노자는 망연히 탄식하며 말했다.

"인간 세상의 영화와 궁달, 부귀와 빈천 역시 응당 꿈과 같으니, 지금 이후로 다시는 관리의 영달을 바라지 않으련다!"

노자는 마침내 선도仙道를 찾아 떠나 인간 세상에서 종적을 감추었다.

무격巫覡

이 범주는 무당과 도술사에 관한 이야기를 모아놓았다. 궁중 무사巫師나 민간 무당의 주술적 행위를 다룬 '무巫'류, 마술과도 같은 기상천외한 술수로 사람들을 홀리는 도술사들의 이야기인

'환술幻術'류, 요사스럽고 망령된 언행으로 사람들을 속이는 일을 다룬 '요망妖妄'류가 포함된다. 그중에서 '무'류에는 주문으로 재액을 물리치는 이야기인 '엽주厭呪' 항목이 부가되어 있다.

「판교삼낭자板橋三娘子」[38]
— 사람을 나귀로 둔갑시키는 술법

당나라 변주汴州 서쪽에 판교점板橋店이 있었다. 판교점의 여주인 삼낭자는 어디서 왔는지 모르지만, 혼자 살고 나이는 서른 살쯤 되었으며 자식도 없고 친척도 없었다. 그녀는 몇 칸짜리 집을 소유하고서 음식을 팔아 먹고살았지만, 집안 살림은 매우 부유했으며 나귀 등 가축도 많았다. 그곳을 왕래하던 관청이나 개인의 수레 중에서 미처 말이나 나귀를 바꿔 대지 못하는 경우가 생기면, 삼낭자는 곧장 자신의 가축을 싸게 팔아서 그들의 어려움을 구해주었다. 그래서 사람들은 모두 그녀가 덕행을 지녔다고 말했으며, 일부러 먼 곳과 가까운 곳의 여행자들이 대부분 그녀의 객점에 투숙했다.

원화元和 연간(806~820)에 허주許州에서 온 길손 조계화趙季和는 장차 동도東都(낙양)로 가는 길에 이곳을 지나다가 판교점에 투숙했다. 손님 중에서 먼저 도착한 예닐곱 명이 모두 편안한 평상을 차지하고 있었다. 조계화는 나중에 도착했기에 가장 깊숙한 곳에 있는 평상 하나를 얻었는데, 그 평상은 여주인 방의 벽과 맞닿아 있었다. 얼마 후에 삼낭자는 손님들에게 성대한 음식을 대접했는데, 밤이 깊어지자 술을 차려와서 손님들과 함께 매우 즐겁게 마셨다. 조계화는 본디 술을 마시지 않았지만 그래도 그들 틈에 끼어 담소했다. 이경쯤 되었

官物不足疑者乃謂媚兒曰爾能令諸車皆
入此中乎媚兒曰許之則可網曰且試之媚
兒乃微側瓶口盡喝諸車輅輅相繼悉入瓶
中歷歷如行蟻有頃漸不見媚兒即跳身入
瓶中綱乃大驚遽取撲破求之一無所有從
此失媚兒所在後月餘日有人於清河北逢
媚兒部領車乘趨東平而去是時李師道為
東平帥也 出河東記

板橋三娘子

唐汴州西有板橋店店娃三娘子者不知何

「판교삼낭자」편(『태평광기상절』 권25)

을 때 손님들은 취하고 피곤하여 각자 잠을 자러 갔다. 삼낭자도 방으로 돌아가 문을 잠그고 촛불을 껐다. 사람들은 모두 깊이 잠들었지만, 조계화는 혼자 뒤척이면서 잠들지 못했다. 그때 벽 너머에서 삼낭자가 부스럭대는 소리가 들렸는데 마치 무슨 물건을 움직이는 소리 같았다. 조계화가 우연히 벽 틈으로 엿보았더니, 삼낭자가 엎어놓은 그릇 밑에서 초를 꺼내 불을 붙였다. 그런 다음에 수건상자 속에서 쟁기 하나와 각각 6~7촌 크기의 목우木牛와 목인木人 하나씩을 꺼내 부뚜막 앞에 놓아두고 물을 머금어 그것들에 뿜었다. 그러자 목우와 목인이 곧장 걸어다녔으며, 목인은 목우를 끌고와서 쟁기를 맨 뒤에 침상 앞의 조그만 땅을 갈면서 여러 차례 왔다갔다했다. 삼낭자는 또 상자 속에서 메밀 씨 한 봉지를 꺼내 목인에게 주어 파종하게 했다. 잠시 후 싹이 나고 꽃이 피어 메밀이 여물자, 삼낭자는 목인에게 그것을 베고 탈곡하게 하여 7~8되의 메밀을 얻었다. 삼낭자는 또 작은 맷돌을 놓아두고 메밀을 갈아 가루로 만든 뒤에 목인 등을 도로 상자 속에 집어넣었다. 그러고는 즉시 메밀가루로 소병燒餠 여러 개를 만들었다. 잠시 후 닭이 울고 손님들이 길을 떠나려 할 때, 삼낭자는 먼저 일어나 등불을 켜고 새로 만든 소병을 식탁 위에 차려서 손님들에게 간식으로 대접했다. 조계화는 두근거리는 가슴으로 황급히 작별인사를 한 뒤, 문을 열고 떠나 몰래 문밖에서 안을 엿보았다. 손님들은 식탁에 둘러앉아 소병을 다 먹기도 전에 갑자기 한꺼번에 땅에 쓰러지더니, 나귀 울음소리를 내면서 순식간에 모두 나귀로 변해버렸다. 삼낭자는 그들을 모두 몰아 객점으로 들여보낸 뒤 그들의 재물을 몽땅 가로챘다. 조계화는 그 사실을 다른 사람에게 말하지 않았으며, 마음속으로 은밀히 그녀의 술법을 흠모했다.

한 달 남짓 지난 뒤에 조계화는 동도에서 돌아오는 길에 장차 판교점에 이르게 되자, 미리 메밀 소병을 이전에 삼낭자가 만든 것과 같은 크기로 만들었다. 조계화가 그곳에 도착한 뒤 다시 판교점에 투숙하자, 삼낭자는 예전처럼 매우 반갑게 맞이했다. 그날 저녁에는 더이상 다른 손님이 없었기에 여주인은 더욱 성대하게 그를 대접했다. 밤이 깊어지자 삼낭자가 조계화에게 필요한 게 있는지 넌지시 물었더니, 조계화가 말했다.

"내일 새벽에 길을 떠날 때 되는대로 간식을 준비해주었으면 하오."

삼낭자가 말했다.

"그 일이라면 걱정하지 말고 편안히 주무시기만 하세요."

한밤중 후에 조계화가 몰래 엿보았더니 삼낭자는 이전에 했던 대로 똑같이 했다. 날이 밝자 삼낭자는 음식을 차려왔는데, 과연 소병 몇 개를 소반에 담아온 뒤, 다시 다른 물건을 가지러 갔다. 조계화는 그 틈에 달려가서 자기가 미리 준비해온 소병으로 하나를 바꿔치기 했으나, 그녀는 알아차리지 못했다. 조계화는 출발하기 전에 간식을 먹으러 가서 삼낭자에게 말했다.

"마침 내가 가져온 소병도 있으니, 주인장의 소병은 거두어가서 남겨두었다가 다른 손님에게 대접하시오."

그러고는 즉시 자신이 준비해온 소병을 집어들어 먹었다. 막 먹고 있을 때 삼낭자가 차를 내오자 조계화가 말했다.

"주인장도 내가 가져온 소병 한 쪽을 맛보시오."

그러고는 미리 바꿔치기한 소병을 골라 그녀에게 줘서 먹게 했다. 삼낭자는 그 소병을 입에 넣자마자 땅에 엎드려 나귀 울음소리를 내면서 즉시 나귀로 변했는데 아주 건장했다. 조계화는 곧바로 그것을 타고 길을 떠났으며, 아울러 목인과 목우 등도 모두 가지고 갔다. 그러나 그는 그녀의 술법을 터득하지 못하여 시험해보았으나 성공하지 못했다. 조계화는 삼낭자가 변신한 나귀를 타고 다른 곳을 두루 돌아다녔는데, 한번도 길이 막히거나 길을 잃은 적이 없었으며 하루에 100리를 다녔다.

4년 뒤에 조계화는 그 나귀를 타고 동관潼關으로 들어가 화악묘華岳廟 동쪽으로 5~6리쯤 갔다가 길옆에서 갑자기 한 노인을 만났는데, 그 노인이 박장대소하며 말했다.

"판교점의 삼낭자가 어쩌다가 이런 몰골이 되었나?"

그러고는 나귀를 붙잡고 조계화에게 말했다.

"그녀에게 비록 잘못이 있긴 하지만 그녀가 그대를 만난 것도 참으로 불행이구려! 그녀가 정말 가련하니 이젠 풀어주시오."

노인이 나귀의 입과 코 주위부터 두 손으로 벗겨냈더니 삼낭자가 가죽 속에서 뛰어나왔는데, 완연히 본래 모습으로 돌아와 있었다. 삼낭자는 노인에게 감사의 절을 올린 뒤 달아났는데, 어디로 갔는지 다시는 알 수 없었다.

『하동기河東記』

귀신

이 범주는 다양한 귀신과 요괴에 관한 이야기를 모아놓았다. 주로 산천신과 사당신에 관한 이야기를 모은 '신神'류, 온갖 종류의 도깨비 이야기를 모은 '귀鬼'류, 험상궂고 무시무시하게 생긴 불교 귀신 이야기를 모은 '야차夜叉'류, 영혼과의 사랑 이야기를 모은 '신혼神魂'류, 요상한 괴물 이야기를 모은 '요괴妖怪'류, 오래된 물건이나 짐승·초목 등이 사람으로 변한 이야기를 모은 '정괴精怪'류, 신령스럽고 괴이한 일을 다룬 '영이靈異'류가 포함된다. 그중에서 '신'류에는 사신邪神에게 제사시내는 이야기인 '음사淫祀' 항목이, '요괴'류에는 사람이 요괴로 둔갑한 이야기인 '인요人妖' 항목이 부가되어 있다. 또한 '정괴'류는 정괴의 본래 정체에 따라 일상생활에서 사용하는 여러 기물이 사람으로 변한 경우인 '잡기용雜器用', 인형이 변한 경우인 '우상偶像', 장례물품이 변한 경우인 '흉기凶器', 불이 변한 경우인 '화火', 흙무더기가 변한 경우인 '토土'로 나뉘어 있다.

「신귀新鬼」[39]
— 신참 귀신의 눈물겨운 음식 구걸

어떤 갓 죽은 신참 귀신이 있었는데, 그는 몸이 수척하고 피곤에 지쳐 있었다. 한번은 그가 생전의 친구를 문득 만났는데, 그 친구는 죽은 지 20년이나 되었지만 살이 찌고 건강했다. 서로 안부를 묻고 나서 친구가 말했다.

"자네는 어찌 이 모양인가?"

신참 귀신이 말했다.

"나는 배가 고파서 도무지 견딜 수가 없네. 자네는 먹을 것을 얻는 여러 방법을 알고 있을 테니 당연히 나한테도 가르쳐주어야지."

친구 귀신이 말했다.

"그거야 정말 쉬운 일이지. 사람들에게 괴이한 짓을 하기만 하면 그들은 필시 몹시 두려워하면서 자네에게 음식을 줄 걸세."
그래서 신참 귀신이 큰 마을의 동쪽으로 들어갔더니 부처님을 극진히 모시는 집이 있었다. 그 집의 서쪽 행랑채에 맷돌이 있자 신참 귀신은 곧장 가서 사람이 하는 것처럼 그 맷돌을 돌렸다. 그랬더니 집주인이 자식들에게 말했다.
"부처님께서 우리 집이 가난한 것을 불쌍히 여기시어 귀신에게 맷돌을 돌리게 하시나 보구나!"
그러고는 보리를 날라다 맷돌에 부었다. 신참 귀신은 저녁까지 여러 곡斛(1곡은 10말)의 보리를 갈고 피곤에 지쳐서 떠났다. 그래서 신참 귀신은 친구 귀신에게 욕을 했다.
"자네는 어찌하여 날 속였는가?"
친구 귀신이 말했다.
"한 번만 더 가보면 틀림없이 음식을 얻게 될 걸세."
신참 귀신은 다시 마을의 서쪽으로 가서 한 집으로 들어갔는데, 그 집은 도교를 신봉하고 있었다. 문 옆에 디딜방아가 있자 신참 귀신은 곧장 그 위로 올라가서 사람이 하는 것처럼 방아를 찧었다. 그러자 집주인이 말했다.
"어제는 귀신이 아무개를 도와주었다더니 오늘은 또 날 도와주려고 왔으니, 곡식을 가져와 빻게 해야겠군."
그러고는 또 하녀에게 곡식을 키질하고 체로 치게 했다. 저녁이 되어 신참 귀신은 힘이 빠져 몹시 피곤했지만 집주인은 그에게 음식을 주지 않았다. 신참 귀신은 저물녘에 돌아와 친구 귀신에게 버럭 화를 내며 말했다.

"나는 자네의 인척으로 보통 관계가 아니거늘 어찌하여 날 속였는가? 이틀 동안 사람을 도와주었지만 음식 한 그릇도 얻어먹지 못했네."

친구 귀신이 말했다.

"자네는 운이 없었을 뿐이네. 그 두 집은 불교와 도교를 신봉하기 때문에 그들을 놀라게 하기가 어려웠던 것이네. 이번에는 일반 백성의 집을 찾아가 괴이한 짓을 부리면 반드시 음식을 얻게 될 걸세."

신참 귀신은 다시 나가서 한 집을 찾았는데 대문 입구에 대나무 장대가 세워져 있었다. 문안으로 들어가서 보았더니 한 무리의 여자들이 창 앞에서 함께 식사하고 있었다. 신참 귀신이 뜰 안으로 들어가자 흰 개 한 마리가 있기에 곧장 그 개를 안고 공중을 다녔더니 그 집 식구들이 크게 놀라 말했다.

"지금껏 이런 괴이한 일은 없었다!"

그래서 무당에게 점을 쳐보았더니 무당이 말했다.

"어떤 객귀客鬼가 음식을 구하고 있으니, 개를 잡고 맛있는 과일과 술과 밥을 차려 뜰에서 제사를 지내면 별 탈 없을 것이오."

그 집에서 무당의 말대로 하여 신참 귀신은 과연 배불리 먹을 수 있었다. 그후로도 신참 귀신은 늘 괴이한 짓을 했는데, 이는 친구 귀신이 가르쳐준 것이었다.

『유명록幽明錄』

「왕주王宙」[40]

—영혼과의 사랑, 천녀유혼倩女遊魂

당나라 천수天授 3년(692)에 청하淸河 사람 장일張鎰은 관직 때문에 형주衡州에서 살았다. 장일은 성격이 얌전하고 조용하여 알고 지내는 친구도 적었다. 그는 아들은 없고 딸만 둘이 있었는데, 큰딸은 일찍 죽었고 작은딸 천낭倩娘은 비할 데 없이 단정하고 고왔다. 장일의 외조카인 태원太原 사람 왕주는 어려서부터 총명했으며 용모가 매우 빼어났기 때문에 장일은 늘 그를 매우 아껴서 매번 이렇게 말했다.

"훗날 틀림없이 천낭을 네 처로 주마."

후에 두 사람은 각각 자라서 성인이 되어 오매불망 서로를 그리워했지만, 집안사람들은 아무도 그것을 알아차리지 못했다.

후에 장일의 막료 중에서 관리 선발에 응시한 자가 천낭에게 청혼하자 장일은 곧바로 허락했다. 그 소식을 들은 천낭은 몹시 울적했으며 왕주도 원망에 사무쳤다. 왕주가 이부吏部에서 주관하는 관리 선발에 참여해야 한다면서 도성으로 가길 청하자 장일도 더이상 그를 붙잡을 수 없음을 알고 여비를 넉넉하게 주면서 그를 떠나보냈다.

왕주는 속으로 원망을 품은 채 비통해하면서 장일과 이별하고 배에 올라탔다. 날이 저물었을 때 왕주는 산곽山郭(산 밑의 성에 둘러싸인 마을)에서 몇 리 떨어진 곳에 이르렀다. 왕주는 한밤중이 되도록 잠을 이루지 못하고 있었는데, 그때 갑자기 강 언덕에서 누군가의 급한 발걸음 소리가 나더니 곧장 배가 있는 곳까지 왔다. 왕주가 누구냐고 묻자 천낭이라고 했는데, 그녀는 맨발로 걸어서 온 것이었다. 왕주가 미칠 듯이 기뻐하면서 천낭의 손을 잡고 어찌된 영문인지 물었더니 천낭이 울면서 말했다.

"당신의 두터운 정이 이와 같으니, 자나 깨나 당신을 그리워했어요. 지금 부친께서 저의 마음을 빼앗으려 하지만, 저는 당신의 깊은 정이 변하지 않음을 알고 있었기 때문에 이렇게 도망쳐서라도 당신의 은혜에 보답해야겠다고 생각했습니다. 그래서 부모님 몰래 도망쳐 나와 당신에게 달려온 것입니다."

왕주는 뜻밖에도 바라던 바였으므로 뛸 듯이 기뻐하며 결국 천낭을 배에 숨기고 그날 밤으로 달아났다.

왕주는 길을 재촉하여 급히 내달려서 몇 개월 만에 촉 땅에 도착했다. 왕주와 천낭은 5년 동안 함께 살면서 아들 둘을 낳고, 장일과는 소식을 끊고 살았다. 그러나 천낭은 늘 부모님을 생각하면서 눈물을 흘리며 말했다.

"제가 지난날 당신을 저버릴 수 없어서 예법을 버리고 당신을 따라 도망쳐서 지금까지 5년 동안 부모님과 떨어져 지냈으니, 세상 천지에 무슨 낯으로 살아갈 수 있겠습니까?"

왕주는 그녀를 가련하게 여기면서 말했다.

"곧 돌아갈 테니 괴로워 마시오."

그리하여 두 사람은 함께 형주로 돌아왔다. 형주에 도착하자 왕주는 먼저 혼자 장일의 집으로 찾아가 이전의 일에 대해 머리 숙여 사죄했다. 그러자 장일이 말했다.

"천낭이 규방에 병들어 누워 있는지가 몇 년째이거늘, 자네는 어찌하여 그런 터무니없는 말을 하는가?"

왕주가 말했다.

"천낭은 지금 배 안에 있습니다."

그 말에 깜짝 놀란 장일은 급히 사람을 보내 어찌된 일인지 확인해

보게 했다. 하인이 가서 보았더니 천낭이 정말 배 안에 있었는데, 그녀는 환하고 기쁜 얼굴로 심부름 온 사람에게 물었다.

"아버님께서는 잘 계시느냐?"

하인은 깜짝 놀라 얼른 집으로 달려가서 장일에게 그 사실을 보고했다. 그때 방안에 있던 천낭이 그 이야기를 듣고 기뻐하며 일어나더니 화장을 하고 옷을 갈아입은 뒤 웃으면서 아무런 말도 하지 않고 밖으로 나와 그녀를 맞이했다. 그 순간 갑자기 두 사람이 합쳐져 한몸이 되면서 저고리와 치마까지 모두 겹쳐졌다. 장일의 집안에서는 부정한 일이라 생각해서 그 일을 비밀로 부쳤는데, 친척들 중에는 은밀히 그 사실을 안 사람도 있었다. 40년 뒤에 부부는 모두 죽었고 두 아들은 모두 효렴孝廉으로 과거에 합격해서 벼슬이 현승과 현위에까지 이르렀다.

이 이야기는 진현우陳玄祐의 『이혼기離魂記』에서 나왔다고 한다. 진현우는 어려서부터 늘 이 이야기를 들었는데, 이야기마다 차이가 많아 어쩌면 거짓말일지도 모른다고 생각했다. 대력大曆 연간(766~780) 말에 진현우는 내무현령萊蕪縣令 장중규張仲覌를 만났는데, 장중규가 이야기의 자초지종을 모두 말해주었다. 장일은 바로 장중규의 당숙이었다. 장중규가 아주 자세하게 말해주었기 때문에 진현우가 이렇게 기록하게 되었다.

『이혼기離魂記』

「원무유元無有」[41]

— 다듬이방망이, 등잔대, 두레박, 깨진 솥의 정괴

당나라 보응寶應 연간(762~763)에 원무유라는 사람이 있었다. 그가 한번은 중춘仲春(음력 2월) 말에 혼자 유양維揚(양주揚州의 별칭)의 교외를 거닐고 있었는데, 날이 저물 때쯤 비바람이 크게 몰아쳤다. 당시는 병란으로 황폐해진 뒤여서 피난 간 가구들이 많았기 때문에 원무유는 길옆의 빈집으로 들어갔다. 잠시 후에 비바람이 그치고 기운 달이 막 나왔다. 원무유가 북쪽 창가에 앉아 있었는데, 갑자기 서쪽 복도에서 사람들이 지나가는 소리가 들렸다. 얼마 되지 않아서 달빛 속에 네 사람이 나타났는데, 그들은 의관이 모두 특이했고 서로 즐겁게 얘기하며 매우 유창하게 시를 읊조렸다. 그러다가 그중 한 사람이 말했다.

"오늘밤은 가을날과 같고 경치가 이처럼 아름다우니, 우리가 어찌 각자 한마디씩 하여 평생의 일을 펼쳐보지 않을 수 있겠는가?"

첫번째 사람이 곧장 뭐라고 말했는데, 그 읊조리는 소리가 매우 낭랑하여 원무유는 모두 다 알아들을 수 있었다. 첫번째로 의관을 갖춘 키 큰 사람이 먼저 읊었다.

> 제齊나라 비단과 노魯나라 명주는 눈서리처럼 흰데,
> 저 맑고 높이 울려퍼지는 소리는 내가 내는 소리라네.

두번째로 검은 의관에 키가 작고 못생긴 사람이 시를 읊었다.

> 좋은 손님 맞아 멋진 연회 열리는 맑은 밤에,

밝게 빛나는 등불은 내가 들고 있다네.

세번째로 낡은 누런 의관에 역시 키가 작고 못생긴 사람이 시를 읊었다.

맑고 시원한 샘물 아침 기다려 길어내니,
뽕나무밧줄 매어 당기며 늘 들락날락하네.

네번째로 오래된 검은 의관을 갖춘 사람이 시를 읊었다.

장작 때고 물 담아 지지고 볶으니,
남의 입과 배 채우는 것은 나의 수고라네.

원무유도 이 네 사람을 이상하게 여기지 않았고, 네 사람도 원무유가 집 안에 있는 것을 걱정하지 않았다. 그들은 번갈아 자신들의 시를 칭찬하면서 자부심이 대단했는데, 비록 완사종阮嗣宗(완적阮籍)[42]의 「영회시詠懷詩」일지라도 그보다 나을 수 없다고 여기는 것 같았다. 네 사람은 날이 샐 무렵에 원래 장소로 돌아갔는데, 원무유가 곧 그들을 찾아보았으나 집 안에는 오래된 다듬이방망이, 등잔대, 두레박, 깨진 솥만 있을 뿐이었다. 그래서 원무유는 그 네 사람이 바로 이 물건들이 변한 것임을 알았다.

『현괴록玄怪錄』

생사生死

이 범주는 삶과 죽음에 관한 이야기를 모아놓았다. 이미 죽은 사람이 여러 경로를 통해 다시 살아나는 이야기인 '재생再生'류, 무의식중에 자신의 전생을 깨달아 전생의 일을 정확히 알아맞히는 이야기인 '오전생悟前生'류, 망자의 무덤에서 나타난 갖가지 기이한 일을 다룬 '총묘塚墓'류, 망자의 무덤 속에 부장된 명문銘文의 영험함을 다룬 '명기銘記'류로 나뉘어 있다.

「손회박孫廻璞」[43]
— 복덕을 많이 쌓은 덕에 죽음을 면한 사람

당나라 전중시의殿中侍醫 손회박은 제음濟陰 사람이다. 정관貞觀 13년(639)에 그는 어가 행차를 따라 구성궁九成宮 삼선곡三善谷으로 갔는데, 그 이웃에 위징魏徵의 집이 있었다.

어느 날 밤 이경에 손회박은 밖에서 어떤 사람이 '손시의(손회박)'를 부르는 소리를 들었다. 손회박은 그 사람이 위징의 명을 받고 온 것이라고 생각하여 나가보았더니, 두 사람이 손회박에게 말했다.

"관부에서 부르십니다."

손회박이 말했다.

"나는 걸어서 갈 수 없소."

그러자 그들은 즉시 말을 가져와 손회박을 태웠다. 손회박은 두 사람을 따라갔는데, 이내 천지가 대낮처럼 환하게 밝아지는 것을 느끼면서 괴이하다고 생각했지만 감히 말은 하지 못했다. 그들은 삼선곡을 벗어나 조당朝堂의 동쪽을 거쳐 다시 동북쪽으로 6~7리쯤 가서 목숙곡苜蓿谷에 도착했다. 멀리서 보았더니 두 사람이 한봉방韓鳳方을 붙잡고 가면서 손회박을 데려가고 있는 두 사람에게 말했다.

"너희들은 잘못 잡아왔다. 잡아야 할 사람은 바로 이 사람이니 너희는 마땅히 그를 놓아주어야 한다."

그러자 손회박을 데려가던 두 사람이 즉시 손회박을 놓아주었다.

손회박은 왔던 길을 따라 돌아갔는데, 평상시에 다녔던 곳과 조금도 다름이 없었다. 손회박은 집에 도착한 뒤에 말을 매어놓고 보았더니 하녀가 문 앞에서 잠들어 있었는데, 그녀를 불렀으나 대답이 없었다. 그래서 하녀를 넘어 문으로 들어가서 보았더니 자신의 몸이 부인과 함께 잠자고 있기에 다가가려고 했지만 그럴 수 없었다. 할 수 없이 남쪽 벽에 서서 큰소리로 부인을 불렀지만 부인은 끝내 대답이 없었다. 둘러보았더니 집 안은 굉장히 밝았고 벽모서리에 쳐진 거미줄에 파리 두 마리가 걸려 있었는데, 한 마리는 크고 한 마리는 작았다. 또 보았더니 대들보 위에 놓아두었던 약물도 아주 분명하게 보였지만, 오직 침상으로 다가갈 수만은 없었다. 손회박은 자신이 죽은 것을 알고 몹시 괴로워하면서 부인과 작별도 할 수 없다는 사실이 한스러웠다. 그는 남쪽 벽에 기대선 채로 한참 있다가 언뜻 잠이 들었는데, 갑자기 놀라 깨어나 보니 자신이 이미 침상 위에 누워 있었으며, 집 안이 컴컴하여 보이는 것이 없었다. 그래서 손회박은 부인을 불러서 일어나 불을 켜게 했는데, 그때 그는 온몸에 식은땀이 흥건했다. 그가 일어나서 보았더니 거미줄은 방금 전에 보았던 것과 분명히 다르지 않았고 말도 땀을 마구 흘리고 있었다. 한봉방은 바로 그날 밤에 갑자기 죽었다.

그후 정관 17년(643)에 손회박은 칙명을 받들어 역마를 타고 급히 제주齊州로 가서 제왕齊王 이우李佑의 병을 치료했다. 그가 돌아오는 길에 낙주洛州 동쪽의 효의역孝義驛에 이르렀을 때, 갑자기 한 사람이 찾아와서 물었다.

"당신이 손회박이십니까?"

손회박이 말했다.

"그렇습니다만, 당신은 어찌하여 물으십니까?"

그 사람이 대답했다.

"나는 귀신인데, 위태감魏太監께서 당신을 데려와 기실記室(문서를 관장하는 관리)로 삼고자 하십니다."

그러면서 서찰을 꺼내 손회박에게 보여주었다. 손회박이 보았더니 바로 위징이 서명한 것이었다. 손회박이 깜짝 놀라며 말했다.

"정국공鄭國公(위징)은 아직 죽지 않았는데 어찌하여 당신을 보내 서찰을 전하게 했단 말입니까?"

귀신이 말했다.

"정국공은 이미 죽어서 지금 태양도록태감太陽都錄太監으로 계시는데, 나를 보내 당신을 불러오게 하셨습니다."

손회박이 귀신을 잡아끌며 앉아서 함께 식사하자고 청하자, 귀신은 매우 기뻐하며 감사했다. 손회박이 귀신에게 부탁했다.

"나는 칙명을 받들고 사신으로 갔다가 아직 조정으로 돌아가지 못한 상태이니, 정국공이 지금 나를 데려가는 것은 마땅치 않습니다. 내가 도성으로 돌아가서 맡은 일을 모두 상주한 뒤에 정국공의 명을 따라도 되겠습니까?"

귀신이 그렇게 하라고 허락했다. 그래서 그들은 낮에는 함께 가고 밤에는 함께 잤다. 마침내 문향閿鄕에 도착했을 때 귀신이 손회박에게 작별하며 말했다.
"나는 지금 먼저 떠나 관關(동관潼關)을 통과한 후에 당신을 기다리겠습니다."
다음날 손회박이 관을 통과하여 서문으로 나가서 보았더니, 귀신이 이미 서문 밖에 와 있었다. 그들이 다시 함께 떠나 자수滋水에 도착했을 때 귀신이 또 손회박에게 작별하며 말했다.
"기다렸다가 당신이 맡은 일을 다 상주하고 나면 다시 만나기로 합시다. 당신은 냄새나는 음식을 먹지 말도록 하십시오."
손회박은 그렇게 하겠다고 했다.
손회박이 맡은 일을 상주하고 나서 위징을 찾아갔더니 그는 이미 죽어 있었다. 그가 죽은 날을 따져보았더니 바로 손회박이 효의역에 도착하기 전날이었다. 손회박은 자신이 반드시 죽을 것이라고 생각하여 가족들과 작별했으며, 스님을 모셔와 불사佛事를 행하면서 불상을 주조하고 불경을 베껴 썼다. 6~7일쯤 지났을 때 손회박의 꿈에서 이전에 만났던 귀신이 와서 부르더니 그를 데리고 높은 산으로 올라갔는데, 산꼭대기에 커다란 궁전이 있었다. 그곳으로 들어가서 보았더니 여러 군자들이 그를 맞이하며 말했다.
"이 사람은 복덕을 쌓았으므로 이곳에 머물게 할 수 없으니 돌려보내는 것이 좋겠소."
그러고는 곧장 손회박을 떠밀어 산 아래로 떨어뜨렸다.
그리하여 손회박은 놀라 깨어났으며, 지금까지 별 탈 없이 지내고 있다.

『명상기冥祥記』

자연

이 범주는 산천지리와 거기에서 나는 보물에 관한 기이한 이야기를 모아놓았는데, '뇌雷'류, '우雨'류, '산山'류, '석石'류, '수水'류, '보寶'류가 포함된다. 그중에서 '우'류에는 '풍風'과 '홍虹'(무지개) 항목이, '산'류에는 '계溪'(시내) 항목이, '석'류에는 신비한 언덕과 모래를 다룬 '파사坡沙' 항목이, '수'류에는 '정井'(우물) 항목이 부가되어 있다. 또한 '보'류는 '금金' '수은水銀' '옥玉' '잡보雜寶'로 나뉘어 있고, 마지막에 '전錢'과 '기물奇物' 항목이 부가되어 있다.

「여생呂生」[44]

— 분신술을 부린 수은의 정령

당나라 대력大曆 연간(766~779)에 여생이란 사람이 회계군會稽郡 상우현위上虞縣尉로 있다가 임기가 만료되어 새 관직을 임명받기 위해 도성으로 왔는데, 일이 끝난 후에 영숭리永崇里에서 잠시 기거했다. 한번은 어느 날 밤에 친구 몇 명과 함께 그의 집에 모여서 식사를 했다. 식사를 끝내고 막 잠자리에 들려고 할 때, 갑자기 얼굴과 의복이 새하얗고 키가 2척쯤 되는 한 노파가 집의 북쪽 모퉁이에서 나와 천천히 걸어왔는데 그 모습이 아주 이상했다. 사람들은 노파를 보고 서로 쳐다보며 웃었다. 그러자 노파는 그들의 평상으로 점점 다가오더니 말했다.

"당신들의 좋은 모임에 한 번 초대하지는 못할망정 어찌하여 날 이렇게 박대하시오?"

여생이 노파를 꾸짖자 노파는 마침내 물러나 북쪽 모퉁이로 가더니 금세 사라져 보이지 않았다. 사람들은 놀랍고도 이상했지만 노파가 어디에서 왔는지 알 수 없었다.

다음날 여생이 혼자 방에서 깨어 있을 때 그 노파가 북쪽 모퉁이에서 또 나타났는데, 앞으로 오려다가 다시 물러나면서 마치 두려운 것이라도 있는 것처럼 당황해했다. 여생이 또 노파를 꾸짖자 노파는 사라졌다. 다음날 여생은 곰곰이 생각했다.

"그 노파는 틀림없이 요괴일 것이다. 오늘 저녁에도 다시 올 것이니 만약 그녀를 없애지 않으면 필시 아침에 저녁을 기약하지 못할 근심거리가 나에게 생길 것이다."

그러고는 즉시 하인에게 검 한 자루를 가져오라고 명하여 평상 아래에 놓아두었다. 그날 저녁에 과연 노파가 북쪽 모퉁이에서 천천히 걸어나왔는데 두려워하는 기색이 없었다. 노파가 평상 앞으로 왔을 때 여생이 검을 휘두르자, 노파는 갑자기 평상으로 올라오더니 팔로 여생의 가슴을 찔렀다. 그런 다음에 노파는 좌우를 뛰어다니며 소매를 들어 춤을 추었다. 한참 후에 또 한 노파가 갑자기 평상으로 올라오더니 다시 팔로 여생을 찔렀다. 그 순간 여생은 갑자기 몸에 서리를 뒤집어쓴 것처럼 온몸에 섬뜩한 기운이 느껴졌다. 여생이 또 검을 마구 휘둘렀더니, 순식간에 여러 명의 노파가 따라나와 춤을 추었다. 여생이 계속해서 검을 휘두르자, 각각 키가 1촌쯤 되는 10여 명의 노파가 생겨났다. 노파들은 갈수록 많아졌지만 그 모습이 똑같아서 전혀 분간할 수 없었다. 노파들이 사방 담을 돌며 뛰어다녔지만 여생은 너무 두려워서 도무지 방법을 생각해낼 수 없었다. 그중의 한 노파가 여생에게 말했다.

"우리들이 하나로 합쳐질 테니 당신은 잘 보도록 하시오."

말을 마치고는 서로 바라보며 나와 모두 평상 앞에 이르더니 감쪽같이 합쳐져서 다시 한 명의 노파가 되었는데 처음 보았던 노파와 다름이 없었다. 여생은 더욱 몹시 두려워하면서 노파에게 말했다.

"너는 어떤 요괴이기에 감히 이처럼 살아 있는 사람을 괴롭히느냐? 당장 속히 떠나거라! 그렇지 않으면 내가 방사를 불러와 신령한 도술로 너를 제압할 것이니, 그러면 네가 또한 어떻게 술수를 부릴 수 있겠느냐?"

노파가 웃으며 말했다.

"당신의 말씀이 지나치시오. 만약 술사術士가 있다면 내가 그를 보고 싶소. 내가 찾아온 것은 당신과 놀려는 것일 뿐 감히 해치려는 것이 아니니 당신은 두려워 마시길 바라오. 이제 나도 내 처소로 돌아가겠소."

그러고는 말을 마치고 북쪽 모퉁이로 물러가더니 사라졌다.

다음날 여생은 그 일을 다른 사람에게 말했다. 성이 전씨田氏인 어떤 사람은 부록술符籙術(주문이나 부적으로 액막이를 하는 술법)로 요괴를 제거하는 데 뛰어나서 그 명성이 장안長安에 알려져 있었다. 그는 여생의 말을 듣고 뛸 듯이 기뻐하며 말했다.

"그건 내 일이오! 그 요괴를 제거하는 것은 개미를 손톱으로 누르는 것처럼 간단하오. 오늘 저녁에 그대의 집으로 가서 기다려보았으면 하오."

밤이 되어 여생과 전씨가 함께 방안에 앉아 있었더니, 얼마 지나지 않아 그 노파가 과연 나와서 평상 앞에 이르렀다. 그러자 전씨가 꾸짖으며 말했다.

"요괴는 속히 물러가거라!"

하지만 노파는 의기양양한 기색으로 좌우를 돌아보지도 않은 채 천천히 거닐면서 한참 동안 왔다갔다하더니 이윽고 전생(전씨)에게 말했다.

"나라는 사람은 그대가 알 수 있는 바가 아니오."

그러고는 갑자기 손을 휘두르자 손이 바닥으로 떨어져 또 한 명의 아주 작은 노파로 변했는데, 그 노파가 평상으로 뛰어올라가더니 갑자기 전생의 입속으로 들어갔다. 그러자 전생이 경악하며 말했다.

"아이고! 나 죽네!"

노파가 여생에게 말했다.

"내가 일전에 당신을 해치지 않겠다고 말했지만 당신은 듣지 않았소. 지금 전생이 이렇게 병들었으니 과연 어떠하오? 하지만 그래도 장차 그대를 부자로 만들어주겠소."

노파는 말을 마친 뒤 다시 떠나갔다.

다음날 어떤 사람이 여생에게 북쪽 모퉁이를 파보면 어찌된 영문인지 알 수 있을 것이라고 말했다. 여생은 기뻐하며 집으로 돌아가서 하인에게 노파가 사라진 곳을 파보라고 했다. 1장丈도 채 파지 않았을 때 과연 1곡(10말) 정도 들어갈 병이 하나 나왔는데, 그 속에 아주 많은 수은이 담겨 있었다. 여생은 그제야 그 노파가 바로 수은의 정령이었음을 깨달았다. 전생은 결국 오한으로 덜덜 떨다가 죽고 말았다.

『선실지宣室志』

식물

이 범주는 온갖 풀과 나무에 관한 기이한 이야기를 모아놓은 '초목草木'류가 해당한다. 이는 다시 '목木' '문리목文理木'(나뭇결이 특정한 글씨나 형상을 이룬 나무) '이목異木'(특이한 나무) '유만藟蔓'(등나무) '초草' '초화草花'(풀꽃) '목화木花'(나무꽃) '과果' '채菜' '죽竹' '오곡五穀' '다천茶荈'(차) '지芝'(지초) '균심菌蕈'(버섯) '태苔'(이끼) '향약香藥' '복이服餌'(복령茯苓과 같은 도교의 양생 영약을 복용하는 것) '목괴木怪' '화훼괴花卉怪' '약괴藥怪' '균괴菌怪'로 세분되어 있다.

「식황정食黃精」[45]
— 영약 황정을 먹고 신선이 된 하녀

임천臨川에 한 선비가 있었는데 부리던 하녀를 학대했다. 하녀는 고초를 견디지 못해 결국 산속으로 달아났다. 시간이 오래되자 양식이 다 떨어져 배가 몹시 고팠다. 하루는 물가에 앉아 있다가 예쁜 들풀 가지와 잎을 보고 곧바로 뽑아서 물에 씻어 뿌리째 먹었는데 맛이 아주 좋았다. 하녀는 그때부터 늘 그것을 먹었는데, 시간이 오래되자 마침내 배고픔을 느끼지 않았으며 더욱이 몸이 가벼워지고 건강해졌다. 어느 날 밤에 큰 나무 아래서 쉬다가 풀 사이로 들짐승이 지나가는 소리를 듣고 호랑이일지도 모른다는 생각에 두려워하다가 나무 끝에 올라갈 수 있으면 참 좋겠다는 생각을 했다. 그런데 그 생각을 하는 순간 몸이 이미 나무 끝에 올라가 있었다. 날이 밝은 뒤에 다시 땅에 내려갔으면 좋겠다고 생각하자 다시 훌쩍 땅에 내려왔다. 그 때부터 하녀는 가고 싶은 곳을 생각만 하면 어느새 몸이 표연히 그 곳으로 가 있었다. 그리하여 때로는 이쪽 봉우리에서 다른 봉우리 정상으로 마치 새처럼 날아갔다.

몇 년 뒤에 그 집 하인이 땔나무를 하다가 그 광경을 보고 주인에게 사실을 아뢰자, 주인은 사람을 보내 하녀를 잡아오게 했지만 잡을 수 없었다. 어느 날 주인은 우연히 하녀가 절벽 아래에 있는 것을 보고 곧장 가는 새끼줄로 삼면을 에워쌌지만, 하녀는 순식간에 산 정상으로 솟구쳐 올라갔다. 이를 본 주인은 더욱 놀라면서 반드시 하녀를 잡으려고 했다. 그러자 어떤 사람이 말했다.

"그 하녀가 어찌 선골仙骨(신선의 골상骨相)이겠습니까? 그저 영약을 얻어 복용한 것에 불과할 것입니다. 진수성찬을 한번 차려보십시오. 다섯 가지 맛을 다 갖추어 온갖 맛있는 향기를 풍기게 해서 그녀가 지나다니는 길목에 놓아두고 그녀가 음식을 먹는지 살펴보십시오."

그 사람의 말대로 했더니 과연 하녀가 와서 그 음식을 먹었다. 하녀는 음식을 다 먹고 나자 더이상 멀리 달아날 수 없게 되었고 결국 사로잡혀서 그간의 사정을 모두 말했다. 하녀가 먹었던 풀의 모습을 물어보았더니 다름 아닌 황정黃精(뿌리와 줄기를 약으로 쓰는 다년생 초목)이었다. 이에 주인은 다시 하녀를 보내 황정을 찾게 했지만 결국 찾을 수 없었다. 그 하녀도 몇 년 뒤에 죽었다.

『계신록稽神錄』

동물

이 범주는 다양한 동물, 가축, 새, 물고기, 곤충에 관한 기이한 이야기를 모아놓았다. '용龍'류, '호虎'(호랑이)류, 가축과 짐승을 다룬 '축수畜獸'류, '호狐'(여우)류, '사蛇'(뱀)류, 가금家禽과 새를 다룬 '금조禽鳥'류, 물고기를 다룬 '수족水族'류, '곤충昆蟲'류가 포함된다. 그중에서 '용'류에는 마지막에 '교蛟'(교룡) 항목이 부가되어 있다. '축수'류는 '우牛', 죽음을 앞둔 소가 살려달라고 절하는 이야기인 '우배牛拜', 전생에 죄를 지었다가 소로 태어나 그 죗값을 갚는 이야기인 '우상채牛償債', 소가 주인을 해치는 이야기인 '우상인牛傷人', 소의 기이한 행동을 다룬 '우이牛異', 그리고 '마馬'(말) '낙타駱駝' '나騾'(노새) '여驢'(나귀) '견犬'(개) '양羊' '시豕'(돼지) '묘猫'(고양이) '서鼠'(쥐) '서랑鼠狼'(족제비) '사자獅子' '서犀'(무소) '상象'(코끼리) '잡수雜獸' '낭狼'(이리) '웅熊'(곰) '이狸'(삵) '위蝟'(고슴도치) '주麈'(큰사슴) '장麞'(노루) '녹鹿'(사슴) '토兎'(토끼) '원猿'(원숭이) '미후獼猴'(원숭이의 일종) '성성猩猩'(성성이) '과연猓然'(긴꼬리원숭이) '융狨'(털북숭이원숭이)로 세분되어 있다. '금조'류는 '봉鳳' '난鸞' '학鶴' '응鷹'(매) '요鷂'(새매) '골鶻'(송골매) '공작孔雀' '연鷰'(제비) '자고鷓鴣' '작鵲'(까치) '합鴿'(비둘기) '계雞'(닭) '아鵝'(거위) '압鴨'(오리) '노鷺'(해오라기) '안鴈'(기러기) '구욕鸜鵒'(구관조) '작雀'(참새) '오烏'(까마귀) '효梟'(올빼미) '치鴟'(솔개)로 세분되어 있다. 마지막으로 '수족'류는 괴이한 물고기 이야기인 '수괴水怪', 물고기가 사람으로 변한 이야기인 '수족위인水族爲人', 사람이 물고기로 변한 이야기인 '인화수족人化水族', 신령한 거북 이야기인 '귀龜'로 나뉘어 있다.

「신도징申屠澄」[46]

— 정숙한 여인으로 둔갑한 호랑이와의 결혼

신도징은 당나라 정원貞元 9년(793)에 도사 신분에서 한주漢州 십방현위什邡縣尉로 임명되었다. 그는 부임지로 가다가 진부현眞符縣 동쪽 10리쯤에 이르렀을 때 심한 눈보라를 만나 추위에 떨었으며 말도 앞으로 나아갈 수 없었다. 그때 길옆 초가집에서 아주 따뜻한 연기가 피어오르자 신도징이 그 집을 찾아갔더니, 노부부와 한 처녀가 불을 둘러싸고 앉아 있었다. 처녀는 이제 갓 열네댓 살쯤 되어 보였는데, 비록 풀어헤친 머리에 옷도 더러웠지만 눈 같은 피부에 꽃 같은 얼굴이었으며 행동거지도 곱고 아리따웠다. 노부부는 신도징이 찾아온 것을 보고 황급히 일어나며 말했다.

"손님은 몹시 추운 눈보라를 뚫고 왔으니 가까이 와서 불 좀 쪼이십시오."

신도징이 앉아 있은 지 한참 지나 날이 이미 저물었는데도 눈보라는 그치지 않았다. 신도징이 말했다.

"서쪽으로 현성縣城까지는 아직도 멀리 떨어져 있으니 여기서 묵어 갔으면 합니다."

노부부가 말했다.

"이 초가집을 누추하다고 여기지 않으신다면 어찌 청을 들어드리지 않겠습니까?"

途之恨何可言哉傪亦與之叙别久而方去
傪自南迴遂專命持書及賵贈之禮訃於徵
子月餘徵子自虢略來京詣傪門求先人之
柩傪不得已具疏其事自是傪以己俸均給
徵妻子免飢凍焉傪後官至兵部侍郎 出宣室志

申屠澄

申屠澄者貞元九年自黃衣調補漢州什邡
尉之官至真符縣東十里許遇風雪大寒馬
不能進路傍有茅舍中有烟火甚溫煦申下
就之有老父嫗及處女環火而坐其女年方

「신도징」 편(『태평광기상절』 권37)

신도징은 마침내 말안장을 풀고 나서 이불을 깔고 휘장을 쳤다. 그 처녀는 손님을 보더니 곧 용모를 가다듬고 단장한 뒤 휘장 사이에서 나왔는데, 그 우아하고 고운 자태가 처음보다 훨씬 아름다웠다.

잠시 후 노부인이 밖에서 술병을 들고 와 불 앞에서 데우면서 신도징에게 말했다.

"당신은 추위를 무릅썼으니 이 술을 한잔 드시고 언 몸을 좀 녹이십시오."

신도징이 예의를 차리면서 사양하며 말했다.

"주인장부터 드시지요."

그러자 노인장이 곧장 앉은 순서에 따라 술을 돌렸는데 신도징이 맨 마지막이었다. 신도징이 말했다.

"낭자가 빠졌군요."

노부부가 함께 웃으며 말했다.

"시골집에서 자란 아녀자가 어찌 주인으로서 손님을 맞이하겠습니까?"

그러자 그 처녀가 곧장 눈을 돌려 흘끔 보면서 말했다.

"이 술이 어찌 귀하겠습니까만 제가 끼어 마시는 게 마땅치 않다고 생각합니다."

그러나 그녀의 어머니가 그녀의 치마를 잡아끌어 옆에 앉게 했다. 신도징은 처음에 그녀가 잘하는 것이 무엇인지 알아보고 싶어서 주령酒令(술자리의 흥을 돋우기 위한 벌주놀이)을 제의하여 그녀의 의향을 살펴보려 했다. 신도징이 곧장 술잔을 들며 말했다.

"경서經書의 말을 인용하여 눈앞의 정경을 묘사하도록 합시다."

신도징이 먼저 말했다.

고요한 이 밤에 술을 마시니,
취하지 않으면 돌아가지 않으리.[47]

그녀가 쪽진 머리를 수그리면서 미소지으며 말했다.
"날이 이처럼 저물었는데 돌아간들 어디로 가시렵니까?"
이윽고 술잔이 그녀에게 돌아오자 그녀가 다시 빙그레 웃으며 말했다.

비바람으로 천지가 어두운데,
닭 울음소리는 그치지 않네.[48]

신도징이 깜짝 놀라 감탄하며 말했다.
"낭자가 이처럼 총명하다니! 제가 다행히 아직 결혼을 하지 않았으니 감히 스스로 청혼하고자 하는데 어떻습니까?"
노인장이 말했다.
"제가 비록 빈천하지만 그래도 딸자식은 곱게 키웠습니다. 그동안 꽤 많은 길손들이 금과 비단으로 청혼했지만, 저는 이제까지 딸자식과 차마 이별할 수 없어서 허락하지 않았습니다. 그런데 뜻밖에 당신처럼 귀하신 분이 또 제 딸자식을 거두고자 하시니 이 어찌 정해진 연분이 아니겠습니까? 당신께 딸자식을 맡기고 싶습니다."
신도징은 마침내 사위로서의 예를 갖추고 봇짐을 다 털어 예물로 주었다. 하지만 노부인은 그 물건을 하나도 받지 않으며 말했다.
"빈천한 우리를 꺼리지 않는 것만 해도 고마운데 어찌 재물을 받겠습니까?"
다음날 노부인이 또 신도징에게 말했다.

"이곳은 외따로 떨어져서 이웃도 없고 게다가 집도 누추하고 비좁으니 오래 머물기에는 부족합니다. 딸아이가 이미 당신을 섬기기로 했으니 곧장 떠나시는 것이 좋겠습니다."

또 하루가 지난 뒤에 신도징은 조용히 노부부와 작별한 뒤, 타고 왔던 말에 그녀를 태우고 떠났다.

신도징은 관직에 부임한 후 봉록이 너무 적었지만, 부인이 힘써 집안을 일으키고 빈객들과 교분을 맺음으로써 짧은 기간에 큰 명성을 얻었으며, 부부간의 사랑도 더욱 깊어졌다. 부인은 친족들을 잘 대접하고 조카들과 노복들까지 잘 보살펴주었기에 그녀를 좋아하지 않는 사람이 없었다. 나중에 신도징의 임기가 끝나 돌아가게 되었을 때, 부인은 이미 아들 하나와 딸 하나를 낳았는데 역시 모두 아주 총명했으므로, 신도징은 더욱 그녀를 공경했다. 신도징은 일찍이 「증내시贈內詩」(「부인에게 주는 시」) 한 편을 지었는데 다음과 같다.

> 남편은 일개 관리로서 매복梅福[49]에게 부끄럽지만,
> 부인은 3년 만에 맹광孟光[50]을 부끄럽게 만들었네.
> 이 정을 무엇에 비유할까?
> 냇가에 있는 원앙새일세.

부인은 온종일 뭔가 읊조리면서 마치 속으로 화답하는 것 같았지만 끝내 입 밖으로 꺼내지는 않았다. 그러고는 신도징에게 이렇게 말하곤 했다.

"부인된 도리로 글을 알지 않으면 안 되지만, 만약 다시 시를 짓는다면 오히려 늙은 첩처럼 되고 말 것입니다."

신도징은 관직을 그만두고 곧장 온 집안 식구를 데리고 진秦 땅으로 돌아갔다. 이천利川을 지나 가릉강嘉陵江 가에 이르러 샘 옆 바위에 풀을 깔고 쉬고 있을 때, 부인이 갑자기 슬퍼하며 신도징에게 말했다.

"이전에 시 한 편을 저에게 주셨을 때 곧바로 화답시를 지었습니다. 본디 삼가 보여드리려고 하지 않았는데 지금 이런 경치를 대하고 보니 끝내 침묵할 수가 없군요."

그러고는 다음과 같이 읊었다.

> 부부간의 사랑이 비록 중하긴 하지만,
> 산림을 그리워하는 마음이 본래 깊어요.
> 시절이 변하여,
> 백년해로의 마음 저버릴까 늘 걱정이에요.

그녀는 시를 읊고 나서 한참 동안 눈물을 주르륵 흘렸는데 마치 뭔가 그리워하는 것이 있는 듯했다. 신도징이 말했다.

"시가 아름답긴 하지만 산림은 연약한 아녀자가 그리워할 것이 못 되오. 만약 부모님이 생각나서 그런다면 지금 가면 될 텐데 어찌 슬피 우는 게요? 인생의 인연과 응보 같은 일을 어떻게 마음대로 정할 수 있겠소?"

20여 일 후에 신도징은 예전의 처갓집에 다시 도착했는데, 초가집은 그대로 있었지만 사람이 아무도 없었다. 신도징은 부인과 함께 그 집에 머물렀다. 부인은 부모님에 대한 그리움이 마음에 사무쳐서 종일토록 눈물을 흘렸다. 벽 귀퉁이의 오래된 옷 아래에서 먼지가 두텁게 쌓여 있는 호랑이 가죽 하나가 보였는데, 부인은 그것을 보고 갑자기 크게 웃으며 말했다.

"이 물건이 아직도 여기에 있을 줄은 몰랐네!"

그러고는 그것을 가져다 걸치자 즉시 호랑이로 변하여 포효하며 발길질하더니 문을 박차고 떠나갔다. 신도징은 놀라 달아나 피했다가 두 자식을 데리고 호랑이가 떠난 길을 찾아나서서 숲을 향하여 며칠 동안 크게 울었지만, 결국 호랑이가 어디로 갔는지 알 수 없었다.

『하동기河東記』

「임씨任氏」[51]

— 미인으로 둔갑하여 남편을 섬긴 여우의 정절

임씨는 여자 요괴이다. 위사군韋使君은 이름이 음崟이고 항렬이 아홉 번째로 신안왕信安王 이의李禕의 외손자였다. 그는 젊어서부터 성격이 호탕했고 술 마시기를 좋아했다. 그에게는 정륙鄭六('육六'은 집안의 항렬)이라는 사촌매부가 있었는데, 그 이름은 잊어버렸다. 정륙은 어려서 무예를 익혔고 술과 여자도 좋아했지만 가난하여 집도 없이 처가 쪽 친척에게 몸을 기탁하고 있었다. 그는 위음과 서로 뜻이 잘 맞아 어울려 놀러 다녔다.

당나라 천보天寶 9년(750) 여름 6월에 위음과 정자鄭子(정륙)는 함께 장안 거리를 걷다가 신창리新昌里에서 술을 마시려 했다. 그들이 선평리宣平里 남쪽에 이르렀을 때 정자는 일이 있다면서 잠깐 갔다가 술 마시는 곳으로 뒤이어 가겠다고 했다. 위음은 흰 말을 타고 동쪽으로 가고 정자는 나귀를 타고 남쪽으로 갔다. 정자가 승평리昇平里의 북문으로 들어갔을 때 우연히 세 부인이 길을 가는 것을 보았는데, 그중

大平廣記詳節卷之四十一

狐二

任氏

任氏女妖也有韋使君者名崟第九信安王褘之外孫少落拓好飲酒其從父妹婿曰鄭六不記其名早習武藝亦好酒色貧無家托身於妻族與崟相得遊處不間唐天寶九年夏六月崟與鄭子偕行於長安陌中將會飲於新昌里至宣平之南鄭子辭有故請間去繼至飲所崟乘白馬而東鄭子乘驢而南入

「임씨」 편(『태평광기상절』 권41)

가운데 있는 흰옷을 입은 부인의 용모가 매우 아름다웠다. 정자는 그녀를 보고 놀라 기뻐하며 나귀를 채찍질해서 앞서거니 뒤서거니 하며 말을 건네려고 했지만 감히 그러지 못했다. 흰옷 입은 부인은 때때로 곁눈질하며 받아줄 뜻이 있는 듯했다. 정자가 그녀를 희롱하며 말했다.

"이렇게 아름다운 부인께서 걸어가시다니 무슨 까닭입니까?"

흰옷 입은 부인이 웃으며 말했다.

"탈 것이 있는데도 빌려줄 줄을 모르니 걸어가지 않으면 어찌하겠습니까?"

정자가 말했다.

"보잘것없는 탈 것으로 미인의 걸음을 대신하기에는 부족하지만 지금 곧 드리겠소. 나는 걸어서 따라가리다."

그러자 서로 바라보며 크게 웃었다. 함께 가던 부인들도 정자를 유혹하여 곧 친근한 사이가 되었다. 정자가 그들을 따라 동쪽으로 가서 낙유원樂遊園에 도착했을 때는 이미 날이 저문 후였다. 그때 한 저택이 보였는데, 토담에 수레 문이 있었고 건물이 매우 웅장했다. 흰옷 입은 부인이 들어가다가 돌아보며 말했다.

"여기서 조금만 기다리시다 들어오세요."

부인을 따르던 하녀 한 사람이 대문과 가림벽 사이에 있다가 그의 성씨와 항렬을 물었다. 정자가 일러주고는 부인에 대해 묻자 하녀가 대답했다.

"성은 임씨이고 항렬은 스무번째입니다."

잠시 후에 정자는 인도를 받으며 안으로 들어갔다. 정자가 나귀를 문에 묶어두고 모자를 안장 위에 올려놓자 서른 살쯤 된 부인이 나와 맞이했는데, 그녀는 바로 임씨의 언니였다. 등불을 늘어놓고 음식을 차려놓은 뒤 술잔이 몇 번 오갔을 때, 임씨가 옷을 갈아입고 단장하고 나오자 그들은 매우 즐겁게 마시며 놀았다. 밤이 깊어 두 사람은 함께 잠을 잤다. 그녀의 고운 자태와 아름다운 살결, 노래하고 웃는 태도, 거동이 모두 아름다워 거의 이 세상 사람이 아닌 것 같았다. 동이 틀 무렵에 임씨가 말했다.

"가셔야만 합니다. 저희 자매는 이름이 교방敎坊에 올라 있고 남아南衙[52]에 속해 있기 때문에 새벽에 나가야 합니다. 그러니 당신은 이곳에 오래 머물 수가 없습니다."

이에 정자는 후일을 기약하고 떠나갔다.

정자가 길을 나서서 마을 문에 이르렀으나 문이 아직 열려 있지 않았다. 문 옆에는 호인胡人이 떡을 파는 가게가 있었는데, 등불을 밝히고 화로에 불을 붙이고 있었다. 정자는 가게의 처마 아래에 앉아 쉬면서 통행을 알리는 북소리가 울리기를 기다리며 가게 주인과 이야기를 나누었다. 정자는 자신이 잤던 집을 가리키면서 물었다.

"여기에서 동쪽으로 돌아가면 문이 있는 집이 있는데 그 집은 누구의 집이오?"

주인이 말했다.

"그곳은 담이 허물어지고 버려진 땅으로 집이라곤 없습니다."

정자가 말했다.

"방금 그곳을 지나왔는데 어찌 집이 없다고 하시오?"

그러면서 그는 주인과 다투었다. 주인이 곧 알아차리고 말했다.

"아! 알겠습니다. 그곳에는 여우 한 마리가 있어서 많은 남자들을 유혹해 함께 잠을 잔다고 합니다. 그런 사람을 이미 세 번이나 보았는데 오늘 당신도 당하셨군요."

정자는 얼굴을 붉히고 숨기며 말했다.

"아닙니다."

날이 밝자 정자는 다시 그곳으로 가서 보았는데 토담에 수레 문은 그대로였지만 안을 엿보았더니 잡초가 무성한 황폐한 밭이 있을 뿐이었다. 이에 정자는 돌아와서 위음을 만났다. 위음이 정자에게 약속을 어겼다고 책망했으나 그는 사실대로 말하지 않고 다른 일로 둘러댔다. 그러나 정자는 그녀의 고운 자태를 생각하며 다시 한번 보기를 바랐으며 마음속에 늘 담아두고 잊어버리지 못했다.

열흘쯤 지나 정자가 돌아다니다가 서쪽 시장의 옷가게로 들어갔을 때 언뜻 그녀를 보았는데, 예전의 하녀들도 따르고 있었다. 정자가 급히 임씨를 불렀지만 그녀는 몸을 돌려 군중 속으로 들어가 그를 피했다. 정자가 연이어 임씨를 부르면서 다가가자 그녀는 뒤돌아서서 부채로 자신의 등을 가리며 말했다.

"당신은 다 알고 계시면서 어찌 저를 가까이 하십니까?"

정자가 말했다.

"비록 알고 있다 해도 무슨 걱정이란 말이오?"

그녀가 대답했다.

"그 일이 부끄러워 볼 면목이 없습니다."

정자가 말했다.

"내가 이처럼 간절히 그리워하는데 차마 나를 저버릴 수 있겠소?"

그녀가 대답했다.

"어찌 감히 저버리겠습니까? 당신이 싫어하실까 두려울 뿐입니다."

그러자 정자는 맹세를 하며 더욱 간절히 말했다. 이에 임씨가 눈을 돌리고 부채를 치웠는데, 눈부시게 아름다운 모습은 예전과 같았다. 그녀가 정자에게 말했다.

"인간 세상에 저와 같은 무리는 한둘이 아니지만 당신이 모르고 있을 뿐입니다. 저만 탓하지 마십시오."

정자가 그녀에게 함께 즐거움을 나누길 청하자 그녀가 대답했다.

"무릇 저희 무리가 사람들에게 거리낌을 당하는 것은 다름이 아니라 사람들을 해치기 때문입니다. 그러나 저는 그렇지 않습니다. 만약 당신께서 저를 싫어하지 않으신다면 평생 동안 당신을 모시고 싶습니다. 제 마음이 조금이라도 나태해지면 당연히 스스로 물러갈 것이니 저를 쫓아내실 필요가 없습니다. 지금 살고 있는 옛 거처는 편벽되고 누추하여 더이상 그곳으로 갈 수 없습니다. 안읍방安邑坊의 안쪽 골목에 작은 집이 있고 그 집 안에 작은 누각이 있으며 그 앞 마룻대 사이에 큰 나무가 자라나는 곳이 있는데, 거리가 조용해서 세들어 살 만합니다. 전에 선평리 남쪽에서 흰 말을 타고 동쪽으로 갔던 사람은 당신 부인의 형제가 아닙니까? 그의 집에는 기물이 많이 있으니 빌려 쓸 수 있을 것입니다."

당시 위음의 백부와 숙부는 사방에서 관직을 맡고 있었기 때문에 세 집안의 기물들을 모두 위음의 집에서 보관하고 있었다. 정자는 그녀의 말대로 그 집을 찾아가서 위음을 만나 기물들을 빌려달라고 했다. 위음이 어디에 쓸 거냐고 묻자 정자가 대답했다.

"새로 미인 한 사람을 얻었는데, 이미 살 집도 세들어놓았습니다. 그래서 기물들을 빌려 쓰려는 것입니다."

위음이 말했다.

"그대의 모습을 보니 필시 추녀를 얻었을 것이오. 무슨 절세의 미인을 얻었겠소?"

이에 위음은 휘장과 탁자, 자리 등의 기물을 모두 빌려주고 영리한 아이종에게 그를 따라가서 살펴보게 했다.

잠시 후에 아이종이 달려와서 보고했는데, 땀에 흠뻑 젖어 숨을 헐떡거렸다. 위음이 아이종을 맞이하며 물었다.

"있더냐?"

아이종이 대답했다.

"있었습니다."

위음이 또 물었다.

"어떻게 생겼더냐?"

아이종이 대답했다.

"이상한 일입니다. 천하에 아직 그런 미인은 보지 못했습니다."

위음은 인척이 많고 일찍부터 부귀하게 놀러 다녔기 때문에 미인을 많이 알고 있었다. 이에 위음이 물었다.

"아무개와 비교해서 누가 더 아름다우냐?"

아이종이 말했다.

"비교할 수 없습니다."

위음이 자신이 알고 있는 미인 네댓 명과 두루 비교하며 물어보자 아이종이 모두 말했다.

"비교할 수 없습니다."

당시에 오왕吳王(신안왕信安王의 조카 이헌李巘)의 여섯번째 딸인 위음의 처제는 신선처럼 곱고 아름다워 평소 사촌들 중에서 제일이라고 여겨졌다. 위음이 물었다.

"오왕 댁의 여섯번째 딸과 그녀 중 누가 더 아름다우냐?"

아이종이 또 대답했다.

“비교할 수 없습니다.”

위음은 손뼉을 치면서 크게 놀라며 말했다.

“천하에 어찌 그런 사람이 있단 말이냐?”

그러고는 급히 물을 길어오게 하여 목을 씻고 두건을 쓰고 입술을 바른 후에 정자의 집으로 갔다.

위음이 도착했을 때 정자는 마침 외출하고 없었다. 위음이 문으로 들어가 보았더니 어린 하인이 빗자루를 들고 청소하고 있었고 한 하녀가 그 문에 서 있을 뿐 다른 사람은 아무도 보이지 않았다. 위음이 어린 하인에게 물어보았더니 하인이 웃으며 말했다.

“안 계십니다.”

위음이 방안을 두루 살펴보았더니 붉은 치마가 문 아래로 나와 있었다. 위음이 다가가서 살펴보았더니 임씨가 문짝 사이에 몸을 숨기고 있었다. 위음이 그녀를 끌어내어 밝은 곳에서 보았더니 전해 들었던 것보다 훨씬 아름다웠다. 위음은 미친 듯이 그녀를 좋아하게 되어 끌어안으며 욕보이려 했는데, 임씨가 허락하지 않자 힘으로 그녀를 차지하려고 했다. 사태가 위급해지자 임씨가 말했다.

“허락할 테니 조금만 돌아서게 해주세요.”

위음이 놓아주자 임씨는 처음처럼 완강히 저항했다. 그렇게 서너 번 반복되자 위음은 힘을 다해 급히 그녀를 안았다. 임씨는 힘이 다 빠져서 비에 젖은 것처럼 땀을 흘렸다. 임씨는 피할 수 없다고 생각하여 몸을 늘어뜨린 채 더이상 저항하지 않았지만 안색은 비참하게 변해 있었다. 위음이 물었다.

“어째서 기뻐하지 않소?”

임씨가 길게 탄식하며 말했다.

"정륙이 불쌍합니다."

위음이 물었다.

"무슨 말이오?"

임씨가 대답했다.

"정생(정륙)은 6척의 몸을 가졌으면서도 부인 하나 보살필 수 없는데, 어찌 대장부라 하겠습니까? 게다가 당신은 젊어서부터 사치하면서 미인을 많이 얻으셨으니 저 같은 미인을 얻는 것은 흔한 일일 것입니다. 그러나 정생은 가난하여 마음에 맞는 사람이 저뿐입니다. 어찌 넉넉한 사람이 다른 사람의 부족한 것을 빼앗으려 하십니까? 저는 그가 궁핍하여 자립할 수 없음을 불쌍히 여깁니다. 당신의 옷을 입고 당신의 음식을 먹기에 당신에게 업신여김을 당할 뿐입니다. 만약 거친 곡식이라도 있었다면 이 지경까지 되지는 않았을 것입니다."

위음은 의협심이 있는 호걸이었기 때문에 그녀의 말을 듣자 급히 그녀를 놓아주고 옷깃을 여미면서 사과했다.

"이러지 않겠소."

잠시 후에 정자가 돌아와서 위음과 서로 마주보고 웃으며 즐거워했다. 그때부터 임씨에게 필요한 땔나무, 곡식, 생고기는 모두 위음이 보내주었다. 임씨는 때때로 외출하기도 했는데, 오고 갈 때는 수레나 가마를 타고 갔으며 일정하게 가는 곳이 없었다. 위음은 날마다 그녀와 놀러다니며 매우 즐거워했다. 그들은 서로 매우 친해져 못하는 일이 없었지만 음란한 행동은 하지 않았다. 이에 위음은 그녀를 애지중지하여 아끼는 것이 없었으며 먹고 마실 때마다 그녀를 잊어본 적이 없었다. 임씨는 위음이 자기를 아낀다는 것을 알고 그에게 감사하며 말했다.

"부끄럽게도 저는 당신의 지극한 사랑을 받았습니다. 그러나 저의 보잘것없는 몸으로는 당신의 후한 은혜에 보답하기에 부족합니다. 게다가 정생을 저버릴 수도 없으니 당신을 즐겁게 해드릴 수가 없습니다. 저는 진秦 땅 사람으로 진성秦城에서 자랐습니다. 저희 집은 본래 예인 집안으로 사촌과 인척 중에 사람들의 총애를 받고 있는 사람이 많습니다. 그래서 장안의 기녀들과는 모두 잘 알고 지냅니다. 혹시 미인 중에 좋아하지만 얻지 못한 사람이 있다면 당신을 위해 제가 얻어드릴 수 있습니다. 이것으로 당신의 은혜에 보답하고 싶습니다."

그러자 위음이 말했다.

"매우 바라던 바이오!"

시장에 장십오낭張十五娘이라는 옷 파는 부인이 있었는데, 피부가 맑고 깨끗해서 위음이 일찍이 좋아하고 있었다. 이에 그가 임씨에게 그녀를 아느냐고 묻자, 임씨가 대답했다.

"그녀는 저의 외사촌 자매여서 쉽게 데려올 수 있습니다."

10여 일이 지나 임씨는 과연 그녀를 데려다주었는데, 몇 달이 지나자 위음은 그녀에게 싫증이 났다. 임씨가 말했다.

"시장사람을 데려오는 것은 너무 쉬워서 제가 당신을 위해 힘을 다했다고 하기에는 부족합니다. 혹시 깊숙한 곳에 있어 도모하기 힘든 사람이 있다면 한번 말씀해보십시오. 제가 지혜와 힘을 다해보겠습니다."

그러자 위음이 말했다.

"지난 한식일에 친구 두세 명과 천복사千福寺에 놀러갔다가 조면刁緬 장군이 불당에서 연회를 베푸는 것을 보았소. 생황을 잘 부는 여자가 있었는데, 열여섯 살에 두 갈래 머리를 늘어뜨리고 있었소. 아리따운 자태가 매우 고왔는데 그녀를 알고 있소?"

임씨가 말했다.

"그녀는 조장군이 총애하는 하녀인데 그 어미가 바로 저의 외사촌 언니이니 데려올 수 있습니다."

위음이 자리 아래에서 절을 하자 임씨가 허락했다. 이에 임씨는 조장군의 집을 한 달여 동안 드나들었다. 위음이 임씨의 계획을 재촉하며 물었더니, 그녀가 두 필의 비단을 뇌물로 줘야 한다기에 그는 그녀의 말대로 비단을 주었다. 이틀 후에 임씨와 위음이 식사하고 있었는데, 조면이 보낸 하인이 검푸른 말을 끌고 와서 임씨를 데려갔다. 임씨는 자신을 데리러 왔다는 말을 듣고 웃으며 위음에게 말했다.

"일이 성사되었습니다."

그에 앞서 임씨는 조장군이 총애하는 하녀를 병에 걸리게 했는데, 하녀는 침을 맞고 약을 먹어도 차도가 없었다. 그래서 하녀의 어머니와 조면은 매우 걱정하며 무당들에게 물어보았다. 임씨는 몰래 무당에게 뇌물을 주어 자신이 사는 곳을 가리키며 그곳으로 옮겨가야만 좋다고 말하게 했다. 무당은 하녀의 병을 보고 나서 말했다.

"집에 있는 것은 이롭지 않습니다. 마땅히 동남쪽의 아무 곳에 머물면서 생기를 받아야 합니다."

조면과 하녀의 어머니가 그곳을 자세히 알아보았더니 바로 임씨의 집이 있는 곳이었다. 조면이 임씨 집에 자기 하녀를 머물게 해달라고 청하자 임씨는 집이 비좁다는 이유로 사양하는 척하다가 그가 간절히 청하자 허락해주었다. 그래서 조면은 옷과 노리개를 싣고 하녀를 그녀의 어머니와 함께 임씨에게 보냈다. 하녀는 도착하자 병이 나았다. 며칠 지나지 않아 임씨는 몰래 위음을 불러다 그녀와 사통하게 해주었다. 한 달이 지나 하녀가 임신하자 그녀의 어머니는 두려워하여 급히 그녀를 데리고 조면의 집으로 돌아갔다. 그 때문에 둘은 헤어졌다.

어느 날 임씨가 정자에게 말했다.

"당신은 돈 5~6천 냥을 구할 수 있습니까? 구할 수만 있다면 이익을 남겨드리겠습니다."

정자가 말했다.

"구할 수 있소."

그러고는 사람들에게 돈을 빌려 6천 냥을 구했다. 임씨가 말했다.

"어떤 사람이 시장에서 말을 팔고 있을 것인데, 말 중에서 넓적다리에 점이 있는 말이 있거든 사두십시오."

정자가 시장에 가서 보았더니 과연 늙고 비쩍 마른 말 한 마리가 있었는데, 왼쪽 넓적다리에 점이 있었다. 정자는 그 말을 사서 돌아왔다. 그의 부인과 형제들은 그 말을 보고 모두 비웃으며 말했다.

"이 말은 버린 물건인데 사다가 어디에 쓰려고 합니까?"

얼마 지나지 않아 임씨가 말했다.

"그 말을 팔면 3만 냥은 받을 수 있습니다."

이에 정자가 말을 팔러 갔더니 2만 냥을 주겠다는 사람이 있었지만 그는 팔지 않았다. 시장에 있던 사람들이 모두 말했다.

"저 사람은 어찌하여 한사코 비싸게 그 말을 사려 하고 이 사람은 무엇이 아까워서 팔지 않지?"

정자가 그 말을 타고 집으로 돌아가자 말을 사려던 사람이 문까지 따라와서는 그 가격을 계속 올려 2만 5천 냥까지 불렀다. 그래도 정자는 팔지 않으며 말했다.

"3만 냥이 아니면 팔지 않겠소."

하지만 그의 부인과 형제들이 모여서 꾸짖자 그는 어쩔 수 없이 팔아 결국 3만 냥을 받지 못했다. 팔고 나서 말을 산 사람을 몰래 기다렸다가 그 이유를 캐물어보았더니 다음과 같은 사연이 있었다. 소응현昭應縣의 어마御馬 중에 넓적다리에 점이 있는 말이 죽은 지 3년이 되었는데, 그 관리는 제때에 장부에서 죽은 말을 삭제하지 않았다. 관부官府에서 그 말의 가격을 따져보았더니 6만 냥이었다. 그래서 설사 반값으로 그 말을 산다 해도 이익이 많이 남았다. 만약 말의 수를 갖추어놓는다면 3년간의 꼴값을 모두 관리가 얻게 되는 것이었다. 또한 그 말이 있으면 채워넣어야 할 돈도 적었기 때문에 말을 사게 되었던 것이다.

임씨는 또 옷이 낡았다며 위음에게 옷을 사달라고 했다. 위음이 채색 비단을 사서 주자 임씨가 받지 않으며 말했다.

"이미 만들어진 옷을 바랍니다."

위음이 장대張大라는 시장사람을 불러 임씨를 위해 옷을 사게 하면서 임씨를 만나보고 그녀가 원하는 것을 물어보게 했다. 장대는 임씨를 만나보고 놀라면서 위음에게 말했다.

"이분은 분명 하늘의 귀한 사람인데 당신이 훔쳐온 것 같습니다. 인간 세상에 있을 분이 아니니 속히 돌려보내 화를 당하지 않기를 바랍니다."

그녀의 용모가 이처럼 사람의 마음을 움직였다. 결국 임씨는 만들어진 옷을 사서 입고 스스로 바느질을 하지 않았는데, 그 이유는 알 수 없었다.

1년여 후에 정자는 무과에 응시하여 괴리부槐里府의 과의도위果毅都尉에 제수되어 금성현金城縣으로 가게 되었다. 당시 정자에게는 부인이 있어서 비록 낮에는 밖에서 노닐 수 있었지만 밤에는 집에서 자야 했다. 그래서 그는 밤을 임씨와 보낼 수 없음을 매우 한스러워했다. 정자가 부임하러 가게 되자 그는 임씨에게 함께 가자고 했다. 그러나 임씨는 가고 싶지 않다며 말했다.

"한 달 동안 함께 다닌다고 즐겁지는 않을 것입니다. 곡식을 계산해서 주고 가신다면 단정히 지내면서 당신이 돌아오기를 기다리겠습니다."

정자가 간절히 청했지만 임씨는 더욱 안 된다고 했다. 이에 정자가 위음에게 도움을 청하자 위음도 다시 임씨에게 권유하며 그 이유를 따져 물었다. 한참 후에 임씨가 말했다.

"어떤 무당이 말하는데 저는 올해에 서쪽으로 가면 이롭지 않다고 했습니다. 그래서 가고 싶지 않습니다."

정자는 사리분별을 못하고 다른 것은 생각하지 않은 채 위음과 함께 크게 웃으며 말했다.

"이처럼 지혜로운 사람이 요망한 말에 미혹되다니! 어찌된 일인가?"

그러고는 한사코 청하자 임씨가 말했다.

"만약 무당의 말이 사실로 드러나서 공연히 당신 때문에 죽게 된다면 무슨 이득이 있습니까?"

두 사람이 말했다.

"어찌 그럴 리가 있겠소?"

그러고는 처음처럼 간절히 청하자 임씨는 어쩔 수 없이 결국 가게 되었다. 위음은 말을 빌려주고 임고역臨皐驛까지 나와 전송해준 다음 소매를 흔들며 헤어졌다.

이틀 후에 그들은 마외馬嵬에 도착했다. 임씨는 말을 타고 앞에 가고 정자는 나귀를 타고 그녀 뒤를 따랐다. 하녀들도 따로 탈 것을 타고 그 뒤를 따랐다. 당시에 서문西門의 마부가 낙천현洛川縣에서 이미 열흘 동안 사냥개를 훈련시키는 중이었는데, 마침 길에서 그들을 만나자 푸른 개가 풀 속에서 뛰어나왔다. 정자가 보았더니 임씨는 갑자기 땅에 떨어져 본래의 모습으로 변한 채 남쪽으로 달아났다. 푸른 개가 그녀를 좇아가자 정자가 따라가며 소리쳤지만 막을 수 없었다. 1리 남짓 가서 임씨는 개에게 잡히고 말았다. 정자는 눈물을 머금고 주머니 속에서 돈을 꺼내 그녀를 사서 묻어주고 나무를 깎아 표지를 만들어주었다. 정자가 돌아와서 그녀의 말을 보았더니 말이 길가에서 풀을 뜯어먹고 있었는데, 그녀의 옷은 안장 위에 모두 놓여 있었고 신발과 버선은 여전히 등자에 걸려 있어 마치 매미가 허물을 벗어놓은 것 같았다. 단지 머리 장식만이 땅에 떨어져 있었는데, 다른 것은 보이지 않았고 하녀들도 사라져버렸다.

열흘 남짓 지나 정자는 도성으로 돌아왔다. 위음은 그를 보자 기쁘게 맞이하며 말했다.

"임자任子(임씨)는 별 탈 없소?"

정자는 눈물을 흘리며 대답했다.

"죽었습니다!"

위음은 그 말을 듣고 놀라 통곡하며 방에서 서로 손을 잡고 슬픔을 나누었다. 그러고는 무슨 이유로 죽었는지 묻자 정자가 대답했다.

"개에게 해를 당했습니다."

위음이 말했다.

"개가 아무리 사납기로 어찌 사람을 해칠 수 있단 말이오?"

정자가 대답했다.

"사람이 아니었습니다."

위음이 놀라 말했다.

"사람이 아니라면 무엇이란 말이오?"

이에 정자가 자초지종을 말해주자 위음은 놀라고 의아해하며 탄식을 그치지 않았다. 다음날 위음은 수레를 준비하게 하여 정자와 함께 마외로 가서 무덤을 파내 시체를 보고는 길게 통곡한 뒤 돌아왔다. 지난 일을 돌이켜 생각해보면 임씨는 단지 옷을 스스로 해 입지 않았던 것만 사람들과 사뭇 달랐다. 그후 정자는 총감사總監使가 되어 집이 매우 부유해졌고 10여 필의 말도 길렀다. 그는 65세에 죽었다.

대력大曆 연간(766~779)에 심기제沈旣濟는 종릉현鍾陵縣에 살고 있었는데, 일찍이 위음과 교유하여 여러 번 그 일에 대해 들었기에 상세히 알고 있었다. 후에 위음은 전중시어사殿中侍御史 겸 농주자사隴州刺史가 되었는데, 결국 임지에서 죽어 돌아오지 못했다. 아! 이물異物의 마음에도 어진 도리가 있구나! 폭력 앞에서도 절개를 잃지 않고 따르는 사람을 위해 죽음에 이르렀으니, 비록 오늘날의 부인이라도 이만 못한 사람이 있을 것이다. 아쉽게도 정생은 총명한 사람이 아니라 그녀의 용모만을 좋아했을 뿐 그녀의 성정은 살피지 않았다. 만약 학문이 깊은 선비였다면 반드시 변화의 이치를 살피고 신과 인간의 사이를 관찰하여 문장의 아름다움을 드러내고 오묘한 감정을 전했지, 그 자태만을 감상하는 데 그치지 않았을 것이다. 아쉽구나!

건중建中 2년(781)에 심기제는 좌습유左拾遺로 있다가 금오장군金吾將軍 배기裴冀, 경조소윤京兆少尹 손성孫成, 호부랑중戶部郎中 최유崔儒, 우습유右拾遺 육순陸淳과 함께 동남 지방으로 좌천되었는데, 진 땅에서 오吳 땅으로 가면서 수로와 육로를 그들과 동행했다. 당시에 전임 습유 주방朱放도 여행을 하다가 그들을 따라가게 되었다. 그들은 영수潁水를 지나고 회수淮水를 건너면서 배를 나란히 한 채 물줄기를 따라갔다. 낮에는 연회를 열고 밤에는 이야기를 나누었는데, 각자 기이한 이야기를 하게 되었다. 그때 여러 군자들은 임씨의 일을 듣고 모두 깊이 감탄하고 놀라며 심기제에게 그 이야기를 전하도록 청했다. 이에 기이한 일을 적어놓는다. 심기제가 짓다.

「장수국長鬚國」[53]
— 새우왕국의 부마가 된 선비

당나라 측천무후 대족大足 연간(701~702) 초에 어떤 선비가 신라국新羅國의 사신을 따라갔다가 풍랑에 떠밀려 한 곳에 도착했는데, 그곳 사람들은 모두 수염이 길고 쓰는 말이 당나라 말과 통했으며 '장수국'이라고 불렀다. 사람들이 아주 많고 물산이 풍성했으며 집 모양과 의관은 중국과 약간 달랐는데, 그 지명은 '부상주扶桑洲'라고 했다. 그 나라 관서의 관리 품계에는 정장正長, 집파戢波, 일몰日沒, 도라島邏 등의 명칭이 있었다. 선비는 여러 곳을 차례대로 방문했는데 그 나라 사람들은 모두 그를 공경했다. 하루는 갑자기 수십 대의 마차가 오더니 대왕께서 손님을 불러오라 하셨다고 했다. 이틀을 가고 나서야 비로소 커다란 성에 도착했는데 병사들이 성문을 지키고 있었다. 사자는 선비를 인도하여 궁 안으로 들어가더니 땅에 엎드려 대왕을 배알했다. 궁전은 높고 넓었으며 마치 제왕처럼 의장과 호위를 갖추고 있었다. 대왕은 선비를 보더니 엎드려 절하고 약간 몸을 일으킨 다음, 선비를 사풍장司風長에 임명하고 아울러 부마로 삼았다. 공주는 아주 아름다웠는데 수십 가닥의 수염이 나 있었다. 선비는 위세가 혁혁해지고 진주와 보옥을 많이 소유했지만, 매번 집에 돌아와서 부인을 보기만 하면 기분이 좋지 않았다. 대왕은 보름날 밤이면 자주 성대한 연회를 열었는데, 나중에 선비도 그 연회에 참석했다가 대왕의 비빈들이 모두 수염을 달고 있는 것을 보고는 이렇게 시를 지었다.

잎이 없는 꽃은 아름답지 않고,
수염 있는 여자는 정말 추하네.
장인께서 시험 삼아 그녀들의 수염을 모두 없애게 하신다면,
반드시 수염 있는 것만 못하지는 않으리.

그러자 대왕이 크게 웃으며 말했다.

"부마는 공주의 턱과 뺨 사이에 나 있는 수염을 끝내 잊을 수 없는 모양이구려!"

10여 년이 지나는 동안 선비는 아들 하나와 딸 둘을 두었다. 하루는 갑자기 대왕과 신하들이 근심에 싸여 있기에 선비가 이상해하며 물었더니, 대왕이 울면서 말했다.

"우리나라에 재난이 생겨서 화가 조만간 닥칠 텐데 부마가 아니면 구할 수가 없네."

선비가 놀라며 말했다.

인믈이ᄀᆞ장셩ᄒᆞ고의관이쟝ᄉᆞᆫ다ᄅᆞ더라그션비두어고ᄃᆡ다나ᄃᆞᆫ
니ᄀᆞ그나라사ᄅᆞᆷ이ᄃᆡ졉ᄒᆞ기ᄅᆞᆯᄀᆞ장공경ᄒᆞ더니ᄒᆞᄅᆞᆫ술위와
ᄆᆞᆯ스므나ᄆᆞᆫ졀ᄅᆞᆷ이와닐오ᄃᆡ대왕이손을쳥ᄒᆞ라ᄒᆞ신다ᄒᆞ거ᄂᆞᆯ
그션비거마ᄅᆞᆯ조차이틀길ᄒᆞᆯ가니셩이ᄀᆞ장크고감ᄉᆞ심히ᄇᆞᆫ더
라ᄉᆞ재인도ᄒᆞ야졀문의니ᄅᆞ니뎐ᄀᆞᆨ이너ᄅᆞ고위의거륵ᄒᆞ야ᄃᆞᆼ
원인군엇ᄂᆞᆫᄃᆡ나다ᄅᆞ디아니ᄒᆞ더라어읏고왕이나션다ᄒᆞ고서ᄅᆞ
뎐ᄒᆞ더니ᄌᆞᆼ유소리깁ᄌᆞᆫ고ᄃᆞ로셔나오며서션이뎐알ᄑᆡ셔와ᄒᆞ
고왕이나오니졍뎐관쓰고곤룡포ᄅᆞᆯ닙고옥ᄯᅴᄅᆞᆯᄯᅴ여서며긘
나로서셩거레도닷더라그션비ᄯᅳᆯ아래셔뵌대왕이닐오ᄃᆡ그ᄃᆡ도
라갑길허아득ᄒᆞ니이나라흘젹다말고부저ᄅᆞᆯᄒᆞᆫ가지로누

「장수국」 편(한글 언해본 『태평광긔』 권2)

너ᄅᆞᆯ 줄이야 어시랴 그남기 닐오ᄃᆡ 져 갈각이 너 비 일을 아니 일뎡 ᄉᆞ그리라
헝혀 우리 뉴ᄅᆞᆯ 구ᄒᆞ면 어이 ᄒᆞᆯ고 거북이 닐오ᄃᆡ ᄌᆞ명아 잡말 말라
화쟝ᄎᆞᆺ 네게 밋ᄎᆞ리라 그남기 죽시 말을 ᄀᆞᆺ치더니 오의 드러가니 손권
이 그 거북을 ᄉᆞᆱ으라 ᄒᆞᆫ대 나모 일만 수레ᄅᆞᆯ 때드되 닉디 아니ᄒᆞ거ᄂᆞᆯ
제갈각이 닐오ᄃᆡ 늘근 ᄲᅩᆼ남글 때더야 니그리라 ᄒᆞ니 그 사ᄅᆞᆷ이 ᄇᆞ비 여셔
ᄒᆞ던 말을 오왕ᄃᆞ려 니ᄅᆞᆫ대 오왕이 죽시 남글 버혀다가 ᄉᆞᆱ으니 그거
북이 죽어서 닉더라

당슈국뎐

당젹의 ᄒᆞᆫ 션비 신라ᄉᆞ신을 조차 ᄇᆡᄅᆞᆯ 타더니 ᄇᆞᄅᆞᆷ의 밀녀 다히
디 몯ᄒᆞ야 ᄒᆞᆫ 고ᄃᆡ 니ᄅᆞ니 사ᄅᆞᆷ드리 다 나로서 길고 말ᄉᆞᆷ이 통원 ᄀᆞᆺᄐᆞ며

"만일 재난을 없앨 수만 있다면 목숨을 내놓는 일도 감히 사양치 않겠습니다."
그러자 대왕은 배를 준비하라 명하고 두 사신을 선비에게 딸려보내면서 말했다.
"번거롭겠지만 부마는 바다 용왕님을 한 번 알현하고, 동해 제삼차第三汊('차汊'는 물이 갈라지는 곳) 제칠도第七島의 장수국에 재난이 생겼으니 구원해주시길 청한다고만 말씀드리게. 우리나라는 아주 작으니 반드시 두세 번 말씀드려야만 하네."
그러고는 눈물을 흘리며 선비의 손을 부여잡고 작별했다. 선비가 배에 오르자 순식간에 한 해안에 도착했는데, 그 해안의 모래는 모두 일곱 가지 보배로 이루어져 있었다. 그곳 사람들은 모두 기다란 옷에 커다란 관을 쓰고 있었다. 마침내 선비는 앞으로 나아가 용왕을 알현하길 청했다. 용궁의 모습은 불사에 그려진 천궁과 같았으며, 찬란한 빛이 번갈아 반짝여서 제대로 쳐다볼 수 없을 지경이었다. 용왕이 계단을 내려와 영접하자 선비는 계단을 따라 궁전으로 올라갔다. 용왕이 선비에게 찾아온 이유를 묻자 그가 사정을 말씀드렸더니, 용왕은 즉시 명을 내려 속히 조사해보라고 했다. 한참 후에 한 사람이 밖에서 들어와 아뢰었다.
"경내에는 아무 데도 그런 나라가 없사옵니다."
선비가 다시 애원하면서 장수국은 동해 제삼차 제칠도에 있다고 자세히 말씀드리자, 용왕은 다시 사자에게 상세히 조사하여 속히 보고하라고 질책했다. 한 식경이 지나서 사자가 돌아와 아뢰었다.
"그 섬의 새우는 대왕님의 이달치 음식물로 바치게 되어 있어서 며칠 전에 이미 잡아왔사옵니다."

용왕이 웃으며 말했다.

"손님은 새우에게 홀린 게 틀림없소. 나는 비록 용왕이지만 먹는 것은 모두 하늘의 명을 받기 때문에 함부로 먹고 안 먹고 할 수가 없소. 하지만 오늘은 손님을 봐서 음식을 줄이겠소."

그러고는 선비를 데려가서 둘러보게 했는데, 집채만한 쇠 가마솥 수십 개 안에 새우가 가득 들어 있는 것이 보였다. 그중에서 붉은색에 팔뚝만한 크기의 새우 대여섯 마리가 선비를 보고 팔짝팔짝 뛰었는데, 마치 구해달라고 하는 모양 같았다. 선비를 데려왔던 사람이 말했다.

"이것이 바로 새우 왕입니다."

선비는 자기도 모르게 슬피 눈물을 흘렸다. 그러자 용왕은 새우 왕이 들어 있는 가마솥 하나를 놓아주라고 명한 뒤, 두 사자에게 선비를 중국으로 돌려보내주라고 했다. 선비는 하루 저녁 만에 등주登州에 도착했는데, 두 사자를 돌아보았더니 다름 아닌 커다란 용이었다.

『유양잡조酉陽雜俎』

이국異國

이 범주는 중국을 둘러싼 동서남북의 수많은 이국의 이야기를 모아놓은 '만이蠻夷'류가 해당한다. 이국에는 『산해경山海經』과 같은 책에 등장하는 신화·전설상의 허구적인 나라도 있고, 실제로 존재했던 나라도 있다. 특히 우리나라와 관련하여 '신라新羅' 항목에 여섯 편의 이야기가 실려 있어 주목된다.

「신라新羅」[54]

— 도깨비방망이

신라국에는 제1품 귀족인 김가金哥가 있다. 그의 먼 조상인 방이旁㐌에게 재산이 아주 많은 동생이 한 명 있었다. 형인 방이는 동생과 분가해서 살았기 때문에 가난해서 입을 것과 먹을 것을 구걸했다. 그 나라의 어떤 사람이 방이에게 빈 땅 한 이랑을 주자 방이는 동생에게 누에알과 곡식 씨앗을 달라고 했다. 동생은 누에알과 곡식 씨앗을 쪄서 방이에게 주었지만 방이는 그 사실을 몰랐다. 누에알이 부화했을 때 단 하나만 살아 있었는데, 그것은 날마다 1촌 남짓씩 자라나 열흘 만에 소만큼 커졌으며 몇 그루의 뽕잎을 먹어도 부족했다. 동생은 그 사실을 알고 틈을 엿보아 그 누에를 죽였다. 그랬더니 하루 뒤에 사방 100리 안에 있던 누에들이 모두 방이의 집으로 날아와 모였다. 나라 사람들은 그 죽은 누에를 '거잠巨蠶'이라 부르면서 누에의 왕이라고 생각했다. 방이의 사방 이웃들이 함께 고치를 켰지만 일손이 부족했다. 방이가 심은 곡식 씨앗 중에서 단 한 줄기만 자라났는데 그 이삭의 길이는 1척도 넘었다. 방이는 늘 그 이삭을 지켰는데 어느 날 갑자기 새가 그것을 꺾어서 물고 가버렸다. 방이가 그 새를 뒤쫓아 산으로 올라가서 5~6리를 갔더니 새가 한 바위틈으로 들어갔다. 그때는 해가 져서 길이 어두웠으므로 방이는 그 바위 옆에서 머물렀다. 한밤중에 달이 밝게 빛날 때 보았더니 한 무리의 아이들이 모두 붉은 옷을 입고 함께 놀고 있었다. 그중에서 한 아이가 말했다.

"너는 뭐가 필요하니?"

다른 한 아이가 말했다.

"술이 필요해."

그러자 그 아이가 금방망이 하나를 꺼내 바위를 두드렸더니 술과 술그릇이 모두 차려졌다. 또다른 한 아이가 "음식이 필요해"라고 하자, 그 아이가 또 금방망이를 두드렸더니 떡과 국과 불고기 등이 바위 위에 차려졌다. 한참 후에 그들은 음식을 다 먹고 떠나면서 금방망이를 바위틈에 꽂아두었다. 방이는 크게 기뻐하며 그 방망이를 가지고 집으로 돌아왔다. 방망이를 두드리는 대로 원하는 것이 마련되었기 때문에 그로 인해 방이는 나라와 맞먹을 정도로 부자가 되었다. 방이는 늘 진주와 구슬을 동생에게 넉넉히 주었는데 동생이 말했다.

"나도 어쩌면 형처럼 금방망이를 얻을 수 있을 겁니다."

방이는 동생이 어리석다는 것을 알고 있었기에 그를 깨우쳐주었으나 듣지 않자 그의 말대로 하게 내버려두었다. 동생도 누에알을 부화시켜 단 하나의 누에를 얻었지만 보통 누에와 같았다. 곡식 씨앗을 심었더니 역시 한 줄기가 자라났는데, 그것이 장차 익을 무렵에 또 새가 물어가버렸다. 동생은 크게 기뻐하며 그 새를 따라 산으로 들어가서 새가 들어간 곳에 이르러 한 무리의 도깨비를 만났다. 그러자 도깨비가 화를 내며 말했다.

"이놈이 우리의 금방망이를 훔쳐간 자다!"

그러고는 곧장 그를 붙잡고서 말했다.

"너는 우리를 위해 3판版(1판은 1척 높이에 8척 길이)에 이르는 담장을 쌓겠느냐? 아니면 네 코를 1장丈으로 길어지게 해주길 바라느냐?"

방이의 동생은 3판에 이르는 담장을 쌓겠다고 청했는데, 3일이 지나자 배고프고 피곤하여 담장을 쌓지 못했다. 그래서 도깨비에게 봐달라고 애원했더니, 도깨비가 그의 코를 잡아 뽑았다. 결국 동생은 코끼리 같은 코를 들쳐 메고 집으로 돌아왔다. 나라 사람들이 괴상하게 여기면서 구경하려고 몰려들자 그는 부끄럽고 분통터져서 죽고 말았다. 나중에 방이의 자손들이 장난삼아 금방망이를 두드려 이리 똥을 요구하자, 천둥과 번개가 치면서 금방망이가 어디론가 사라져버렸다.

『유양잡조』

전기傳奇

이 범주는 당나라의 전기소설 14편을 모아놓은 '잡전기雜傳記'가 해당한다. 당시 단행본으로 유행했을 것으로 추정되는 이 작품들은 『태평광기』의 고사 중에서 소설적 완성도가 가장 높으며, 후대 문학에 미친 영향도 매우 크다.

「앵앵전鶯鶯傳」[55]

— 정열적이면서도 이성적인 앵앵의 사랑

당나라 정원貞元 연간(785~805)에 장생張生이라는 사람이 있었는데, 성품이 온화하고 훌륭하며 용모가 수려하고 의지가 굳세어 예가 아니면 행하지 않았다. 때로 친구가 연회를 열어 그 속에 어울릴 때면 다른 사람들은 모두 남에게 뒤질세라 시끄럽게 떠들었지만 장생은 조용하고 다소곳하며 끝내 난잡해지지 않았다. 이 때문에 그는 23세가 될 때까지 여색을 가까이한 적이 없었다. 그를 아는 사람이 따져 묻자 그는 변명하며 말했다.

"등도자登徒子[56]는 호색한이 아니라 못된 행동을 했던 사람이오. 나야말로 진정한 호색한이지만 미색을 만나지 못했을 뿐이오. 어째서 이런 말을 하시오? 나는 대저 사물 중에서 뛰어나게 아름다운 것이 있으면 마음에 새겨두지 않은 적이 없었으니 이것으로 내가 사랑이 없는 사람이 아니라는 것을 알 수 있을 것이오."

물어보았던 사람은 그의 말을 알아들었다.

얼마 지나지 않아 장생은 포주蒲州로 놀러갔다. 포주의 동쪽 10여 리 되는 곳에 보구사普救寺라는 절이 있었는데 장생은 그곳에 머물렀다. 그때 마침 최씨崔氏 집안의 과부가 장안으로 돌아가는 길에 포주를 지나가다가 역시 그 절에 머물게 되었다. 최씨 집안의 부인은 정씨鄭氏 집안의 딸이었고 장생도 정씨에게서 태어났기 때문에 그 친척 관계를 따져보니 바로 계파가 다른 이모였다.

그해에 장군 혼감渾瑊이 포주에서 죽었는데, 정문아丁文雅라는 환관이 군대를 잘 통제하지 못하자 군인들은 장례를 기회로 난리를 일으켜 포주 사람들을 약탈했다. 최씨 집안은 재산이 매우 많고 하인들도 많았지만 객지에서 머물고 있었기에 당황하고 두려워 기탁할 곳을 알지 못했다. 이에 앞서 장생은 포주 장군들의 무리와 사이가 좋았으므로 그들에게 관리를 보내 그곳을 보호해달라고 청해서 최씨 일족은 결국 난리를 피할 수 있었다. 10여 일 후에 염방사廉訪使 두확杜確이 천자의 명령을 받아 군정軍政을 주관하여 군대를 통솔했기 때문에 군인들의 난리도 수습되었다.

정씨는 장생의 은덕에 깊이 감사하며 음식을 차려놓고 장생을 초청하여 중당中堂에서 연회를 열었다. 정씨가 다시 장생에게 말했다.

"나는 과부로 어린아이들을 데리고 있었는데, 불행히도 군사들의 난리를 만났으니 사실 몸조차 보존하지 못했을 것이네. 어린 아들과 딸은 그대가 살려준 것이나 다름없으니 어찌 보통의 은혜에 비하겠는가? 지금 아이들에게 형님과 오라버니의 예로 받들어 모시게 하여 은혜에 보답하고자 하네."

그러고는 아들을 불렀는데, 아들의 이름은 환랑歡郞으로 열 살가량 되었고 얼굴은 매우 온화하고 잘생겼었다. 다음에는 딸을 불렀다.

"나와서 네 오라버니에게 절해라. 이 오라버니가 너를 구해줬단다."

한참이 지나도록 그녀가 몸이 아파서 못 나오겠다고 하자 정씨가 화를 내며 말했다.

"이 오라버니가 너의 목숨을 보호해주지 않았다면 너는 사로잡히고 말았을 것인데 멀리하고 싫어해서 되겠느냐?"

그러자 한참 만에 그녀가 나왔는데, 평소 입던 옷에 함치르르한 얼굴을 하고 새로 치장을 하지 않았다. 쪽진 머리가 흘러내려 눈썹에 닿았고 두 뺨에 홍조를 띠고 있었을 뿐이었지만 얼굴이 정말 아름다워 사람의 마음을 움직일 정도로 빛이 났다. 장생이 놀라며 그녀에게 인사하자 그녀는 정씨 옆에 앉았다. 정씨가 억지로 만나보게 한 것이라 그녀는 곁눈질하며 매우 원망스러워했는데, 마치 자신의 몸도 가누지 못할 정도로 연약해 보였다. 장생이 그녀의 나이를 물어보자 정씨가 대답했다.

"지금 천자(덕종)의 갑자년(784) 7월에 태어나서 올해가 정원 경진년(800)이니 열일곱 살이라네."

장생이 조금씩 말을 걸어보았지만 그녀는 대답하지 않았다. 결국 연회가 끝났다.

장생은 그때부터 그녀에게 미혹되어 그의 마음을 알리고 싶었지만 전할 방법이 없었다. 최씨에게는 홍낭紅娘이라는 하녀가 있었는데, 장생은 몰래 서너 번 그녀에게 선물을 주다가 틈을 타서 그의 속마음을 털어놓았다. 하녀가 과연 몹시 놀라 부끄러워하면서 도망쳐버리자 장생은 그 일을 후회했다. 다음날 하녀가 다시 오자 장생은 부끄러워하며 어제 일을 사과하고 다시는 부탁의 말을 하지 않았다. 그러자 하녀가 장생에게 말했다.

"당신의 말씀은 감히 전해드릴 수도 없고 발설할 수도 없습니다. 그러나 당신은 최씨의 친척들을 상세히 알고 계신데 어째서 당신의 덕망으로 청혼하지 않으십니까?"

장생이 말했다.

"나는 어려서부터 구차하게 시류에 어울리지 않는 성격이었지. 그래서 간혹 여자들 사이에 있을 때도 있었지만 그들에게 눈길을 준 적이 없었어. 지금까지 여자에게 미혹된 일이 없었는데 결국 그녀에게 미혹되고 말았어. 이전 날 연회 자리에서는 거의 스스로를 억제할 수가 없었지. 며칠 동안 걸으면서도 머물 곳을 잊어버리고 먹으면서도 배부른 줄을 모르니 아마 잠시라도 견딜 수 없을 것 같아. 만약 중매쟁이를 보내 혼인을 청한다면 납채納采(육례六禮의 하나로 신랑 쪽에서 신부 쪽에 보내는 예물)와 문명問名(육례의 하나로 신부 쪽의 생년월일을 알아서 혼례의 길일을 잡는 것) 등을 하는 데 3~4개월은 걸릴 것이니, 그때에는 나를 건어물 가게[57]에서나 찾을 수 있을 거야. 너는 내가 어떻게 하면 좋겠는지 말해보아라."

하녀가 말했다.

"아가씨는 정숙하고 신중하셔서 비록 존귀하신 부모님이라 해도 예의에 어긋나는 말로는 아가씨를 범할 수가 없으니 아랫사람의 계략으로는 납득시키기가 어렵습니다. 그렇지만 아가씨는 문장을 잘 지으셔서 종종 시문을 낮은 소리로 읊조리며 오랫동안 원망하면서도 사모하십니다. 당신이 시험 삼아 연애시를 지어 아가씨의 마음을 동요시켜보십시오. 그렇지 않으면 방법이 없습니다."

장생은 매우 기뻐하며 「춘사春詞」 두 수를 지어 홍낭에게 주었다. 그날 밤 홍낭이 다시 왔는데, 채색비단 편지지에 쓴 편지를 장생에게 가져다주며 말했다.

"아가씨께서 주신 것입니다."

편지에는 「명월삼오야明月三五夜」라는 제목의 시가 적혀 있었는데, 그 내용은 다음과 같았다.

서쪽 행랑채에서 달 뜨길 기다렸다가,
문을 반쯤 열고 바람을 맞이하네.
바람이 담장 스치며 꽃 그림자 움직이니,
아마도 옥인玉人(님)이 오셨나 보네.

장생은 그 시의 뜻을 은밀히 알아차렸다.

그날 밤은 그해 음력 2월 14일이었다. 최씨 방 동쪽에는 꽃이 핀 살구나무 한 그루가 있었는데 그것을 잡고 오르면 담을 넘어갈 수 있었다. 15일 밤에 장생이 그 나무를 사다리 삼아 담을 넘어 서쪽 행랑채에 이르러 보니 문이 반쯤 열려 있었다. 홍낭이 침상에서 자고 있자 장생이 깨웠더니 홍낭이 놀라며 말했다.

"도련님께서는 어떻게 오셨습니까?"

장생이 그녀를 속이며 대답했다.

"최씨의 편지에 나를 오라고 했으니 너는 나를 대신해 아가씨께 전해라."

얼마 지나지 않아 홍낭이 다시 오더니 연이어 말했다.

"오십니다! 오셔요!"

장생은 기쁘고 놀라워하면서 틀림없이 일이 성공했다고 생각했다. 최씨가 왔는데 단정한 옷차림에 몸가짐이 엄숙했다. 그녀는 큰소리로 장생의 잘못을 열거하며 질책했다.

"우리집 사람들을 살려주신 오라버니의 은혜는 고마웠습니다. 그 때문에 어머니께서도 어린 아들과 딸을 부탁하셨습니다. 그런데 어째서 품행이 좋지 못한 하녀를 통해서 음란한 글을 전하게 하십니까? 처음에는 난리에서 사람을 구해주시는 의로움을 행하시다가 결국은 난리를 미끼로 저를 취하려 하시니, 이것은 난리로 난리를 바꾸는 것으로 그 차이가 얼마나 되겠습니까? 사실 그 글을 숨기려고 했지만 사람의 간악함을 덮어주는 것은 의로운 일이 아니고, 또한 어머니께 알리는 것은 은혜를 저버리는 것이라 좋은 행동이 아니어서, 하녀를 통해 말을 전하려 했지만 또 저의 진심을 전할 수 없을까 두려웠습니다. 그래서 짧은 글을 지어 저의 마음을 알려드리고자 했으나 오라버니가 난처해할까 두려워 비루하고 음란한 시를 지어 오라버니를 꼭 오시게 한 것입니다. 예의에 어긋난 행동을 하신 것이 마음에 부끄럽지 않으십니까? 아무쪼록 예의를 스스로 지키시어 문란함에 이르지 마십시오."

말을 마치자 홱 돌아서서 가버렸다. 장생은 한참 동안 망연자실하다가 다시 담을 넘어 나온 뒤로 절망했다.

며칠 후 장생이 방에서 혼자 자고 있었는데, 갑자기 어떤 사람이 그를 깨웠다. 장생이 놀라 일어나 보았더니 홍낭이 이불과 베개를 가지고 와서 그를 흔들며 말했다.

"오십니다! 오셔요! 주무시고 계시면 어떻게 해요?"

그러고는 베개를 나란히 놓고 이불을 포개놓은 뒤 가버렸다. 장생은 눈을 비비며 한참 동안 똑바로 앉아서 꿈이 아닌가 의심하면서도 진실한 마음으로 기다렸다. 잠시 후에 홍낭이 최씨를 모시고 왔는데, 최씨는 교태스럽고 수줍어하는 자태가 매우 고왔고 자기 몸조차 가누지 못할 만큼 연약해 보여 지난날의 단정하고 장중한 모습과는 완전히 달랐다. 그날 밤은 18일이었는데, 비스듬히 기운 달은 수정처럼 맑고도 밝아 달빛이 침상 절반을 그윽하게 비췄다. 장생은 정신이 아득해져서 그녀가 신선의 무리이지 인간 세상에서 온 사람이 아니라고 생각했다. 잠시 후에 절에서 종이 울리고 날이 밝으려 하자 홍낭이 떠나길 재촉했다. 최씨가 애교스럽게 울먹이며 누워서 뒤척이자 홍낭이 다시 그녀를 부축하여 돌아갔다. 그녀는 그날 밤 내내 한마디도 하지 않았다. 장생은 날이 새는 것을 보고 자리에서 일어나 스스로 의심하며 말했다.

"설마 꿈은 아니겠지?"

날이 밝았을 때 보았더니 화장이 팔에 묻어 있었고 옷에서는 향기가 났으며 눈물자국이 희미하게 반짝이며 여전히 이부자리에서 빛나고 있었다.

그후 또 10여 일 동안 묘연히 소식이 없었다. 장생이 「회진시會眞詩」 30운韻(60구로 이루어진 율시律詩)을 짓다가 아직 끝나지 않았을 때 홍낭이 마침 왔다. 장생은 그 시를 홍낭에게 주어 최씨에게 갖다드리게 했다. 그때부터 그녀는 다시 그를 받아들였고, 그는 아침이면 몰래 나오고 저녁이면 몰래 들어가면서 이전의 서쪽 행랑채에서 함께 지낸 지 거의 한 달이나 되었다. 한번은 장생이 정씨의 의향을 묻자 정씨가 대답했다.

"나로서도 어쩔 수 없네."

그러고는 혼인을 빨리 성사시키려고 했다.

그러나 얼마 지나지 않아 장생은 장안으로 가게 되자 먼저 자신의 사정을 최씨에게 알렸다. 최씨는 장생을 난처하게 하는 말은 조금도 하지 않았지만 슬픔과 원망이 서린 그녀의 얼굴은 사람의 마음을 아프게 했다. 장생은 떠나기 전 이틀 밤 동안 그녀를 다시 만나지 못한 채 결국 서쪽으로 내려갔다.

몇 달 후에 장생은 다시 포주로 놀러가서 최씨와 만나 또 여러 달을 지냈다. 최씨는 서예에 매우 뛰어났고 문장도 잘 지었는데 장생이 여러 번 간청했으나 끝내 볼 수 없었다. 종종 장생이 직접 문장으로 유혹했지만 역시 거들떠보려고도 하지 않았다. 대개 최씨가 남보다 뛰어난 점은 지극히 뛰어난 기예를 가지고 있으면서도 겉으로는 모르는 것처럼 하고 언변이 민첩하고 조리가 있으면서도 응대하는 일이 적다는 것이었다. 그래서 장생을 대하는 애정도 매우 두터웠지만 말로 표현한 적은 없었다. 사랑에 대한 근심이 아득히 깊을 때도 항상 모르는 척했으며 기뻐하거나 화내는 모습도 겉으로 드러내는 일이 드물었다. 어느 날 그녀가 밤에 혼자 금琴을 탔는데, 근심에 젖은 곡조가 처량하고 측은했다. 장생이 몰래 듣고 청해보았지만 끝내 다시 연주하지 않았다. 그 때문에 장생은 더욱 그녀에게 미혹되었다.

어느덧 장생은 과거시험 볼 날짜가 다가와 또 서쪽으로 떠나야만 했다. 떠나는 날 밤에 장생은 다시 자신의 사정을 직접 말하지 못하고 최씨의 옆에서 탄식만 했다. 최씨는 이미 그와 헤어져야 한다는 사실을 몰래 알고는 몸가짐을 공손히 하고 부드러운 목소리로 천천히 장생에게 말했다.

"문란하게 시작했으므로 결국 버려지는 것은 당연한 일이니 저는 원망하지 않겠습니다. 분명한 것은 서방님이 저를 망쳐놓았으니 서방님이 끝맺음해주신다면 서방님의 은혜일 것입니다. 종신토록 변치 않겠다는 서약도 죽을 때까지 갈 것이니 하필 이번에 가시는 것을 깊이 한탄할 이유가 있겠습니까? 그러나 서방님께서 슬퍼하시니 뭐라 위안드릴 말이 없습니다. 서방님께서 항상 저에게 금을 잘 탄다고 하셨지만 이전에는 부끄러워 탈 수가 없었습니다. 지금 가시게 되었으니 서방님의 그 소원을 이루어드리겠습니다."

그러고는 금을 가져오라고 해서 〈예상우의霓裳羽衣〉 서곡을 연주했는데, 얼마 연주하지 않아서 슬픈 소리가 원망하듯 어지러워져 그 곡인지도 알 수 없었다. 좌우에 있던 사람들이 모두 흐느껴 울자 최씨도 급히 연주를 멈추더니 금을 내던지고 눈물을 주르륵 흘리면서 정씨가 있는 곳으로 뛰어들어가 결국 다시는 나오지 않았다. 다음날 아침에 장생은 길을 떠났다.

이듬해 장생은 과거에 낙방하여 결국 도성에 머물면서 최씨에게 편지를 보내 그녀의 마음을 달래주었다. 최씨에게서 답장이 왔는데, 여기에 대략 적어본다.

"삼가 보내주신 편지 잘 읽어보았습니다. 저를 매우 깊이 사랑해주시니 저의 마음은 슬픔과 기쁨이 교차합니다. 아울러 보내주신 화승花勝(여인들의 머리 장식) 1합盒과 입술연지 5촌은 머리를 단장하고 입술을 바르는 데 쓰겠습니다. 비록 특별한 은혜를 입기는 했지만 다시 누구를 위해 화장을 한단 말입니까? 이런 물건을 보니 그리움만 더해져 슬픔과 탄식이 쌓여갈 뿐입니다. 삼가 듣자오니 도성에서 학업에 힘쓰시는 것은 학문을 닦는 길에 있어서 진실로 편안한 일이라고 합니다. 그러나 궁벽한 곳에 있는 저와 같은 사람을 영원히 버리실까 두렵습니다. 저의 운명이 이와 같은데 무슨 말을 다시 하겠습니까? 지난 가을 이래로 항상 멍한 채 마치 뭔가를 잃어버린 것 같아서 시끄럽게 떠드는 사람들 속에서 간혹 억지로 떠들며 웃지만 한적한 밤에 혼자 있을 때면 눈물을 흘리지 않은 적이 없습니다. 그러다 잠이 들어 꿈을 꿀 때면 또한 많은 생각에 목이 멥니다. 근심스러운 생각이 가슴속에 서리고 맺히어 잠시 동안은 평소와 같지만 꿈속에서의 만남이 끝나기도 전에 깜짝 놀라 잠에서 깨어납니다. 비록 반쪽 이불이 따뜻한 듯도 하지만 생각해보면 서방님은 아주 멀리 계십니다. 어제 절하고 떠나간 듯한데 어느덧 지난해의 일이 되었습니다. 장안은 놀기 좋은 곳이라 흥미를 유발하고 마음을 끄는 것이 많을 텐데도 미천한 몸을 잊지 않고 싫어하지 않으며 돌보아 생각해주시니 얼마나 다행인지 모르겠습니다. 비천한 저의 뜻으로는 보답할 길이 없지만 처음에 했던 맹세는 결코 변하지 않을 것입니다. 저는 옛날에 서방님과 내외종 관계로 함께 연회석에 앉기도 했지만 하녀의 꼬임으로 결국 부모님의 허락도 없이 사사로이 사랑을 바쳤으니 저의 마음이 굳세지 못했습니다. 서방님께 금琴을 연주하는 유혹[58]을 받았을 때도 저는 베틀의 북을 던져 거절하지[59] 못했습니다. 그리고 잠자리에 같이 들어서는 사랑이 더욱 깊어져 저의 못난 마음에 종신토록 의지할 수 있으리라고 영원히 생각했습니다. 그러나 서방님을 만나고도 정식 혼례를 올리지 못하리라고 어찌 생각이나 했겠습니까? 스스로 몸을 바친 수치를 생각하면 다시는 떳떳하게 남편을 모실 수 없을 것입니다. 이는 종신토록 한이 될 것이니 한탄하는 것밖에 무슨 말을 하겠습니까? 만약 어진 서방님께서 마음을 쓰셔서 저의 답답하고 아득한 고통을 굽어 살펴주신다면 비록 죽는 날일지라도 살아 있는 날과 같을 것입니다. 만약 사리에 통달한 서방님께서 사랑의 감정을 대수롭지 않게 여겨 작은 것을 버리고 큰 것을 따르시고 결혼하기 전에 맺은 관계를 추행이라고 여기면서 굳은 맹세를 저버려도 좋은 것이라고 여기시더라도, 저의 몸은 녹아 없어지겠지만 일편단심 저의 마음만은 사라지지 않고 바람을 타고 이슬에 의지하여 서방님께 의탁할 것입니다. 살아서나 죽어서나 변치 않는 진실한 마음을 여기에 다 말씀드렸습니다. 편지지를 대하니 눈물이 앞을 가려 마음을 다 펴낼 수가 없습니다. 아무쪼록 옥체 보중하십시오! 옥체 보중하십시오! 이 옥가락지 하나는 제가 어렸을 때 가지고 놀던 것으로 서방님이 허리에 찰 수 있도록 보내드립니다. 옥은 단단하고 윤기 있으며 빛이 바래지 않기 때문이고, 가락지는 처음부터 끝까지 끊긴 곳이 없기 때문입니다. 아울러 엉클어진 실 한 타래와 반점이 있는 대나무로 만든 차 빻는 기구 하나를 보내드립니다. 이 물건들이 진귀한 것은 아니지만 보내드리는 뜻은, 당신이 옥처럼 진실하길 바라고 저의 마음도 가락지처럼 끊어지지 않길 바라며 눈물자국이 대나무에 남아 있고 근심 어린 마음이 실처럼 엉켜 있다는 저의 생각을 이 물건들을 빌려 표현해드림으로써 영원히 저를 사랑해주시길 바라는 것뿐입니다. 마음은 가까이 있지만 몸은 떨어져 있으니 언제 다시 만날 수 있을지 기약이 없습니다. 애타게 그리운 마음이 모이면 천 리라도 마음이 통할 것입니다. 옥체 보중하십시오! 봄바람에 질병이 많이 생기니 억지로라도 식사를 하시는 것이 몸에 좋습니다. 신중하게 자신을 챙기시고 저 같은 것은 깊이 생각하지 마십시오."

장생이 그 편지를 알고 지내는 사람들에게 보여주었기 때문에 당시 사람들 중에 그 일에 대해 들은 사람이 많았다. 장생과 친했던 양거원楊巨源은 시를 잘 지어 「최낭시崔娘詩」 한 수를 지었다.

반랑潘郎[60]의 준수함은 옥도 그만 못하고,
정원의 혜초蕙草[61]는 눈 녹는 봄날 피어났네.
풍류재자들 봄 생각 간절한데,
애끊는 소낭蕭娘(당나라 때 여자를 부르던 호칭)의 편지 한 장.

하남河南의 원진元稹도 장생의 「회진시」 30운에 화답하여 다음과 같이 읊었다.

초승달은 발을 드리운 창에 스며들고,
반딧불은 푸른 하늘을 가로지르네.
아득한 하늘 어슴푸레해지고,
낮게 드리워진 나무는 점점 푸르러가네.
용 휘파람 소리[62]는 정원의 대나무를 지나고,
난새 노래 소리[63]는 우물가 오동나무를 흔드네.
비단 명주 옷 엷은 안개처럼 드리워져 있고,
패옥佩玉은 산들바람에 소리를 내네.
강절絳節(신선의 의장儀仗)은 금모金母(서왕모. 앵앵을 비유)를

따르고,

구름은 옥동玉童(선동仙童. 장생을 비유)을 받드네.

밤은 깊어 인적 끊어지고,

날이 밝자 비가 부슬부슬 내리네.

반짝이는 구슬은 수놓은 신발에서 빛나고,

고운 꽃은 수놓은 용 사이에서 어른거리네.

옥비녀는 채색 봉황이 지나가는 것 같고,

비단 어깨걸이는 붉은 무지개가 덮인 것 같네.

요화포瑤華浦(신선이 사는 곳. 앵앵의 거처를 비유)에서부터,

벽옥궁碧玉宮(신선이 사는 곳. 장생의 거처를 비유)으로 향하네.

낙양성 북쪽으로 놀러갔다가,

송씨宋氏 집 동쪽[64]을 향했다네.

희롱에 처음에는 은근히 거절했지만,

부드러운 정은 이미 몰래 통하고 있었다네.

낮게 쪽진 매미 날개 모양의 머리 움직이고,

돌아서 걷는 얼굴은 옥가루가 덮인 듯하네.

얼굴을 돌리니 눈꽃송이 흐르는 듯하고,

침상에 오르니 비단 이불을 안는 듯하네.

원앙이 목을 감고 춤추고,

비취새는 즐겁게 한데 어울린다네.

눈썹 화장 부끄러워 한쪽으로 쏠렸고,

입술연지 따뜻하게 더욱 어울리네.

숨 내음 향긋하여 난초 꽃봉오리의 향기 같고,

살결은 윤기 흘러 옥처럼 풍만하네.

힘없이 게으른 듯 팔 움직이고,
애교 많아 사랑스럽게 몸을 웅크리네.
흐르는 땀 구슬처럼 방울지고,
흐트러진 머리카락 검푸르게 무성하네.
바야흐로 천년의 만남 기뻐하는데,
어느덧 새벽 종소리 들려오네.
머무는 시간 짧아 한스럽고,
얽히고설킨 마음 끝내기 어렵다네.
풀죽은 얼굴엔 수심의 빛 어렸고,
향기로운 말로 진심을 맹세하네.
보내준 옥가락지는 결합할 운명임을 밝히고,
남겨준 매듭은 같은 마음임을 뜻한다네.
눈물에 젖은 분은 작은 거울에 떨어져 있고,
꺼져가는 등불은 멀리서 들려오는 어둠속 벌레 소리에 희미해
지네.
연백분鉛白粉의 광채가 환히 빛나고,
떠오르는 해는 점점 빛이 난다네.
오리를 타고 낙수로 돌아가고,[65]
퉁소를 불며 또한 숭산에 오르네.[66]
옷에 남아 있는 사향이 향기롭고,
베개에 남아 있는 입술연지 매끄럽다네.
연못가의 풀은 무성하고,
물가의 다북쑥은 바람에 나부끼네.
소박한 금으로 원학怨鶴[67]을 연주하고,

은하수는 기러기 돌아오기를 고대하네.
넓은 바다는 진실로 건너기 어렵고,
높은 하늘은 솟아오르기 쉽지 않다네.
뜬 구름 정처 없이 흘러가고,
소사蕭史[68]는 누각 안에 있다네.

장생의 친구 중에 그 일을 들은 사람은 모두 기이한 일이라고 관심을 가졌지만 장생의 마음은 그녀와의 관계를 끊어버리려고 했다. 원진은 특히 장생과 친해 그의 생각을 물어보았더니 장생이 대답했다.
"무릇 하늘이 미인에게 내리는 운명은 자신에게 해를 끼치지 않으면 반드시 남에게 해를 끼치게 되어 있소. 만약에 최씨가 부귀한 사람을 만나 총애를 입게 된다면 구름과 비가 되지[69] 않으면 교룡이나 뿔 없는 용이 될 것이니 나는 그녀의 변화를 알 수 없을 것이오. 옛날 은나라의 주왕紂王이나 주나라의 유왕幽王은 백만 대군을 지닌 나라를 거느리고 그 위세도 매우 컸소. 그러나 한 여자가 그들을 멸망시켜 군대를 잃게 하고 자신을 죽게 해서 지금까지 천하 사람들에게 치욕과 비웃음을 당하고 있소. 나의 덕으로는 요물을 이겨낼 수 없으니 감정을 참고 있는 것이오."
당시 자리에 있던 사람들은 모두 깊이 감탄했다.
한 해 남짓 지나 최씨는 이미 다른 사람에게 시집갔고 장생도 부인을 맞이했다. 때마침 장생이 최씨가 사는 곳을 지나게 되자 그는 그녀의 남편을 통해 그녀에게 이종사촌 오빠가 만나보기를 청한다고 전했다. 남편은 그녀에게 말을 전했지만 그녀는 끝내 나오지 않았다. 장생이 진실로 최씨를 원망하는 빛이 얼굴에 나타나자 그녀가 알고 몰래 시 한 수를 지어 보냈다.

수척해진 후로 예쁘던 얼굴 점점 시들어가니
천만 번 뒤척여도 침상 내려오기 귀찮네.
옆 사람에게 부끄러워 못 일어나는 게 아니라,
당신 때문에 야위었으니 오히려 당신에게 부끄럽네.

그러고는 결국 만나주지 않았다. 최씨는 며칠 후 장생이 떠날 때 또 시 한 수를 지어 거절의 뜻을 보냈다.

버려두고선 지금 무슨 할 말이 있겠어요?
그때는 스스로 사랑했었지요.
여전히 옛날에 나를 사랑하던 마음으로,
눈앞의 부인이나 예뻐하세요.

그후로 결국 다시는 서로의 소식을 알지 못했다. 당시 사람들은 장생에 대해 과실을 잘 고친 사람이라고 대부분 인정했다.
나는 항상 친구들이 모이면 종종 그 일의 의미에 대해 말하곤 했는데, 무릇 그 일을 아는 사람은 그러한 행동을 하지 말고 이미 그러한 행동을 한 사람은 더이상 미혹되지 않게 하기 위해서였다. 정원 연간(785~805) 어느 해 9월에 집사執事 이공수李公垂(이신李紳)가 정안리靖安里의 내 집에 머무를 때 그 일에 대해 이야기했다. 이공수는 매우 특이하다고 칭송하면서 결국 「앵앵가鶯鶯歌」를 지어 전했다. 최씨의 어릴 적 이름이 앵앵이어서 이공수는 이것으로 제목을 붙인 것이다.

잡록雜錄

『태평광기』의 마지막 8권에 수록되어 있는 '잡록'류는 이름 그대로 내용 분류 없이 잡다한 이야기를 모아놓았다. 아마도 500권이라는 권수를 채우기 위해 편집해 넣은 것으로 추정된다.

지금까지 『태평광기』의 전체 이야기를 24개 범주로 개괄하여, 각 범주에 대한 간략한 설명과 함께 이를 대표하는 이야기를 몇 편씩 살펴보았다. 『태평광기』는 처음부터 마지막까지 기이하고 환상적인 이야기로 가득찬 무진장한 보물창고라고 하기에 충분하다.

사실 『태평광기』는 작심하고 벼려서 처음부터 끝까지 독파하는 책이 아니다. 불로장생하는 신선 이야기부터 기이한 동식물 이야기에 이르기까지 92개의 큰 부류와 155개의 작은 부류로 체계적으로 분류된 7천 편에 가까운 이야기 중에서 자신이 관심 있는 부분만 골라 읽으면 된다. 이는 『태평광기』가 유서類書, 즉 백과사전식 체제로 되어 있기 때문이며, 결과적으로 우리는 잘 갖춰진 '이야기 백과사전'을 얻게 된 셈이다.

또한 『태평광기』는 부류별로 이야기를 시대순으로 배열하여 해당 부류의 이야기의 형성과 변화 과정을 한눈에 파악할 수 있게 한다. 예를 들어 '호虎'류에는 80여 편의 이야기가 시대순으로 수록되어 있어서 호랑이 이야기의 시대별 특징을 파악할 수 있다. 초기의 호랑이 이야기는 대부분 줄거리가 단순하고 호랑이의 신령함이나 두려움을 내용으로 하고 있는 반면, 후기의 호랑이 이야기는 대체로 줄거리가 복잡해지고 호랑이가 사람으로 변신한 '호화인신虎化人身' 이야기나 사람이 호랑이로 변신한 '인신화호人身化虎' 이야기로 발전하게 된다. 이를 통해 우리는 자연스럽게 '호랑이 이야기의 작은 역사'를 읽게 되는 것이다.

3. 평가

송나라 이전까지 전해지던 수많은 이야기를 집대성한 『태평광기』는 편찬 당시부터 지금에 이르기까지 그 문헌적 가치와 사회문화적 효용성 면에서 귀중한 자료로 평가받고 있다.

먼저 송나라의 나엽羅燁은 『취옹담록醉翁談錄』이라는 필기집에서 "당시 설화인說話人들은 반드시 어려서는 『태평광기』를 익혔고, 장성해서는 역대 사서史書를 공부했다"라고 하여, 당시 전문적인 이야기꾼인 설화인들이 어려서부터 『태평광기』를 공부하면서 이야기의 레퍼토리를 개발했음을 밝혔다. 설화인들의 레퍼토리는 크게 단편 이야기(이를 '소설小說'이라 칭함)와 장편 이야기(이를 '강사講史'라 칭함)로 나뉘었는데, 단편 이야기는 주로 사랑, 재판, 전쟁영웅 등에 관한 내용이었고, 장편 이야기는 대부분 이전 시대의 특정한 역사적 사건을 다루었다. 『태평광기』는 이런 설화인들의 단편 이야기 레퍼토리의 원천이 되었던 셈이다.

명나라의 풍몽룡馮夢龍은 『태평광기』에서 주요 고사를 가려 뽑아 80권으로 된 『태평광기초太平廣記鈔』를 편찬했는데, 그 책의 「소인小引」에서 "비록 패관稗官의 야사野史일지라도 당대의 풍속을 치료하는 훌륭한 약이 아닌 것이 없으니, 『태평광기』는 약상자 속의 대단한 약제藥劑가 아니겠는가!"라고 했다. 삼언三言(『유세명언喩世明言』 『경세통언警世通言』 『성세항언醒世恒言』)이라는 대표적인 의화본소설擬話本小說을 편찬하여 통속문학의 옹호에 앞장섰던 풍몽룡이 보기에, 이제 『태평광기』는 이야기 소재로서의 쓰임에서 더 나아가 한 시대의 풍속을 바로잡는 데 훌륭한 역할을 할 수 있는 치료제였던 것이다.

청나라의 기윤紀昀은 『사고전서총목제요四庫全書總目提要』에서 『태평광기』에 대해 "고래로 숨은 이야기와 자질구레한 일, 보기 드문 책과 없어진 문장이 모두 여기에 있는데, 그 권질卷帙이 적은 것은 종종 전부 수록해놓았으니, 대개 소설가의 깊은 바다이다. ……이 책은 비록 귀신과 요괴를 많이 이야기하고 있지만 채록한 고사가 매우 풍부하고 명물名物과 전고典故가 그 사이에 섞여 있기에, 문장가들이 늘 인용하는 바이고 고증가들 역시 자료로 삼는 바가 많다. 또한 당나라 이전의 책 가운데 세상에 전해지지 않는 것으로 온전치 못한 서적이 십분의 일이나 여전히 보존되어 있으므로 더욱 귀중하다"라고 했다. 『사고전서』 편찬을 책임지고 이끌었던 대학자이자 문인인 기윤은 위진남북조 지괴소설을 모방하여 『열미초당필기閱微草堂筆記』라는 지괴소설집을 짓기도 했다. 기윤이 심취했던 『태평광기』는 이처럼 고래의 소설이 집대성되어 있을 뿐 아니라 다양한 내용을 수록하고 있어 문장가와 고증가가 즐겨 참고하는 책이었으며, 특히 망실되어 전해지지 않는 책의 일부 내용을 간직하고 있는 귀중한 자료였다.

현대에 이르러 루쉰은 「파당인설회破唐人說薈」라는 글에서 "나는 『태평광기』의 장점이 두 가지라고 생각한다. 첫째는 육조六朝에서 송나라 초까지의 소설을 거의 전부 수록하고 있으므로 대략적인 연구를 한다면 많은 책을 따로 살 필요가 없다는 것이고, 둘째는 요괴, 귀신, 스님, 도사 등을 한 부류씩 매우 분명하게 분류하고 아주 많은 고사를 모아놓았으므로 우리들이 물리도록 실컷 볼 수 있다는 것이다"라고 했다. 중국 현대문학의 선구자이자 중국인으로서 처음으로 『중국소설사략中國小說史略』이라는 소설사를 저술한 루쉰은 누구보다도 『태평광기』의 문헌적 가치를 중시한 사람이었다. 루쉰에게 『태평광기』는 고소설 연구의 필독서로서 수많은 이야기를 부류별로 편집해놓은 체계적인 이야기 사전이었다. 실제로 루쉰은 망실된 위진남북조의 소설 작품을 모아 기록한 『고소설구침古小說鉤針』과 당·송의 전기소설을 모아 엮은 『당송전기집唐宋傳奇集』을 편찬할 때 『태평광기』에서 가장 많은 이야기를 채록했다.

이렇게 세대를 거듭하며 널리 읽혔던 『태평광기』는 단지 중국만의 유산으로 머물지 않았다. 이 책은 중국을 넘어 동아시아 각계각층의 독자들로부터도 폭넓은 사랑을 받았을 만큼 대중적 영향력을 발휘했고 동아시아 문학에 지대한 영향을 미쳤다.

3장
동아시아 문학에 미친 영향

1. 『태평광기』의 한국 전래와 수용

전래 시기

『태평광기』가 처음 한국에 전래된 시기는 아직까지 명확하게 밝혀지지 않았다. 하지만 남송 때의 문인 왕벽지王闢之가 지은 『승수연담록澠水燕談錄』 권9 「잡록雜錄」에서 『태평광기』의 고려 유입 시기를 추정할 수 있는 단서를 발견할 수 있다.

원풍元豐 연간에 고려 사신 박인량朴寅亮이 명주明州에 이르자 상산현위象山縣尉 장중張中이 시를 지어 그를 전송했는데, 그때 박인량이 답한 시의 서序에 "꽃다운 얼굴로 불을 지피는 모습은 이웃집 부인의 오므린 푸른 입술(청순靑脣)을 부끄럽게 만들고, 뽕나무 사이의 누추한 곡은 영郢 땅 사람의 백설곡白雪曲의 뒤를 이었네"라는 말이 있었다. 그러자 담당관리가 장중은 지위가 낮은 관리이므로 오랑캐 사신과 교유해서는 안 된다고 탄핵했다. 탄핵문이 상주되자 신종神宗이 좌우 신하들에게 '푸른 입술'이 무슨 고사에서 유래하는지를 물었으나 모두 대답할 수 없었다. 그래서 신종이 조원로趙元老에게 물었더니 조원로가 아뢰었다.

"불경스러운 말이라 감히 말씀드릴 수 없사옵니다."

신종이 다시 묻자 조원로는 『태평광기』의 구절을 외워서 대답했다.

"어떤 부인이 보니, 이웃집 남편이 자기 아내가 아궁이에 불 지피는 모습을 보고 다음과 같은 시를 지어주었습니다. '불 지피려고 붉은 입술(주순朱脣) 오므리고, 땔감 넣으려고 옥 같은 팔 드리우네. 멀리서 연기 속의 얼굴 보노라니, 마치 안개 속에 핀 꽃과 같구려.' 그 부인이 자기 남편에게 고했습니다. '당신은 왜 저 사람을 본받지 않습니까?' 그러자 그 남편이 말했습니다. '당신이 불을 지피면 나도 그 사람처럼 시를 지어보겠소.' 그 남편이 마침내 시를 지었습니다. '불 지피려고 푸른 입술 오므리고, 땔감 넣으려고 검은 팔 드리우네. 멀리서 연기 속의 얼굴을 보노라니, 마치 귀신을 보는 것 같구려.'"

조원로는 뛰어난 기억력이 이와 같아 비록 괴벽한 소설이라 할지라도 두루 보지 않은 것이 없었다.

『고려사高麗史』 권9 「문종 34년조」와 권95 「박인량전」에 따르면, 고려 문종 34년(1080)에 사신으로 선발된 호부상서 유홍柳洪과 예부시랑 박인량이 송나라를 향해 가다가 바닷길에서 폭풍을 만나 고생한 적이 있었는데, 북송 신종 원풍 3년(1080) 때의 사건이었다. 위 인용문은 그당시 박인량이 상산현위 장중에게

『태평광기』의 고사를 활용하여 글을 지어주었다는 내용을 담고 있다. 여기에 등장하는 '푸른 입술'의 고사는 『태평광기』 권251에 실려 있는 「인부鄰夫」라는 이야기다. 이처럼 박인량이 『태평광기』의 고사를 능숙하게 활용했다는 사실로 볼 때, 이 책은 적어도 그가 사신으로 떠났던 1080년 이전 고려에 전래되었을 것이다. 1080년은 중국에서 『태평광기』가 간행된 때(981)로부터 약 100년이 지난 시점이다.

고려시대 문헌인 『대각국사외집大覺國師外集』 권5 「대송사문변진서제이大宋沙門辯眞書第二」에는 송나라 승려 변진이 대각국사 의천義天에게 보낸 편지가 실려 있는데, 그중에 직접 『태평광기』를 언급한 대목이 보인다.

> 변진이 아룁니다. 일찍이 급히 안부를 물으신 편지를 받고 아울러 보내주신 『원종문류圓宗文類』도 잘 받았습니다. 거의 10년이 다 되도록 지금까지 주서朱書(편지글)를 펼쳐보면서 잠시도 잊은 적이 없었습니다. ……아울러 해동海東(고려)에 『태평광기』가 있다고 들었는데, 한번 구경할 수 있겠습니까?

의천은 고려 선종 원년(1083)에 『원종문류』를 완성했고, 1085년에 송나라에 들어가 약 14개월 동안 구법求法 활동을 하면서 여러 승려와 교유했는데, 이때 변진과도 왕래한 것으로 보인다. 따라서 변진의 편지는 그로부터 10여 년이 지난 1095년경에 쓰였을 것이다. 이 편지에서 "해동에 『태평광기』가 있다고 들었다"는 언급으로 볼 때, 그 이전에 이미 『태평광기』가 고려에 전래되었음을 알 수 있다. 1095년은 북송 철종哲宗 소성紹聖 2년에 해당하는데, 당시만 하더라도 중국에서는 『태평광기』가 널리 유포되지 못했기에 변진은 오히려 고려에 있던 『태평광기』를 보고 싶다고 했던 것이다. 이 기록은 『태평광기』의 고려 전래를 확증할 수 있는 중요한 단서라고 하겠다.

고려 의종 8년(1154)에 황문통黃文通이 지은 윤포尹誧의 묘지명에서도 『태평광기』와 관련된 기록을 찾아볼 수 있다.

> (윤포가) 또 대금大金 황통皇統 6년에 「태평광기촬요시太平廣記撮要詩」 100수를 지어 표문과 함께 올리자, 임금은 지주사知奏事 최유청崔惟淸을 보내 칭찬하셨다.
>
> "경은 나이가 많은데도 총명하며 문재가 청신하니, 훌륭함을 감탄하며 잊을 수가 없소."[70]

윤포가 지은 「태평광기촬요시」는 『태평광기』에서 나름대로 중요하다고 판단한 작품을 간추려 100수의 시로 표현한 것으로 보이는데, 현재 망실되어 남아 있지 않다. 윤포는 그 이전의 박인량과는 다르게 『태평광기』에서 소재를 취한 작품을 다량으로 저작했던 셈이다. 그가 시를 지은 시기인 금나라 황통 6년은 고려 인종 24년(1146)이다.

또한 고려 문인 이규보李奎報의 『동국이상국집東國李相國集』에 실려 있는 「개원천보영사시開元天寶詠史詩, 갈고羯鼓」의 병서幷序(시문에 함께 붙어 있는 서문)와 고율시古律詩 「진양후晉陽侯가 그날 당번 든 문객들의 성씨를 모아 운韻으로 삼고 문하의 시인들에게 명하여 겨울철 모란에 대해 시를 짓게 하기에 나도 따라 한 수를 지어 바쳤는데, 방자傍字 운은 스스로 붙였다」의 자주自注(작자가 직접 단 주)에서는 『태평광기』의 고사를 직접 인용했다. '병서'에 인용된 고사는 『태평광기』 권205 '악樂'류 3의 '갈고' 중 「현종」에 나오고,[71] '자주'에 인용된 고사는 『태평광기』 권227 '기교伎巧'류 3의 「한지화」에 나온다. 이규보의 아들 이함李涵이 부친의 문집을 만들고 나서 쓴 「연보年譜」에 따르면, 「개원천보영사시」 연작시는 금나라 명창明昌 5년, 즉 고려 명종 24년(1194)에 지은 것이며, 고율시는 당대 권력자인 진양후 최우崔瑀에 대한 언급으로 볼 때 고종 23년(1236)경에 지은 것으로 보인다. 이로써 『태평광기』의 고사는 당시 문인들이 시문을 창작하면서 옛것을 전거로 삼을 때 활용할 만큼 널리 읽혔음을 짐작할 수 있다.

『태평광기』는 고려 고종 때의 「한림별곡翰林別曲」에도 등장한다. 『한림별곡』은 고종 3년(1216)경 문학을 담당하던 한림학사들이 공동으로 지은 작품이다. 그들은 이 노래에서 "『태평광기』 400여 권을 두루 열람하는 광경이 얼마나 자랑스러운가"라며 감탄하고 있다. 이 노래를 통해 당시 일반 문인학사들까지 『태평광기』를 자랑스레 읽고 있었다는 사실을 알 수 있다. 다만 『태평광기』의 권수를 400여 권으로 말했다는 것은 『태평광기』 전체가 들어오지는 않고 일부가 누락되었음을 의미한다고 볼 수 있다.

요컨대 『태평광기』는 늦어도 고려 문종 34년(1080) 이전에 한국에 전래된 것으로 추정되며, 1095년경에는 분명히 존재했음을 확인할 수 있다. 그후로 『태평광기』는 꾸준히 특정 독자들에게 애호를 받다가 고종 재위기간(1213~1259)에 이르러서는 폭넓은 독자층을 확보하고 있었던 것이다.

수용

『태평광기상절太平廣記詳節』 간행

15세기 후반의 한국 문학사에서 특기할 만한 사항 중 하나는 수필집인 필기筆記를 저술하는 풍조가 크게 유행했다는 사실이다. 조선 세조 8년(1462)에 안재安齋 성임成任은 『태평광기상절』 50권을 편찬했고, 그후 성종 재위기간(1469~1494)에 다시 『태평통재太平通載』 100권을 편찬했다. 그리고 서거정徐居正은 『필원잡기筆苑雜記』와 『태평한화골계전太平閑話滑稽傳』을, 강희맹姜希孟은 『촌담해이村談解頤』를, 이육李陸은 『청파극담靑坡劇談』을, 성현成俔은 『용재총화慵齋叢話』를 각각 저술했다.

이 시기에 필기를 저술하는 풍조가 유행한 것은 당시 문학의 주요 담당층이던 훈구 관료문인들이 문예를 숭상했기 때문이다. 문예에 대한 관료문인들의 의식은 서거정이 쓴 『태평광기상절』의 서문을 통해서 살펴볼 수 있다.

> 나(서거정)는 일찍이 태사공太史公(사마천司馬遷)의 「골계전滑稽傳」을 읽고 이러한 글은 짓지 않아도 된다고 생각했다. 성인은 책을 저술하고 학설을 세워 유가의 가르침에 도움을 주고 후세에 교훈을 남겼으니, 어찌 일찍이 기괴한 이야기들을 주워 모아 호사가에게 웃음거리

太平廣記詳節卷之二十五

夢遊

櫻桃青衣

天寶初有范陽盧子在都應擧頻年不第漸
窮迫嘗暮乘驢遊行見精舍中有僧開講聽
徒甚衆盧子方詣講筵倦寢夢至精舍門見
一青衣携一籃櫻桃在下坐盧子訪其誰家
因與青衣同飡櫻桃青衣云娘子姓盧嫁崔
家今孀居在城因訪近屬即盧子再從姑也
青衣曰豈有阿姑同在一都郎君不往起居

조선 세조 때 성임이 편찬한 『태평광기상절』 권25(필자 개인소장)

로 제공한 적이 있었던가? 그래서 진실로 이러한 글은 짓지 말아야 한다고 생각했다. 그뒤로 『태평광기』를 읽어보니 바로 송나라의 학사 이방이 편찬하여 태종에게 올린 것이었다. 그 책은 총 500권으로 대략 패관의 자질구레한 이야기와 여항閭巷의 비속한 말을 모은 것이니, 세상의 교화와는 관련 없이 한갓 골계의 길잡이가 될 뿐이었으므로 나는 마음속으로 그 책을 하찮게 여겼다. 하루는 내가 집현전에 있을 때, 작고한 벗인 창녕昌寧의 성화중成和仲(성간成侃)이 하루 종일 『태평광기』를 읽으면서 지루한 줄을 모르고 있었다. 이에 나는 전부터 품고 있던 생각을 가지고 그에게 충고했다.

"자네는 지금 문장에 뜻을 두고 있으므로 마땅히 육경을 깊이 연구하여 성현의 가르침을 본받아야 하니, 성현의 책이 아닌 것은 읽지 말아야 할 것이네."

그러자 성화중이 웃으며 대답했다.

"자네의 말은 정말 틀림없는 소리네. 그렇지만 군자는 옛사람의 언행을 폭넓게 알아야 하며 유자儒者는 널리 배워 모르는 것이 없어야 하니, 널리 공부하면서도 요점을 파악할 수 있다면 해로울 것이 무엇이 있겠는가? 하물며 긴장만 하고 풀지 않는 생활은 (주나라의) 문왕과 무왕도 하지 않았네. 반드시 성현이 남긴 책만을 골라서 읽는다면 기상을 펼치기에 부족한 바가 있을 것이니, 어떻게 천지고금의 모든 일에 통달하여 천하의 통유通儒(세상일에 두루 통달한 유학자)가 될 수 있겠는가? 자네의 생각은 어쩌면 그렇게도 편협한가?"

이 글에서 보듯 서거정은 젊은 시절 한때 『태평광기』를 "패관의 자질구레한 이야기와 여항의 비속한 말을 모은 것"으로, "세상의 교화와는 관련 없이 한갓 골계의 길잡이가 될" 하찮은 책이라고 여기면서 그 가치를 인정하지 않았다. 서거정의 이러한 편협한 의식을 질타한 성간은 다름 아닌 『태평광기상절』의 편자인 성임의 동생이다. 성간이 대답한 말의 요점은 '지식을 얻고 긴장을 풀기 위한 두 가지 목적'에서 그러한 책을 읽는다는 것인데, 다시 말해 이 다양한 이야기들은 때로는 지식을 공급하는 소재의 원천이면서, 때로는 긴장을 이완시키는 오락물의 역할을 한다는 주장이다. 그런데 여기서 한 가지 주목할 만한 점은 『태평광기』 같은 독서물을 통해 당시 문인들이 도달하고자 했던 인간상, 곧 이상적인 인간의 유형이 '통유'로 표상되어 있다는 사실이다. 성간이 말하는 통유는 문인 내지 학자로서 임금을 보필하고 백성에게 은택을 베푸는 '보군택민輔君澤民'에 필요한 일체의 학술, 즉 '천문, 지리, 음악, 의약, 복서卜筮(점술) 등 제반 학술을 닦아 현실 문제에 적극 대처할 수 있는 능력을 갖춘 유학자'를 뜻한다. 이러한 인간형은 고려 무신의 난 이후 등장한 신흥사대부 및 그 후예인 15세기 문인들 자신의 자화상이기도 하다. 그들은 이른바 문장에도 뛰어나고 관리로서도 뛰어난 '능문능리能文能吏'로서 박학한 문인이며 동시에 유능한 관료였다. 요컨대 성임 등 15세기 후반의 관료문인들은 통유로서의 이상을 실현하기 위한 현실적 필요에 따라 『태평광기』와 같은 소설 내지 필기를 애호했던 것이다.

이 책(『태평광기』)은 여러 이야기를 폭넓게 기록했기 때문에 잡다하고 지리멸렬하여 500권이나 되니, 독자들은 그 이야기를 다 읽는 경우가 드물다. 내 벗인 창녕의 성후成侯(성임)는 옛것을 좋아하는 박식하고 고상한 군자다. 성후는 일찍이 『태평광기』를 읽으면서 그 문장이 아름답고 사건이 기괴함을 기뻐했으나, 책이 지나치게 방만하여 요령이 없음을 안타깝게 여겼다. 이에 그 번다한 부분을 삭제하고 50권으로 간략하게 줄여 열람하기에 편리하게 했다.

이 글은 『태평광기상절』을 위해 이윤보李胤保(이승소李承召)가 쓴 서문의 일부다. 여기서는 다른 각도에서 『태평광기상절』 간행의 경위에 대해 언급하고 있다. 곧 『태평광기』는 그 문장과 내용이 모두 좋아할 만하지만 지나칠 정도로 분량이 많아서 흠이라는 것이다. 『태평광기』는 주지하는 바와 같이 500권이나 되는 방대한 분량의 책이다. 따라서 어떤 독자가 어렵게 이 책을 접했다 하더라도 그 많은 분량을 모두 독파하려면 엄청난 노력을 기울여야 했을 것이다. 따라서 좀더 간편하게 읽을 수 있는 책이 필요하던 차에 그러한 요구에 부응한 것이 바로 『태평광기상절』이었던 것이다.

이러한 배경에서 성임이 편찬한 『태평광기상절』은 세조 8년(1462)에 간행이 이루어졌다. 그런데 당시의 출판지가 어디였는가는 정확하게 알 수가 없다. 다만 어숙권魚叔權의 『고사촬요攷事撮要』「팔도책판목록八道冊板目錄」을 보면 경상도의 초계와 진주 두 곳에 『태평광기』의 판목이 있었다고 한다. 『태평광기』는 일찍이 한국에서 간행된 적이 없었으니 어숙권이 말한 『태평광기』는 『태평광기상절』을 뜻한다고 봐야 할 것 같다. 그렇다면 이 책은 초계와 진주 두 곳에서 각각 간행되었거나 아니면 두 곳에서 나뉘어 판각되었을 것이다.

이 책은 현재 완질完帙이 남아 있지 않고 각처에 몇 권씩 소장되어 있다. 그 소장처는 다음과 같다.

목록 2권, 권1~3: 충남대학교 도서관

권8~11, 권20~23, 권35~37: 옥산서원

권8~11, 권39~42: 고려대학교 만송문고

권14~19: 국립중앙도서관

권15~21: 성암고서박물관

권20~25: 필자 개인소장

여기서 알 수 있듯 『태평광기상절』은 목록 2권과 본문 50권 가운데 26권만 현재 전하고 있다.[72]

『태평광기상절』은 『태평광기』에서 일부를 선별하여 엮은 책이다. 따라서 『태평광기』와의 비교를 통해 그 특징적인 면모를 파악할 수 있다. 먼저 『태평광기상절』의 구성을 살펴보면 그 순서가 『태평광기』와 완전하게 일치한다. 다만 현재 전해지는 『태평광기』에는 92개의 큰 부류와 155개의 작은 부류가 있는데, 『태평광기상절』에서는 그러한 구분을 없앤 채 143개의 항목으로 분류하고 있다. 이렇게 수가 적어진 이유는 『태평광기』의 일부 작은 부류들에서는 이야기를 아예 선별하지 않았기 때문이다.

『태평광기』에는 총 6965편의 고사가 수록되어 있는데, 『태평광기상절』에는 정확히 839편의 고사가 수록되어 있다. 대략 10퍼센트가 조금 넘는 비율이다. 또한 『태평광기』는 '신선' '여선' '이승' '보응' '징응' '정수' '귀' '신' '축수' '재생' '초목'의 11개 부류의 이야기가 전체 분량의 절반 정도를 차지하는데, 『태평광기상절』은 이들 부류의 비중이 상대적으로 낮다. 이는 이들 부류에 속하는 이야기들이 15세기 당시의 문화적 풍토에서 그다지 선호받지 못했음을 의미하는 것이다. 반면에 '인색' '호협' '사치' '궤사' '치비' '재부' '투부' '정감' '잡전기' '잡록' 등의 부류에서는 비교적 많은 이야기가 선별되었다. 여기서 '정감'과 '잡전기'를 제외한 나머지 부류에는 대체로 특정 인물의 독특한 개성 때문에 일어난 일화들이 실려 있다. 이른바 인물 일화에 높은 비중을 두었던 것이다. 이처럼 인물 일화가 관심의 대상이 되었던 것은 15세기 후반에 필기가 다량으로 출현한 현상과도 깊은 관련이 있는 것으로 보인다. 『필원잡기』 『용재총화』 『청파극담』 같은 필기에서는 인물 일화가 상당히 높은 비중을 차지한다. 이는 당시 문인 사대부들이 중국의 인물 일화에 자극을 받아 조선의 당대 인물들의 일화를 기록하는 데 힘을 기울였던 정황을 엿볼 수 있는 대목이다.

당나라 전기傳奇소설을 포괄하는 부류인 '잡전기'의 경우에는 무려 80퍼센트나 『태평광기상절』에 수록되었다. 여기에는 「이와전李娃傳」 「유씨전柳氏傳」 「무쌍전無雙傳」 「곽소옥전霍小玉傳」 「앵앵전鶯鶯傳」 「사소아전謝小娥傳」 「양창전楊娼傳」 「비연전非煙傳」 「영응전靈應傳」 같은 당나라의 대표적 전기소설이 포함되어 있다. 이는 편찬자인 성임이 이들 전기소설에 커다란 관심을 가지고 있었음을 뜻한다. 아울러 전기소설에 관심을 기울이던 독자들이 많았음을 의미하는 것이기도 하다. 『태평광기상절』 간행 이후 『금오신화』라는 걸출한 전기소설이 출현한 것이 문학사적으로 우연한 사건이 아니었음을 미루어 짐작할 수 있다. 정주동은 『매월당 김시습연구梅月堂金時習研究』에서 김시습이 경주 금오산에 은거하던 시기인 30대 무렵에 『금오신화』를 저술했을 것이라고 주장하는데, 그 시기는 대략 세조 11년(1465)이나 12년(1466)에 해당한다. 그렇다면 『태평광기상절』이 경상도에서 간행되고 나서 3~4년 뒤에 경주에서 『금오신화』가 탄생하는 셈이 된다.

『태평광기상절』에는 현재 전해지는 명나라 담개의 판각본 이후의 『태평광기』에서는 찾아볼 수 없는 일문佚文(망실된 책의 일부분이 다른 책에 인용되어 남아 있는 것) 6편이 포함되어 있다. 이처럼 현재 전해지는 『태평광기』에 없는 고사가 『태평광기상절』에 6편이나 보이는 것은 담개 판각본 이후의 『태평광기』가 송나라 당시 판본과 다르기 때문일 것이다. 따라서 『태평광기상절』은 지금은 망실되어 전하지 않는 송나라 판본을 저본으로 삼았다고 판단된다. 현재 전해지는 『태평광기』에 빠져 있으나 『태평광기상절』에는 수록되어 있는 6편의 이야기는 다음과 같다.

권10 '징응徵應'류: 「번중육축蕃中六畜」「야고아耶孤兒」「호왕胡王」

'정수定數'류: 「왕척王陟」

권22 '경박輕薄'류: 「후영侯泳」

'혹포酷暴'류: 「진연미陳延美」

이 가운데 「왕척」은 『금수만화곡錦繡萬花谷』에 인용된 『속정명록續定命錄』 일문에, 「후영」은 『북몽쇄언北夢瑣言』 권8에, 「진연미」는 담개 판각본 후인본後印本과 『영락대전永樂大典』에 각각 수록되어 있으므로, 온전히 『태평광기상절』에만 남아 있는 일문은 「번중육축」 「야고아」 「호왕」 세 편이다. 이 세 고사는 모두 '방국구징邦國咎徵', 즉 한 나라가 망하기 전에는 반드시 어떤 좋지 않은 조짐이 나타나게 마련이라는 내용이다. 이 세 고사는 「왕봉汪鳳」과 「서경徐慶」 사이에 들어 있는데, 「왕봉」은 『태평광기』 권140에 실려 있고 「서경」은 권143에 실려 있다. 따라서 위 세 고사는 일단 『태평광기』 송나라 판본의 권140에서 권143 사이에 들어 있었을 것으로 추정되며, 모두 '방국구징'에 속하는 내용이므로 송나라 판본의 권140 후반부 또는 권141 전반부에 실렸을 가능성이 높다. 그러나 현재 전해지는 『태평광기』와 일부만 남아 있는 송나라 판본의 목차가 완전히 일치하지는 않으므로 확정하기는 어렵다. 한편 이 세 고사의 출처인 『옥당한화玉堂閑話』는 남송 때 이미 망실되었으므로 『태평광기상절』을 통해 그 일문을 보충할 수 있게 된 점도 문헌학상 큰 수확이라 하겠다.

한편 『태평광기상절』의 일부 제목은 『태평광기』와는 다른 부류에 위치한 경우가 있다.

고사 제목	『태평광기』 부류	『태평광기상절』 부류
「두응첩竇凝妾」 「엄무도첩嚴武盜妾」 「녹교綠翹」 「장종張縱」	보응報應	징응徵應
「종육鍾毓」	유민幼敏	준변儁辯
「이환李寰」 「위섬韋蟾」 「이태하李台瑕」 「진라자陳癩子」	조초嘲誚	치비嗤鄙
「당명황제唐明皇帝」	수족水族	곤충昆蟲

이처럼 여러 고사의 제목이 현재 전해지는 『태평광기』와는 다른 부류에 들어가 있다. 그런데 성임이 『태평광기상절』을 편집한 태도로 볼 때 일부러 그 부류를 바꾸어놓지는 않았을 것 같다. 그렇다면 담개 판각본 이후의 『태평광기』에서는 일부 고사의 제목이 송나라 판본의 부류와는 다른 부류로 옮겨가 있다는 말이 될 것이다. 이 역시 『태평광기상절』의 저본이 송나라 판본이었다고 판단할 수 있는 근거 중 하나이다.

또한 『태평광기상절』을 통해 후대본後代本 『태평광기』의 누락된 부분과 오자 및 탈자 등을 바로잡을 수 있는데, 「최육崔育」과 「임씨任氏」 두 고사가 그런 예다.

「최육」의 경우 중화서국본 『태평광기』에는 원문이 무려 53자나 빠져 있고 출처도 없는 반면, 『태평광기상절』에는 탈자가 전혀 없고 『옥당한화』라는 출처까지 온전히 수록되어 있다. 이를 통해 『태평광기』의 탈자를 완벽히 보충할 수 있을 뿐 아니라 지금은 망실된 『옥당한화』의 집일본輯佚本(망실된 책의 일문을 모아놓은 것)까지 보충할 수 있게 되었다. 「임씨」의 경우 중화서국본 『태평광기』는 잘못되거나 누락된 부분을 많이 포함하고 있어 문맥이 전혀 통하지 않는 반면, 『태평광기상절』은 문장이 완전하여 그 뜻을 분명하게 알 수 있다. 이는 『태평광기상절』이 송나라 판본 『태평광기』 본래의 모습을 그대로 간직하고 있기 때문이다.

또한 현재 전해지는 『태평광기』 일부 고사의 출전과 『태평광기상절』의 출전이 서로 다르게 표기된 경우도 종종 보인다. 예를 들어 『태평광기』 권147 '정수定數'류 2에 수록된 「장가정張嘉貞」

고사의 출전은 『정명록定命錄』이라 되어 있는데, 『태평광기상절』에는 해당 고사의 출전이 『명황잡록明皇雜錄』이라 되어 있다. 이렇게 출전이 서로 다르게 표기된 경우 대부분 『태평광기상절』의 기록이 올바른 것으로 판단된다.

이상의 여러 근거로 볼 때 『태평광기상절』의 저본은 송나라 판본이 분명하며, 송나라 판본 중에서도 남송본이 아닌 북송본일 가능성이 높은데, 그것이 간행된 판각본이었는지 필사본이었는지는 정확히 알기 어렵다.

『태평통재太平通載』 간행

『태평통재』는 『태평광기상절』과 마찬가지로 성임이 편찬하고 경상감사 이극돈李克墩이 조선 성종 23년(1492)경 간행했는데, 15세기 이전 중국과 한국의 일화나 고사 등을 광범위하게 수록해놓았다. 현재 그 완질은 전하지 않고 12권만 남아 있는데, 그 소장처는 다음과 같다.

권7~9: 고려대학교 만송문고

권18~21: 한국학중앙연구원 장서각

권28~29, 권65~67: 강릉 선교장

그밖에 서지학자 이인영은 1940년에 8권(권68~70, 권96~100)을 추가로 학계에 보고했으나, 아쉽게도 현재는 그 행방을 찾을 수 없다.

『태평통재』의 전체 권수에 대해서는 학계의 의견이 일치하지

太平通載卷之二十

感應

睒子

迦夷國中有一長者夫妻衣目心願入山求道有子名睒至孝仁慈奉行十善晝夜精進奉事父母如人事天年過十載睒子長跪白父母言本發大意欲入深山求志空寂無上正真豈以子故而絶本願父母聞語便即入山睒以家中財物皆施貧者便至山中以蒲爲屋敷作牀褥不寒不熱常得其宜入山一年衆藥豐美食之皆甘泉水湧出淸

조선 성종 때 성임이 편찬한 『태평통재』 권20(한국학중앙연구원 장서각 소장)

않는다. 성임의 동생인 성현의 『용재총화』에서는 80권이라 했고, 홍귀달洪貴達이 지은 성임의 묘지명에서는 100권이라 했으며, 이인영은 적어도 240권 이상의 매우 많은 분량이었을 것이라고 추측했다. 다만 『태평통재』가 『태평광기』와 『태평광기상절』의 분류체계를 대체로 따르고 있다는 점을 고려하여 일부 부류의 권수를 비교해보면, 『태평통재』가 『태평광기상절』보다 두 배 정도 권수가 늘어나 있으므로 『태평통재』의 전체 권수는 100권이 타당할 것으로 보인다.

『태평통재』는 편찬 동기와 내용, 분류체계에 있어서 『태평광기상절』과 기본적으로 성격이 같다. 『태평통재』 역시 『태평광기』를 본받아 고금의 기이한 이야기를 선별 수록했으며, 『태평광기상절』에 실려 있는 고사가 다수를 차지한다. 다만 『태평통재』에는 이들 두 책에 없는 부류가 새로 들어가 있는데, 그 예로 권8의 '이경異境'류를 들 수 있다. 이에 대해 일찍이 『태평통재』를 열람했던 김휴金烋는 성임이 『태평광기』의 원래 목록과 서로 맞지 않는 고사는 별도의 부류를 만들어 거기에 포함시켰다고 말한 바 있다. 하지만 아쉽게도 성임이 새로 추가한 부류의 명칭과 숫자 등은 현존하는 '이경'류 외에는 구체적으로 알 수가 없다.

『태평통재』에는 많은 서적이 인용되어 있는데, 현존하는 12권에서 확인할 수 있는 인용서적만 해도 78종이나 된다. 그중 가장 많이 인용된 것은 『태평광기』(71편)이며 다음으로 『예문유취』(55편) 『진서晉書』(29편) 『호해신문湖海新聞』(25편) 『강호기문江湖紀聞』(18편) 등이다. 또한 『태평광기』 이후에 나온 서적이 40여 종이나 되는데, 그중에는 『전등신화』와 『전등여화剪燈餘話』도 포함되어 있다. 아울러 『신라수이전新羅殊異傳』 『삼국유사三國遺事』 『파한집破閑集』 『이상국연보李相國年譜』 『고려사』 등 한국 서책도 포함되어 있어 주목을 끈다. 현재 확인할 수 있는 한국 고사로는 권7의 「밀본密本」(『삼국유사』) 「노거사老居士」(『고려사』) 「이영간李靈幹」(『고려사』), 권8의 「청학동靑鶴洞」(『파한집』), 권18의 「고려현종高麗顯宗」(『고려사』) 「강감찬姜邯贊」(『고려사』), 권20의 「보개寶開」(『신라수이전』), 권21의 「김황원金黃元」(『파한집』) 「김연金淵」(『파한집』) 「주열朱悅」(『고려사』), 권29의 「박원개朴元凱」(『파한집』) 「이규보李奎報」(『이상국연보』) 「조운흘趙云仡」(『고려사』) 등 총 13편이 있다. 또한 일찍이 이인영이 학계에 소개한 바 있는 권68의 「최치원崔致遠」(『신라수이전』) 1편이 있다. 그밖에 권문해權文海가 편찬한 『대동운부군옥大東韻府群玉』에는 한국 고사로서 『태평통재』의 일문에 해당하는 20편의 고사가 수록되어 있다.

문학작품에서의 수용

먼저 『태평광기』의 한국 전래 시기를 논하면서 인용한 『승수연담록』의 기록에서 중요한 점은 일화의 주인공이 박인량이란 점이다. 박인량은 고려 초기의 문신으로 『신라수이전』의 편찬자로 알려진 인물이다. 『수이전』은 신라 말에서 고려 초에 간행된 설화집으로, 현재는 망실되어 전체적인 체계와 특성에 대해서는 자세히 알 수 없지만 다른 책에 인용된 내용들을 모아놓은 상태이다. 이를 통해 한국 고소설의 성립 시기를, 종래 조선 초(『금오신화』)에서 신라 말~고려 초로 앞당길 수 있는 중요한 자료로 평가받고 있다. 기존에는 『수이전』이 중국 위진남북조의 지괴소설이나 당나라의 전기소설 등의 영향을 받아 지어졌을 것이라고 추정했는데, 이 기록을 통해 『태평광기』와 관련하여 신라 말~고려 초의 고소설 성립 문제를 보다 구체화시킬 수 있는 계기가 마련되었다고 생각한다.

한국 고전문학 작품에서의 『태평광기』 수용에 관한 구체적인 연구는 그동안 여러 학자들에 의해 이루어졌다. 정범진은 『태평광기』에 수록된 당나라 전기소설 「여옹呂翁」(『침중기枕中記』)이 『삼국유사』의 「조신調信」 설화에 미친 영향을 그 근거가 되는 '황량몽黃粱夢' 고사를 통해 구체적으로 지적했으며, 정규복은 『삼국유사』의 「김현감호金現感虎」 설화가 『태평광기』의 「신도징申屠澄」 고사를 개작한 것임을 밝히고, 한국의 「여장탄금담女裝彈琴譚」과 『태평광기』의 「왕유王維」 고사의 관련 양상을 고찰했다. 『태평광기』의 한국적 수용과 영향에 대한 본격적인 연구는 김현룡에 의해 이루어졌는데, 『태평광기』와 한국설화 및 한국소설과의 비교 고찰을 통해 고려시대와 조선시대의 문학작품에 수용된 『태평광기』의 고사를 상세히 논증하여 일찍이 이 분야의 학문적 토대를 마련했다고 평가된다. 그후 서장원, 안병국, 장연호 등이 『태평광기』의 영향관계에 대한 논문을 발표했으며, 이헌홍은 한국 송사설화訟事說話(재판설화)에 미친 『태평광기』의 영향관계를 연구하기도 했다. 주요 작품을 중심으로 그간의 연구 성과를 도표로 정리해보면 다음과 같다.

시대	작자	작품명 / 편명		관련 『태평광기』 고사(권수)
고려	박인량	『신라수이전』	「호원사」	「신도징」(429)
	일연	『삼국유사』	「조신」	「여옹」(82)
			「김현감호」	「신도징」(429) 「천보선인」(427) 「최도」(433)
	임춘	『국순전』		「장과」(30) 「섭정능」(72) 「강수」(370)
		『공방전』		「잠문본」(405)
	이규보	『청강사자현부전』		「영강인」(468)
		『국선생전』		「장과」(30) 「엽정능」(72) 「강수」(370)
	식영암	『정시자전』		「독고언」(371)
조선	김시습	『금오신화』	「만복사저포기」	「조문소」(295) 「노충」(316) 「왕공백」(318) 「진수」 「최무백」(324) 「왕지」(328)
			「이생규장전」	「배항」(50) 「당훤」(332) 「왕주」(358)
			「남염부주지」	「목인천」(297) 「당훤」(332)
	심의	『대관재몽유록』		「숭악가녀」(50) 「장옥란」(60) 「심아지」(282)
	임백호	『수성지』		「익주노부」(23) 「손사막」(218) 「마주」(19)
	허균	『남궁선생전』		「공원방」(9) 「조구」(10) 「도사왕찬」(15) 「이청」(36) 「옥녀」(63) 「불도징」(88) 「광릉대사」(97) 「강백달」(107) 「왕범첩」(129) 「녹교」(130)
		『장산인전』		「유빙」(11) 「기린객」(53) 「갈현」(71) 「석민」(74)
		『장생전』		「손등」(9) 「남채화」(22) 「진휴복」(52) 「갈현」(71)
	김만중	『구운몽』		「왕요」(10) 「가탐」(45) 「여옹」(82) 「화엄화상」(94) 「왕유」(179) 「섭은낭」(194) 「홍선」(195) 「앵도청의」(281) 「오도」(347) 「유의」(419) 「석현조」 「능파녀」(420) 「순우분」(475) 「영응전」(492)
		『사씨남정기』		「소비녀」(369)
	박지원	『허생전』		「장도릉」(8) 「두예」(243) 「양지견」(495) 「엄진」(496)
		『민옹전』		「후백」 「흘인」(248) 「장손현동」(249) 「배우인」(252) 「당오경」(257)

		『예덕선생전』	「배로」(42)
	권필	『주생전』	「곽소옥전」(487) 「앵앵전」(488)
	무명씨	『운영전』	「배항」(50) 「곤륜노」(194) 「비연전」(491)
	무명씨	『최고운전』	「하상공」(10) 「당헌종황제」(47) 「왕법진」(53) 「원천강」(221) 「등규」(417) 「석현조」(420) 「구양흘」(444) 「유갑」(448)
	보우	『왕랑반혼전』	「전선생」(44) 「조문약」 「조문창」 「모용문책」 「조문신」(102) 「왕타」(103) 「이원일」 「오가구」(107) 「왕한」(302) 「제추녀」(358) 「이간」 「죽계정」 「육언」(376) 「비자옥」(379) 「왕숙」(380)

위의 작품 외에도 김현룡은 『이화전李華傳』 『전우치전田禹治傳』 『숙향전淑香傳』 『숙영낭자전淑英娘子傳』 『장화홍련전薔花紅蓮傳』 『삼설기三說記』 『금강탄유록金剛誕遊錄』 『옹고집전雍固執傳』 『오유란전烏有蘭傳』 『이춘풍전李春風傳』 『석화룡전石化龍傳』 『성룡전星龍傳』 『정수경전鄭壽景傳』 등 조선시대 한글소설의 창작에도 『태평광기』가 영향을 미쳤다는 점을 고찰했다.

이와 같이 『태평광기』는 고려시대와 조선시대에 설화와 소설에 대한 흥미와 관심을 불러일으켜 작자층과 독자층을 확대시키고 소설문학에 새로운 창작의 소재와 기법을 제공함으로써 한국 고전소설 발전에 중요한 역할을 한 것으로 파악된다. 또한 고려시대와 조선시대의 여러 문헌에서 『태평광기』를 직접 언급하거나 『태평광기』의 이야기를 글의 원천으로 활용한 예를 쉽게 찾아볼 수 있다는 점에서 당시 문인 사대부 계층에 미친 『태평광기』의 영향력을 충분히 짐작할 수 있다.

우리말 번역

한글 언해본

『태평광기상절』과 『태평통재』는 여러 차례의 간행을 통해 많은 독자층을 확보했지만 어디까지나 한문을 이해할 수 있는 식자층을 대상으로 했다. 따라서 한문을 해독할 수 없는 일반 서민이나 여성 독자들을 위해서는 한글로 된 번역본이 필요했다. 이에 따라 선조 이후에 나온 것이 바로 『태평광기언해太平廣記諺解』이다. 현존하는 『태평광기』 언해본으로는 김일근 소장본인 멱남본覓南本과 낙선재본樂善齋本 두 종류가 있다. 멱남본은 원래 다섯 권이었으나 권2가 빠진 채로 네 권만 전해졌는데, 내가 2002년에 연세대학교 도서관에서 권2를 발견해 학계에 소개한 바 있다. 멱남본에는 총 127편의 작품이 수록되어 있으며, 낙선재본에는 전 9권에 모두 268편이 담겨 있다. 두 언해본을 비교해보면 겹치는 작품이 75편, 멱남본에만 있는 작품이 52편, 낙선재본에만 있는 작품이 193편이다. 멱남본은 낙선재본보다 한 세기 정도 앞선 17세기 중후반에 한글로 번역된 것으로 추정된다.

그밖에 김동욱 소장본으로 『전기傳奇』라는 언해본이 있다. 여기에는 「고압아」 「배심」 「홍선」 세 편이 수록되어 있는데, 멱남본과 낙선재본에는 없는 작품이어서 주목된다. 『전기』의 말미에 "세재기묘삼월질세본칠십세서歲在己卯三月姪世本七十歲書"라는 필사기筆寫記가 적혀 있으나 이 기록만으로는 언해자와 언해시기를 구체적으로 확인하기 어렵다.

『태평광기』 언해는 『태평광기』 번역사의 선구적 작업으로,

태평광긔권지이
슈경쥐관사ᄅᆞᆷ은병쥐ᄯᅡ큰술졉이라셩품이몸을검속디아니ᄒᆞ고술
을즐겨실ᄢᅢ져거사ᄅᆞᆷ으로더브러ᄃᆡᄒᆞ야먹기ᄅᆞᆯ됴히너기니병쥐
사ᄅᆞᆷ드ᄅᆞᆫ이다그술의샹ᄒᆞᆯ가두려쳥ᄒᆞ오ᄃᆡ져ᄒᆞ고가ᄃᆡ아니ᄒᆞᆫ니이러ᄆᆞ
로쉬더브러사괴ᄂᆞᆫ버디젹더니ᄒᆞᆯ로ᄂᆞᆫ문밧ᄭᅴ손이이셔거ᄂᆞᆯ못ᄉᆞᆸ고거
ᄆᆞᆫ관을쓰고키두어자흔ᄒᆞ고허리커두어아ᄅᆞᆷ이나ᄒᆞ더라슈ᄅᆞᆯ보고
술먹고ᄌᆞ쳥ᄒᆞ거ᄂᆞᆯ쉬심히깃거이에더브러ᄎᆞᆺ골나오ᄃᆡ좌ᄒᆞ야술
먹더니그손이웃고닐오ᄃᆡ내셩은술을됴히너기나ᄆᆡ양밋ᄉᆞᆨ의
ᄎᆞ니못ᄒᆞᄂᆞᆫ줄을한ᄒᆞ노니ᄂᆡ속의ᄃᆞ도ᄒᆞᆫ변졍안ᄒᆞ고ᄯᅩ즐거온

한글 언해본 『태평광긔』 권2(연세대학교 도서관 소장)

『태평광기』에 대한 수요가 한글에 익숙한 일반 서민과 부녀자들에게까지 확산되었음을 의미한다. 이로 인해 조선에서 『태평광기』는 한문 사용 계층부터 한글 사용 계층까지 두터운 독자층을 형성할 수 있었다.

현대어 번역

『태평광기』의 현대어 번역은 다음 몇 가지로 분류할 수 있다. 먼저 『태평광기상절』과 『태평광기언해』를 중심으로 번역하고 주석을 붙인 책으로는 윤하병의 『역주 고전소설 태평광기 작품선』, 김장환·박재연·이래종의 『태평광기상절』 역주편, 김동욱의 『교역 태평광기언해』가 있으며, 『태평광기』의 특정 부류만을 번역하고 주석을 붙인 책으로는 안병국의 『귀신설화집성』이 있다. 마지막으로 『태평광기』 500권 전체에 대한 완역 역주본은 필자를 중심으로 한 중국필기문헌연구소의 '태평광기 윤독회'에 의해 2000년대 초에 비로소 이루어졌는데, 이는 『태평광기』 번역사에서 최초의 성과이다. 중국 고전에 대한 학술적 토대가 매우 두터운 일본에서도 아직까지 『태평광기』 완역은 이루어지지 않고 있다.

이러한 현대어 번역은 우선 조선시대 미완의 언해 성과를 오늘날 계승 발전시켜 완성했다는 점에 그 의의가 있으며, 나아가 오늘을 사는 대중 독자들이 동양 고전서사의 세계를 보다 쉽게 접할 수 있는 귀한 통로가 된다는 점에서도 의미가 크다고 하겠다.

2. 『태평광기』의 일본 전래와 수용

전래 시기

『태평광기』의 일본 전래 사실을 알 수 있는 최초의 문헌은 12세기 헤이안平安 시대 말에서 가마쿠라鎌倉 시대 초에 지어진 것으로 보이는 후지와라 다카노리藤原孝範의 『명문초明文抄』다. 『명문초』는 여러 한문 서책에서 고사와 금언을 가려뽑아 편집한 책인데, 각 고사와 금언에는 그 출전을 기록해놓았다. 『태평광기』를 출전으로 밝힌 대목은 다음과 같다.

> 일음일양一陰一陽은 만물을 낳고 자라게 하며 오행五行은 이를 운용한다.

석가가 중국에서 태어났다면 펼친 가르침이 주공周公과 공자와 같았을 것이며, 주공과 공자가 서쪽에서 태어났다면 펼친 가르침이 석가와 같았을 것이다.

앞의 구절은 『태평광기』 권15 '신선'류 「도사왕찬道士王纂」에 나오며, 뒤의 구절은 권101 '석증'류 「이주李舟」에 나온다.

한편 가와구치 히사오川口久雄는 헤이안 시대 중기에 활약했던 오에 마사후사大江匡房가 『본조신선전本朝神仙傳』을 지을 때 중국의 『열선전列仙傳』과 『신선전』의 영향을 받았다고 하면서 당시 그가 『태평광기』도 읽었을 것이라고 추측했다. 또한 오소네 쇼스케大曾根章介도 오에 마사후사의 다른 저작인 『강담초江談抄』에서 당나라의 설화를 인용한 사실을 지적하면서 그 설화들이 『태평광기』의 고사와 관련 있으므로 오에 집안의 장서 중에 『태평광기』가 있었을 것이라고 보았다. 하지만 이러한 주장은 명확한 근거가 없는 추측에 불과하다. 현재 『태평광기』의 일본 전래에 관해서 『명문초』보다 빠른 기록은 보이지 않는다. 따라서 『태평광기』는 1200년 전후로 해서 일본에 전래된 것으로 보인다. 이는 『태평광기』가 중국에서 간행된 지 약 200년 뒤이고, 한국에 전래된 지 약 100년 뒤에 해당한다.

그후 일본 난보쿠쵸南北朝 시대 엔분延文~오안應安 연간(1356~1375)에 지어진 것으로 보이는 『이제정훈왕래異制庭訓往來』는 무사들을 교육하기 위한 일종의 교과서로서 한문 서간체 입문서의 성격을 띠는데, 그중 일본 조정의 식부대보전式部大輔殿에 보낸 서간문을 보면 식부대보전의 필요에 따라 바친 서적 가운데 『태평광기』가 들어 있다.

또한 무로마치室町 시대인 1454년에 쓴 서문이 붙어 있는 『촬양집撮壤集』은 이이오에 이쇼飯尾永祥가 지은 일종의 사전인데, 거기에 『태평광기』 『태평어람』과 함께 일련의 유서가 기록되어 있다.

한편 에도江戶 시대의 고증가인 기타 세이로北静廬는 1845년에 간행한 수필집 『매원일기梅園日記』에서 『태평광기』가 일본에 전래된 증거를 제시하는데, 『만엽집선각주萬葉集仙覺注』 『이제정훈異制庭訓』 『의가천자문주醫家千字文注』 『불아사리기佛牙舍利記』 『일건록日件錄』 『효풍집曉風集』 『사하입해四河入海』 『장중향帳中香』 『매화무진장梅花無盡藏』 『탕산천구주湯山千句注』 등의 책에 『태평광기』의 고사가 인용된 사실을 지적했다.

이처럼 『태평광기』는 늦어도 가마쿠라 시대 초기인 1200년경 이미 일본에 전래되었으며, 중세에 이르러서는 한문 입문서와 사서辭書(사전) 등에 기록될 정도로 널리 알려져 있었다.

수용

『태평광기』가 일본의 저작에 수용된 구체적인 양상은 한문 작품에 대한 주해서인 초물抄物과 일기문학, 그리고 『가비자伽婢子』를 비롯한 괴이문학怪異文學 등에서 찾아볼 수 있다.

주석서 및 초물

먼저 가마쿠라 시대인 1269년에 센카쿠仙覺가 편찬한 『만엽집주석萬葉集注釋』은 『만엽집선각주萬葉集仙覺注』『만엽집초萬葉集抄』『선각초仙覺抄』『선각만엽집초仙覺萬葉集抄』라고도 하는데, 제871번 노래의 제사題詞에 나오는 "영건領巾"(옛날 귀부인이 정장할 때 어깨에 드리운 길고 얇은 천)에 대해 주석하면서 『옥편玉篇』『좌전左傳』『백씨문집百氏文集』『고승전高僧傳』『양전梁典』『유선굴遊仙窟』 등의 중국 문헌과 함께 『태평광기』의 고사를 인용했다. 이 고사는 『태평광기』 권20 '신선'류 「양통유楊通幽」에 나온다. 이를 통해 센카쿠가 『태평광기』 전체 고사에서 '영건'과 관련된 대목을 정확히 적시할 정도로 『태평광기』에 익숙했음을 알 수 있다.

1294년에 고레무네 도키토시惟宗時俊가 지은 의학 입문서 『의가천자문주醫家千字文注』에서는 『태평광기』의 고사 19편을 인용했다. 『의가천자문주』는 천자문 형식으로 구성되었는데, 인용된 책은 의학서에 국한되지 않고 역사서와 유서 등도 포함한다. 유서인 『태평광기』는 의학서가 아니지만 의료에 관련된 고사가 '의醫'류(권218~220)에 수록되어 있기 때문에 고레무네 도키토시는 이 고사들을 활용하여 주석을 달았다.

무로마치 시대인 16세기 초에 활약한 선승 뇨게쯔如月는 중국 당나라와 송나라의 시인과 일본 선승들의 한시漢詩 200여 편에 주석을 달아 『중화약목시초中華若木詩抄』를 편찬했다. 그중 규테이九鼎의 「새로 양어장을 만들며新開養魚池」라는 한시("물고기 기르고자 작은 연못 새로 만들고, 나무 깎고 대롱 뚫어 냇물 끌어왔네. 사람들은 노인네가 미쳐서 아이처럼 장난한다고 말하지만, 나는 같은 무리 중에서 용처럼 뛰어난 인재가 나오길 기대하네小池新爲養魚開, 刊木通筒引水來. 人道老狂作兒戲, 我期同隊有龍才”)의 주석에서 『태평광기』의 「용문龍門」 고사를 인용하며 “『태평광기』 466에 보인다”라고 명시했다. 이 고사는 『태평광기』 권466 ‘수족’류에 나온다. 사실 잉어가 용문에 오르면 용이 된다는 내용의 「용문」 고사가 위의 시를 주석하는 데 완전히 부합하지는 않지만, 아마도 편찬자는 시에 나오는 “용재龍才”(용처럼 뛰어난 인재)를 설명하고자 「용문」 고사를 인용한 것으로 보인다. 또한 주석 말미에 “용문의 고사는 누구나 알지만 그 전거까지 아는 것은 아니다”라면서 편찬자 자신의 박학함을 드러내고 있다.

센코쿠戰國 시대인 1500년에 쥬슌 묘에이壽春妙永와 게이죠 슈린景徐周麟이 세츠노쿠니의 아리마 온천에 목욕을 하러 갔을 때 지은 『탕산연구湯山聯句』에 이치칸 치코一韓智翃가 구어로 주를 단 것이 『탕산연구초湯山聯句鈔』(혹은 『탕산천구주湯山千句注』)이다. 그중 「양운陽韻」에 들어 있는 “호랑이 가죽 걸친 스님은 호랑이로 변하고, 비익조는 원앙이 되길 원하네分皮僧化虎, 比翼願成鴦”라는 연구의 앞 구절 “분피승화호分皮僧化虎”에 대해 이치칸 치코는 『태평광기』의 「승호僧虎」 고사를 인용하여 주석을 달면서 “『태평광기』에 있다”라고 분명히 밝혔다. 이 고사는 『태평광기』 권433 ‘호虎’류에 나온다.

1534년에 쇼운 세이산笑雲淸三이 당시까지 소동파蘇東坡 시를 강술한 초물을 종합하여 『사하입해四河入海』 100권을 편집하면서 굉장히 풍부한 한문 서적을 이용했는데, 그중에서 『태평광기』의 고사를 활용한 것이 30군데나 된다.

가마쿠라 시대에서 센코쿠 시대에 이르는 일본 중세문학의 한 부분을 차지하는 초물은 주석서의 형식을 띠고 있지만, 거기에 인용된 수많은 서책을 통해 결과적으로 일본 고전문학의 내용과 사유의 폭을 확장시키는 데 긍정적 역할을 했다. 또한 구어적 요소가 강한 가나仮名 문자로 기록된 일부 초물은 중세 후기 일본어학의 연구자료로서도 높은 가치를 지닌다. 이러한 초물의 발전에 있어서 『태평광기』는 그 전거 자료로서 중요한 위치를 차지하고 있었다.

일기문학

먼저 14세기 무로마치 시대 오산문학五山文學[73]의 주요 선승인 기도 슈신義堂周信의 일기집 『공화일용공부략집空華日用工夫略集』에 『태평광기』의 고사를 언급한 대목이 보이는데, '마추麻秋'(후조後趙 석륵石勒의 부하장수로 악독하기로 유명했음)와 '백구伯裘'(사람으로 둔갑한 천 년 묵은 여우)에 대해 질문을 받았을 때 기도 슈신이 『태평광기』를 인용하여 대답했다는 내용이다. '마추'에 대해서는 『태평광기』 권267 '혹포'류 「마추」의 해당 고사를 그대로 인용했으며, '백구'에 대해서는 '백구'가 등장하는 『태평광기』 권447 '호狐'류 「진비陳斐」의 고사 제목과 해당 권수까지 정확히 기록했다. 평소에 기도 슈신이 『태평광기』의 고사를 숙지하고 있었음을 엿볼 수 있는 대목이다.

역시 무로마치 시대 오산선승인 즈이케이 슈호瑞溪周鳳가 1446년 3월 31일부터 1473년 5월 3일까지 기록한 『와운일건록臥雲日件錄』이라는 일기집이 있는데, 원본은 망실되었고 1567년에 이코

묘안惟高妙安이 발췌한 『와운일건록발우臥雲日件錄拔尤』가 전해진다. 여기서 즈이케이 슈호는 다른 승려들과 만나 담소하던 중에 거론되었던 '열상과족裂裳裹足'(치마를 찢어 발을 싸맨 채 쉬지 않고 달려간다는 뜻), '구자판龜玆板'(서역의 구자국에서 나는 목판으로 만든 관), '고수대덕古樹大德'(나뭇결에 법천덕法天德이라는 세 글자가 저절로 생겨난 고목)의 출전이 『태평광기』에 있음을 기록했는데, '열상과족'은 『태평광기』 권5 '신선'류 「묵자墨子」에 나오고, '구자판'은 『태평광기』 권215 '산술'류 「형화박邢和璞」에 나오며, '고수대덕'은 『태평광기』 권406 '초목'류 '문리목文理木'의 「삼자신三字薪」에 나온다. 대화중에 자연스럽게 『태평광기』의 고사가 거론된 것으로 보아 선승들이 평소에 『태평광기』를 숙독하고 있었음을 알 수 있다.

일본 중세의 한문학을 대표하는 오산문학은 선종의 승려들이 주도했는데, 그들의 일상생활을 기록한 일기집에 『태평광기』가 자주 등장한 것을 보면, 『태평광기』가 승려들이 견문을 넓히고 박학을 갖추고자 즐겨 읽은 중요한 서적 중 하나였음을 확인할 수 있다.

괴이문학

에도 시대인 1666년에 아사이 료이淺井了意가 중국의 전기소설을 번안한 『가비자伽婢子』는 '번안괴이소설'이라는 독특한 문체를 창출하여 일본 근세 괴이소설의 선구로 평가받는 작품이다. 『가비자』에 관한 연구에서 중요한 부분을 차지하는 것은 그 번안에 사용된 원전을 규명하는 전거론典據論이다. 『가비자』에는 총 68편의 번안설화가 실려 있는데, 그중 명나라 구우瞿佑의 『전등신화』에서 16편, 이정李禎의 『전등여화剪燈餘話』에서 2편이 전거로 활용된 사실이 일찍이 밝혀졌으며, 조선의 『금오신화』에서도 2편이 전거로 제시되었다. 나머지 48편의 전거에 대해서는 우사미 기소하치宇佐美喜三八가 당나라, 송나라, 명나라의 문헌 16종을 전거로 지적한 이후 일본 학계에서는 대부분 이 설을 따르고 있다. 근래에는 중국의 유서에서 전거를 규명하고자 하는 주장이 제기되고 있는데, 아소 이소지麻生磯次는 『고금설해古今說海』와 『당인설회唐人說薈』 등을, 나카무라 유키히코中村幸彦는 『설부說郛』와 『오조소설五朝小說』을, 와타나베 모리쿠니渡邊守邦는 『설부』를, 왕젠캉王建康은 『태평광기』를 각각 그 전거로 제시했으며, 한국의 황소연黃昭淵은 에모토 유타카江本裕가 교정한 『가비자』(동양문고본東洋文庫本)의 해설을 참고하고 위에서 언급한 여러 설을 정리하여 '『가비자』 전거일람'을 도표로 제시하면서 『가비자』에 사용된 유서가 『오조소설』임을 주장했다.

아사이 료이는 작품을 번안할 때 『태평광기』를 자주 활용한 것으로 보인다. 그가 1682년에 지은 『신어원新語園』에는 인용된 중국 문헌이 300종 이상인데, 그중에서 『태평광기』에서 인용했다고 명시한 것은 15편이다. 하지만 하나타 후지오花田富二夫는 아사이 료이가 『신어원』을 지을 때 300여 종의 원전을 직접 보지 않고 중국 유서인 『사문유취事文類聚』 『태평어람』 『태평광기』 『천중기天中記』 등을 전거로 했으며 그중 『태평광기』에서 인용한 것이 141편에 달한다는 주장을 내놓았다. 또한 아사이 료이가 1692년에 『가비자』의 속편으로 지은 번안괴이소설 『구장자

狗張子』에는 45편의 설화가 실려 있는데, 그중에서 『전등신화』와 『전등여화』를 전거로 한 것을 제외하고 나머지 대부분인 18편은 『태평광기』에서 나온 것이다. 따라서 아사이 료이의 번안작품의 주요 전거가 『태평광기』였음은 분명하다고 하겠다.

『가비자』의 경우 전체 68편의 설화 중에서 『전등신화』 『전등여화』 『금오신화』를 전거로 한 것을 제외한 나머지 48편 중에서 『태평광기』를 전거로 한 것이 31편이나 된다. 『가비자』에서 발견되는 『태평광기』의 고사 가운데 일부는 원 출전이 당나라 이복언李復言의 『속현괴록續玄怪錄』, 배형裴鉶의 『전기傳奇』, 진소陳劭의 『통유기通幽記』 등인데, 이들 책은 일찍이 망실되어 그 일문의 일부가 『태평광기』에 수록되어 있으므로, 아사이 료이가 해당 원서를 직접 보았다기보다는 『태평광기』를 통해서 보았음이 분명하다.

아사이 료이는 『가비자』를 번안할 때 어느 한 유서만을 활용하지 않고 여러 유서를 두루 참고한 것으로 판단되는데, 그중 『태평광기』가 가장 주요한 전거 자료로 활용되었다. 결국 『태평광기』는 『가비자』를 통해서 일본 근세 괴이소설의 형성에 지대한 영향을 미친 셈이 된다.

그밖에 『태평광기』는 일본 근세 기담설화집奇談說話集에도 폭넓게 수용되었다. 에도 시대 초기의 저명한 유학자 하야시 라잔林羅山이 지었다고 알려진 『호미초狐媚鈔』 『기이괴담초奇異怪談抄』 『괴담록怪談錄』 『괴담전서怪談全書』를 비롯해, 야마모토 조슈山本序周가 1714년에 간행한 『회본고사담絵本故事談』과 미사카 하루요시三坂春編가 1742년에 간행한 『노온다화老媼茶話』 등에서 『태평광기』의 고사를 쉽게 찾아볼 수 있다. 그중 기담의 출처를 『태평광기』라고 분명히 밝힌 경우도 있는데, 예를 들어 『괴담록』에 수록된 「위방韋滂」 고사는 『태평광기』 권363 '요괴妖怪'류에 나온다. 특히 『호미초』(속 표제는 『호미왜자초狐媚倭字抄』)는 중국의 여우에 관한 기담 35편을 명나라 판본 『호미취담狐媚聚談』에서 선별하여 가나로 번역했는데, 그중 29편이 『태평광기』를 전거로 하고 있다. 번역은 원문 그대로 옮기지 않아 생략된 내용이 많으며 주석에 해당하는 어구를 삽입한 부분도 있는 것으로 볼 때, 내용 전달에 중점을 두면서 문학적 수사 등은 일부러 생략한 것으로 보인다. 일부 고사에는 교훈적인 문장이 첨부되어 있기도 한데, 이는 에도 시대 초기에 계몽적인 성격의 중국문화가 일본에 전입된 상황을 반영한 것으로 파악된다.

현대어 번역

『태평광기』는 아직 일본어로 완역이 이루어지지 않았으며, 특정 부류에 대해 상세한 주석을 곁들인 번역 작업만 진행되고 있다. 이미 단행본으로 출간된 책으로는 『역주 태평광기—귀부鬼部』 『신석新釋 태평광기—귀부』 『역주 태평광기—부인부婦人部』가 있으며, '태평광기 연구회'와 '태평광기 독서회' 및 개인 연구자들이 이런 작업을 여러 학술지에 계속 연재하고 있다. '태평광기 연구회'는 2002년부터 『중국학연구논집中國學研究論集』(히로시마대학 중국문학회)에 '야차'류, '오전생'류, '효용'류, '무巫'류, '환술'류, '요망'류, '신神'류에 대해 주석을 곁들인 번역을 연재하고 있으며, '태평광기 독서회'는 『국어국문학연구國語國文學硏究』(구마모토 대학 문학부 국어국문학회)에 2008년부터 '용龍'류에 대해 주석을 곁들인 번역을 연재하고 있다. 또한 콘바 마사미今場正美와 오자키 히로시尾崎裕는 『학림學林』(리쓰메이칸 대학 예문연구회)에 2006년부터 '몽夢'류에 대해, 다카니시 세이스케高西成介는 2012년부터 『고치현립대학기요高知縣立大學紀要』에 '보寶'류에 대해, 나카 준코中純子와 고후쿠 가오리幸福香織는 2014년부터 『중국문화연구中國文化硏究』(덴리 대학 국제문화학부 아시아학과 중국어과정 연구실)에 '악樂'류에 대해 주석을 곁들인 번역을 연재하고 있다. 이러한 작업은 대부분 원문과 함께 충실한 주석을 첨부하고 있어 충분한 학술적 가치를 지닌다고 여겨진다.

맺음말

『태평광기』의 시대적 의미

송나라 초에 칙명으로 편찬된 『태평광기』는 정치·사회·문화의 복합적 산물로서 문학 외적인 시대환경에 영향을 받은 것이 분명하지만, 문학 내적으로도 중요한 의의를 지닌다.

오대십국의 혼란기를 딛고 중국을 통일한 송나라는 선진先秦 시대부터 그때까지 전해오던 수많은 역사적 일화와 민간전설, 괴이한 이야기를 기록한 지괴志怪소설과 실제 인물의 일화를 기록한 지인志人소설, 당나라를 대표하는 문언소설인 전기傳奇소설과 다양한 주제를 수필식으로 자유롭게 기록한 필기잡록, 도교와 불교 설화 등을 두루 수집하여 체계적으로 분류하고 정리할 필요성을 자각하게 되었고, 이를 효과적으로 반영한 것이 바로 『태평광기』이다. 『태평광기』에서 설정한 범주(부류)는 그때까지 소일거리로 쓴 '자질구레한 이야기'로 치부되어온 '소설' 관념의 외연을 확장시킴과 동시에 '소설'에 대한 인식 변화의 계기가 되었다.

이는 『태평광기』 이전에 간행된 『수서』와 『구당서』의 「경적지」와 『태평광기』 이후에 간행된 『신당서』 「예문지」의 기록을 비교해보면 분명히 드러난다. 『태평광기』에 수록된 '기이하고 환상적인 이야기'들은 예전 『수서』와 『구당서』에서는 역사서에 해당하는 사부史部에 섞여 있었으나, 『신당서』에서는 제자백가서에 해당하는 자부子部의 '소설가小說家'류로 이동하게 되었던 것이다. 이때의 '소설가'는 이미 『태평광기』 이전 소설가의 관념과는 달라진 것이다. 곧 『태평광기』라는 유서類書의 편찬은 기이하고 환상적인 이야기를 '소설'의 범주에 폭넓게 편입함으로써 전체 '소설'의 인식 변화를 유발하는 중대한 전환점으로 작용했다. 이는 중국 고대 소설의 일차 집대성이자 중국 문학사에서 '소설' 관념의 획기적 진보를 의미한다.

『태평광기』는 981년에 판각이 이루어졌으나 학자에게 시급한 것이 아니라는 반대에 부딪혀 곧바로 인쇄판이 거두어들여졌다. 하지만 당대에 이미 많은 문인학자가 열독했으며, 남송 시기에 이르면 문인 사대부는 물론이고 전문 이야기꾼이던 설화인들의 교과서로 간주될 정도로 대중성을 확보하게 된다. 이른바 고급독자와 대중독자가 함께 감상하는 '아속공상'의 텍스트가 되었던 것이다.

『태평광기』는 판각된 지 백 년도 채 되지 않아 다른 나라에까지 전해졌다. 한국에는 고려 문종 34년(1080) 이전에 전래된 것으로 파악되며, 이후 고려와 조선의 문인들이 시문을 창작할 때 참고할 만큼 널리 읽혔다. 일본에는 가마쿠라 시대 초기인 1200년경 전래된 것으로 보이며, 중세에 이르러서는 한문 입문서와 사전류 등에 기록되었고 이어서 한문 작품에 대한 여러 주해서와 일기문학에 광범위하게 수용되었다. 『태평광기』는 베트남에도 전해졌는데, 근거 자료가 부족해 정확한 전래 시기는 알 수 없다. 하지만 1520~1530년경 지어진 것으로 보이는 완서阮嶼의 『전기만록傳奇漫錄』 20편 중에 『태평광기』의 고사가 자주 등장하고 전고로 활용된 것으로 보아 1500년경 이전 베트남에 전래되었으리라 추정된다. 한편 베트남의 사절使節 여백사汝伯仕가 1833년 광동에서 구매한 관서官書 목록을 기록한 『균청행서목筠淸行書目』 1672종에는 『태평광기』가 분명히 기록되어 있음을 확인할 수 있다. 최근에는 베트남 국가도서관에 소장된 『태평광기』라는 서명의 필사본이 『월남한문소설집성越南漢文小說集成』에 수록되었는데, 이 책은 베트남판 『태평광기』로 한문으로 쓴 필기소설이다. 중국학자 리쿠이李奎의 연구에 따르면, 이 베트남판 『태평광기』는 티에우 찌紹治 황제 시대(1841~1847) 이후에 지어졌으며, 일부 작품의 경우 제재상 중국 『태평광기』의 영향을 받은 것으로 확인되었다. 이는 『태평광기』의 이야기적 속성과 백과사전적 특성이 중국은 물론이고 동아시아 한자문화권의 지식인들에게까지 널리 인식되었음을 의미하는데, 그 핵심은 '기이'하고 '환상'적인 '이야기'의 매력에 있다.

일반적으로 동아시아 전기소설은 중국 『전등신화』의 영향 아래서 한국의 『금오신화』, 일본의 『가비자』, 베트남의 『전기만록』을 논하는 것이 학계의 중론이지만, 이제는 이들 전기소설의 원류로서 『태평광기』를 반드시 검토해야 한다. 『태평광기』 편찬자들은 '전기'의 문학적 특성을 일찍이 인식하여 '잡전기'라는 부류를 따로 설정했으며, 후대 각국의 전기소설은 『태평광기』에 수록된 전기 작품의 구성과 문체의 영향을 크게 받았다. 『전등신화』 21편 중 16편, 『금오신화』 5편 중 3편, 『가비자』 68편 중 31편이 『태평광기』에 수록된 전기 작품을 전거로 삼았음이 밝혀졌다. 이처럼 『태평광기』는 동아시아 전기소설의 원류로 새롭게 조명되어야 할 필요가 있다.

이런 『태평광기』에 대한 번역은 특히 한국에서 적극적으로 이루어져 괄목할 만한 성과를 이루었다. 일찍이 조선시대인 17세기에 간추린 한글 언해본이 나왔고, 현대에 와서는 2005년에 500권 전체가 완역되었다. 이는 『태평광기』 번역사에서 최초의 성과이다. 일본에서는 아직까지 '귀신' '부인' '꿈' 등을 소재로 한 특정 부류에 대해 주석을 곁들인 번역 작업만 진행되고 있다. 이와 같은 작업은 원전에 대한 학술적 접근을 용이하게 함과 동시에 새로운 독자층의 관심을 불러일으킬 수 있다는 점에서 그 의미를 찾을 수 있다.

『태평광기』에 수록된 모든 이야기는 천 년이 넘는 세월 동안 동아시아의 '이야기 보고寶庫'가 되어주었다. 예를 들어 '신혼神魂' 류에 실려 있는 「왕주王宙」(일명 「이혼기離魂記」) 이야기는 현실에서 이루지 못한 왕주와 천낭의 사랑을 천낭의 혼을 통하여 이룬다는 아름다운 사랑 이야기로, 당나라 전기소설을 대표하는 작품 가운데 하나다. 이 이야기는 훗날 많은 속편이 나오고 개작이 이루어졌는데, 원나라, 명나라, 청나라를 지나고 근대를 거치면서 문언소설, 백화소설, 희곡 등으로 새롭게 탄생했으며, 현대에는 〈천녀유혼倩女遊魂〉이라는 영화로도 만들어졌다. 이처럼 『태평광기』에는 오늘날까지도 우리의 감수성을 자극하는 작품이 많이 실려 있다. 이는 『태평광기』가 먼 옛날에 기록된 박제된 이야기가 아니라 시대를 초월하여 살아 숨쉬는 이야기의 원천임을 의미한다.

『태평광기』는 처음부터 끝까지 순서대로 읽어나가야 하는 책이 아니다. 다양한 범주와 부류 중에서 읽고 싶은 것을 골라 읽는 책이다. 예를 들어 여우 이야기에 관심 있는 독자는 '호狐'류에 실린 80여 편의 이야기를 읽으면 된다. 선진 시대부터 송나라 초까지의 다양한 여우 이야기를 읽다 보면 약 2천 년 동안 변화하고 발전해온 여우 이야기의 전개 방식과 구성 및 묘사 기법 등을 자연스럽게 이해할 수 있다. 말하자면 '호'류는 '중국 여우 이야기의 작은 역사'인 셈이다. 특히 사회문화론적 시각에서 문학작품에 나타난 동물 이미지 연구가 활발히 이루어지는 요즈음 그 주요 테마 가운데 하나인 여우 이미지의 형성과 변화 과정을 파악하는 데 더없이 좋은 자료가 된다. 이는 『태평광기』가 '이야기의 백과사전'이자 부류별 이야기의 변화와 발전을 손쉽게 파악할 수 있는 '이야기의 역사'이기에 가능한 것이다.

최근 우리나라에서는 『태평광기』 가운데 100편의 이야기가 문화콘텐츠로 개발되기도 했는데, 비교적 완전한 형식을 갖춘 이야기 중에서 내용이 환상적이고 낭만적이며 주인공의 성격 특성이 명확히 드러나는 이야기를 대상으로 했다. 따라서 신선이나 귀신, 환술과 꿈에 관한 판타지 성향의 이야기가 주로 선정

되었다. 한국콘텐츠진흥원 주관하에 '중국 판타지 문학의 원류를 찾아서'라는 주제로 이루어진 이 사업은 애니메이션을 포함한 문화예술 창작자들에게 창작 소재와 제재를 제공하기 위한 것이다.[74] 이는 『태평광기』가 오늘날의 멀티미디어 환경에 수용된 좋은 사례로서, 『태평광기』에 대한 새로운 해석과 변주의 가능성이 얼마든지 열려 있음을 의미한다.

『태평광기』에 실린 이야기들은 모두 인간의 대담하고 자유로운 상상력이 만들어낸 것으로, 시공을 초월하여 현재성을 간직하고 있다. 아마도 인간이 존재하는 한 이러한 이야기들은 끊임없이 지어지고 새롭게 변주될 것이다. 천 년 넘게 함께한 동아시아의 이야기 보고 『태평광기』는 앞으로도 천의 얼굴을 한 이야기꾼으로서 늘 우리 곁에 존재할 것이다.

주

1 한용환, 「이야기」, 『소설학 사전』(문예출판사, 1999) 참조.

2 "신 이방 등이 아뢰옵니다. 신은 먼저 칙명을 받들어 『태평광기』 500권을 찬집했사옵니다. 삼가 생각건대 육적六籍(육경六經)이 이미 나뉘어졌고 구류九流(구가九家)가 함께 일어났는데, 이는 모두 성인의 도를 얻어 만물의 정을 다 표현한 것이니, 총명을 깨우치고 고금을 비춰보기에 충분합니다. 삼가 생각건대 황제 폐하께옵서는 옥체로 성스러운 가르침을 두루 펼치시고 성덕盛德으로 지혜와 도덕에 힘쓰셔서, 뭇 학설을 폭넓게 종합하고 그중에서 여러 좋은 것을 버리지 않게 하셨사옵니다. 그러나 그 책의 편폭이 너무 광대하여 두루 살펴보기가 어렵기 때문에, 정수만을 가려 뽑아 부류별로 다듬어 편성하게 하셨사옵니다. 생각건대 이처럼 중대한 일은 마땅히 대학자가 맡아야 하는데, 신 등이 솔깃한 말로 폐하를 속였사오나 다행히도 폐하께서 감상해주셔서, 외람되게도 책을 찬수하라는 임무를 받들었사옵니다. 신 등은 일찍이 일을 기술할 능력이 없기에 물러가 반성해보니 난삽하고 조리가 없어서, 오직 부끄러움만 더할 뿐이옵니다. 이 책은 500권에 목록 10권을 더하여 모두 510권이옵니다. 삼가 동상각東上閣의 문에 나아가 표문을 받들어 상주함으로써, 천자의 성총聖聰을 모독하나이다. 신 이방 등은 진실로 황공하여 머리를 조아리고 조아리며 삼가 아뢰옵니다. 태평흥국 3년(978) 8월 13일. ……8월 25일 칙명을 받들어 사관史館에게 보냄. 6년(981) 정월 성지聖旨를 받들어 판각 인쇄함."

3 송나라 이도李燾의 『속자치통감장편續資治通鑑長編』 권23.

4 같은 책, 권25.

5 런지위 주편, 『도장제요』(베이징: 중국사회과학출판사, 1991).

6 송나라 왕응린王應麟의 『옥해玉海』 권54.

7 송나라 이유李攸의 『송조사실宋朝事實』 권3 「성학聖學」.

8 표의 통계는 현재 가장 널리 사용되고 있는 중화서국中華書局본 『태평광기太平廣記』(전10책)(베이징: 중화서국, 1960)에 근거했다.

9 김충열, 「자연과 인간의 관계 문제에 대한 중국철학의 대답과 그 현대적 의미」, 『논쟁으로 보는 중국철학』(예문서원, 1994), 15쪽.

10 『태평광기』 권16('신선'류 16) 제1조.

11 『태평광기』 권68('여선'류 13) 제1조.

12 『태평광기』 권118('보응'류 17) 제13조.

13 『태평광기』 권159('정수'류 14) 제1조.

14 『태평광기』 권171('정찰'류 1) 제16조.

15 『태평광기』 권197('공거'류 2) 제4조.

16 『태평광기』 권193('호협'류 1) 제2조.

17 『태평광기』 권197('박물'류) 제4조.

18 『태평광기』 권211('화'류 2) 제5조.

19 『태평광기』 권227('기교'류 3) 제3조.

20 『태평광기』 권230('기완'류 2) 제2조.

21 양보가 올빼미에게 부상당한 노란 꾀꼬리를 치료해주었더니, 나중에 꿈에 누런 옷을 입은 동자가 나타나 백옥가락지 네 개를 주었는데, 훗날 양보의 자손 중에서 네 명이 영달을 누렸다고 한다.

22 뇌환雷煥이 풍성현령豊城縣令이 되어 감옥 터를 파서 태아검太阿劍과 용천검龍泉劍이란 보검 두 자루를 얻었는데, 그중 하나인 용천검을 장화에게 바쳤다. 그후 장화가 조왕趙王 사마륜司馬倫에게 살해되자 보검은 벽을 뚫고 날아가 버렸다고 한다.

23 북주 사람으로 자는 영작令綽. 박학다식하고 산술에 뛰어났으며 탁지부상서度支部尙書 겸 사농경司農卿을 지냈다.

24 후한 사람으로 은거하며 벼슬하지 않았다. 자녀들을 모두 결혼시킨 뒤 속세의 미련을 버리고 오악으로 들어간 뒤 행적을 알 수 없었다고 한다.

25 진晉나라 때의 신선. 일찍이 정양현령旌陽縣令을 지냈기에 '허정양'이라 불린다. 그는 진나라가 어지러워지자 홍주洪州의 서산西山에서 가족과 함께 신선이 되어 떠났다고 전해진다.

26 『태평광기』 권233('주'류) 제1조.

27 『태평광기』 권238('궤사'류) 제18조.

28 수宿는 별자리를 뜻한다. 28수는 전체 하늘을 적도를 따라 동서남북의 네 방

위로 나누고 각 방위마다 일곱 개의 주요 별자리를 정하여 모두 28개의 별자리로 구분한 것이다. 주작칠수는 남방의 주요 일곱 별자리를 말한다.

29 진晉나라 때의 문인이자 학자. 자는 경순. 박학다식하여 천문天文, 역산曆算, 점복占卜 등에 조예가 깊었다.

30 『태평광기』 권248('회해'류 4) 제6조.

31 『태평광기』 권262('치비'류 5) 제3조.

32 『태평광기』 권267('혹포'류 1) 제14조.

33 『태평광기』 권272('부인'류 3, 투부) 제13조.

34 『태평광기』 권274('정감'류) 제5조.

35 전설에 따르면, 한나라 때 양보楊寶가 아홉 살 때 꾀꼬리 한 마리를 구해주었는데 그 꾀꼬리가 매년 봄에 옥가락지를 물고 와서 그에게 주었다고 한다.

36 한나라 무제 때 이소옹李少翁이라는 도사가 법술을 부려 무제에게 이미 죽은 이부인李夫人을 만나게 해주었다고 한다.

37 『태평광기』 권281('몽' 6, 몽유 상上) 제10조.

38 『태평광기』 권286('환술'류 3) 제4조.

39 『태평광기』 권321('귀'류 6) 제4조.

40 『태평광기』 권358('신혼'류 1) 제4조.

41 『태평광기』 권369('정괴'류 2) 제8조.

42 진晉나라 때의 문인. 자는 사종. 노장학을 좋아하고 금琴·바둑·시문에 뛰어났다. 죽림칠현 가운데 한 사람으로, 예속에 구애받지 않고 마음대로 행동했다. 일찍이 보병교위步兵校尉를 지냈기 때문에 세간에서 '완보병'이라 불렀다. 「영회시」 85수가 유명하다.

43 『태평광기』 권377('재생'류 3) 제4조.

44 『태평광기』 권401('보'류 2, 수은) 제10조.

45 『태평광기』 권414('초목'류 9, 복이) 제35조.

46 『태평광기』 권429('호虎'류 4) 제2조.

47 『시경詩經』의 「소아小雅·담로湛露」에 나오는 구절.

48 『시경』의 「정풍鄭風·풍우風雨」에 나오는 구절.

49 서한 때 사람으로 일찍이 남양현위南陽縣尉로 있다가 관직을 그만두고 은거했다.

50 동한 때의 은사隱士 양홍梁鴻의 처. 가난한 처지에도 남편을 지극정성으로 섬기면서 집안을 잘 꾸려나갔다.

51 『태평광기』 권452('호狐'류 6) 제1조.

52 당나라 때 궁궐의 호위병을 통칭하여 남아南衙라고 했는데, 현종 때 호위장군인 범안范安에게 교방사敎坊使를 맡겼기 때문에 당시 사람들은 교방이 남아에 속한다고 여겼다.

53 『태평광기』 권469('수족'류 6, 수족위인) 제17조.

54 『태평광기』 권481('만이'류 2) 제1조.

55 『태평광기』 권488('잡전기'류 5) 제1조.

56 전국시대 초나라의 대부. 등도자가 초왕에게 송옥宋玉이 여색을 좋아하므로 그와 함께 후궁을 출입해서는 안 된다고 말하자, 송옥은 오히려 등도자는 그 아내가 매우 못생겼는데도 그녀를 사랑하여 자식 다섯을 낳았으므로 그가 바로 호색한이라고 공박했다.

57 원문은 "고어지사枯魚之肆". 공자의 제자 자로子路가 길을 가다가 수레바퀴 자국 속의 붕어를 만났는데, 붕어가 물을 조금 떠다가 자신을 살려달라고 하자 자로가 오나라와 월나라의 왕에게 부탁하여 서강西江의 물을 끌어와서 살려주겠다고 말했더니, 붕어가 그렇다면 나를 건어물 가게에서 찾는 게 낫겠다고 했다. 여기서는 정식으로 결혼할 때까지 기다리다가는 말라죽을 것 같다는 뜻.

58 원문은 "원금지도援琴之挑". 한나라 때 사마상여司馬相如가 금琴을 연주하여 청상과부인 탁문군卓文君을 유혹한 일을 말한다.

59 원문은 "투사지거投梭之拒". 진晉나라 때 사곤謝鯤이 이웃집 여자를 희롱하다가 베를 짜고 있던 그녀가 던진 베틀 북에 맞아 이가 부러진 일을 말한다.

60 진晉나라의 반악潘岳. 반악은 용모가 준수하여 부녀자들에게 흠모의 대상이었다고 한다. 여기서는 장생을 비유한다.

61 봄에 꽃이 피는 향초. 여기서는 앵앵을 비유한다.

62 원문은 "용취龍吹". 용음龍吟이라고도 한다. 바람이 대나무를 스치면서 내는 소리를 시적으로 표현한 것이다.

63 원문은 "난가鸞歌". 바람이 오동나무를 스치면서 내는 소리를 시적으로 표현한 것이다.

64 송옥宋玉의 「등도자호색부登徒子好色賦」에 작자의 집 동쪽에 미인이 살고 있다는 이야기가 있는데, 여기서는 장생이 앵앵을 만난 것을 비유한다.

65 전설에 따르면 복희씨伏羲氏의 딸이 낙수에 빠져 죽은 뒤 낙수의 신이 되었다고 한다. 여기서는 앵앵이 자신의 거처로 돌아갔음을 비유한다.

66 주周나라 영왕靈王 때 태자 왕자교王子喬가 생황을 잘 불었는데, 숭산에 들어가 수도한 뒤 신선이 되었다고 한다. 여기서는 장생이 앵앵을 떠났음을 의

미한다.

67 옛 금곡琴曲인 〈별학조別鶴操〉를 말한다. 옛날 상릉목자商陵牧子의 처가 자식을 낳지 못하자 목자의 아버지와 형이 그를 다시 장가들게 했는데, 그 처가 이 사실을 알고 통곡하자 목자도 통곡하면서 이 곡을 지었다고 한다. 여기서는 이별한 후 앵앵의 슬픔을 나타낸다.

68 춘추시대에 소사가 퉁소를 잘 불었는데, 진秦나라 목공穆公이 자기의 딸 농옥弄玉을 그에게 시집보냈으며 그가 농옥에게 퉁소를 가르쳐 봉황의 울음소리를 내게 하자 봉황이 정말 날아왔고 나중에 두 사람은 신선이 되어 떠났다고 한다.

69 옛날 초楚나라 회왕懷王이 운몽택雲夢澤을 유람하다가 피곤하여 고당관高唐觀에서 잠이 들었을 때 꿈속에서 신녀를 만나 즐겁게 놀았는데, 신녀가 자신은 아침에는 구름이 되어 다니고 저녁에는 비가 되어 내린다고 했다. 즉 앵앵이 신녀가 된다는 뜻.

70 조선총독부朝鮮總督府 편, 『조선금석총람朝鮮金石總覽(상)』(아세아문화사영인, 1976).

71 '병서'에 인용된 고사는 다음과 같다. "소전小殿의 정자 안에서 버드나무와 살구나무가 잎을 틔우려고 하자, 황상(현종)이 갈고를 들고 신나게 연주했는데, 곡명은 「춘광호春光好」였다. 버드나무와 살구나무를 돌아보았더니 모두 벌써 잎을 틔우고 있었기에, 황상이 그것을 가리키고 웃으면서 '이번 일로 어찌 나를 '천공天公'이라고 부르지 않을 수 있겠느냐?'라고 했다."

72 1944년에 이인영李仁榮이 간행한 『청분실서목清芬室書目』에는 『태평광기상절』 잔본殘本 8권 2책(권19~23, 권25~27)이 기록되어 있는데, 그중 권26과 권27은 아직까지 그 소재를 알 수 없다.

73 가마쿠라 시대와 무로마치 시대를 중심으로 약 150여 년에 걸쳐 발달한 선림禪林의 한문학에 대한 총칭. 중국에서 전해진 선종禪宗은 일본의 중세 문화 형성에 지대한 영향을 미쳤는데, 특히 그중에서도 가마쿠라와 난보쿠쵸 시대에 오산십찰五山十刹(가마쿠라와 교토에 각각 다섯 개씩 있었던 선종 사원)을 중심으로 한 선승들에 의해 창작된 선문학禪文學을 '오산문학'이라고 한다.

74 이 사업은 한국콘텐츠진흥원의 지원으로 개발되었고 그 결과물이 인터넷에 공개되어 있다. http://www.culturecontent.com/content/contentMain.do?search_div=CP_THE&search_div_id=CP_THE004&cp_code=cp0321 참고.

위대한 순간 006

태평광기
– 동아시아 이야기 보고의 탄생

초판 인쇄 2016년 10월 7일
초판 발행 2016년 10월 17일

지은이 —— 김장환
펴낸이 —— 염현숙

책임편집 —— 김영옥
편　집 —— 송지선 최민유 고원효
디자인 —— 장원석
마케팅 —— 정민호 이연실 정현민 김도윤 양서연
홍　보 —— 김희숙 김상만 이천희
제　작 —— 강신은 김동욱 임현식
제작처 —— 한영문화사

펴낸곳 —— (주)문학동네
1993년 10월 22일 제406-2003-000045호
주소 10881 경기도 파주시 회동길 210
전자우편 editor@munhak.com
대표전화 031)955-8888　팩스 031)955-8855
문의전화 031)955-1933(마케팅), 031)955-1905(편집)
문학동네 카페 http://cafe.naver.com/mhdn

ISBN 978-89-546-4266-8 03820

* '위대한 순간'은 연세대학교 인문학연구원과 문학동네가 협력해 펴내는 인문교양 총서입니다.
* 이 책의 판권은 지은이와 문학동네에 있습니다.
이 책 내용의 전부 또는 일부를 재사용하려면 반드시 양측의 서면 동의를 받아야 합니다.

이 도서의 국립중앙도서관 출판예정도서목록(CIP)은 서지정보유통지원시스템 홈페이지(http://seoji.nl.go.kr)와 국가자료공동목록시스템(http://www.nl.go.kr/kolisnet)에서 이용하실 수 있습니다.
(CIP제어번호: CIP2016023588)

www.munhak.com